鲍尔吉·原野作品

没有人在春雨里哭泣

天津出版传媒集团

百花文艺出版社

图书在版编目（ＣＩＰ）数据

没有人在春雨里哭泣 / 鲍尔吉·原野著. -- 天津：
百花文艺出版社，2017.1
ISBN 978-7-5306-7163-4

Ⅰ. ①没… Ⅱ. ①鲍… Ⅲ. ①散文集–中国–当代
Ⅳ. ①I267

中国版本图书馆 CIP 数据核字(2016)第 294509 号

选题策划：汪惠仁　　　　　　　封面设计：王　欣
责任编辑：张　森　沙　爽

出版人：李勃洋
出版发行：百花文艺出版社
地址：天津市和平区西康路 35 号　邮编：300051
电话传真：+86-22-23332651（发行部）
　　　　　+86-22-23332656（总编室）
　　　　　+86-22-23332478（邮购部）
主页：http://www.baihuawenyi.com
印刷：天津金彩美术印刷有限公司
开本：787×1092 毫米　　1/32
字数：160 千字
印张：8.75
版次：2017 年 1 月第 1 版
印次：2017 年 1 月第 1 次印刷
定价：48.00 元

目　录

黄昏的金箔

伸手可得的苍茫

我有一个或许怪诞的观念，认为霞光只出现在傍晚的西山，而且是我老家的西山。我没见过朝霞，而在沈阳的十几年，亦未见过晚霞，或许因这里没有西山，污染重，以及我住的楼层过矮。

晚霞是我童年的一部分。傍晚，我和伙伴们在炊烟以及母亲们此起彼伏的唤儿声中不挪屁股，坐在水文站于"文革"中颓圮的办公室的屋顶上观看西天。彩霞如山峦，如兵马之阵，如花地，如万匹绸缎晾晒处，如熔金之炉，气象千变万化，瑰丽澄明。我们默然无语，把晚霞看至灰蓝湮灭。有人说，晚霞并不湮灭，在美国仍然亮丽。在"文革"中，此语已经反动。美国那么坏，怎会有晚霞呢？说这话的大绺子脸已白了，我们发誓谁也不告发，算他没说。而他以后弹玻璃球时，必然不敢玩赖。

观霞最好是在山顶,像我当年在乌兰托克大队拉羊粪时那样。登上众山之巅,左右金黄,落日如禅让的老人,罩着满身的辉煌慢慢隐退。我抱膝面对西天而观。太阳的每一次落山,云霞都以无比繁复的礼节挽送,场面铺排,如在沧海之上。在山顶观霞,胸次渐开,在伸手可得的苍茫中,一切都是你的,乃至点滴。

此时才知,最妙的景色在天上,天下并无可看之物。山川草木终因静默而无法企及光与云的变幻。此境又有禅意,佛法说"空"并不是"无",恰似天庭图画。天上原本一无所有,但我们却见气象万千。因此,空中之有乃妙有,非无。然而这话扯远了。

昨天我见到了晚霞,在市府广场的草地上方,那里的楼群退让躲闪,露出一块旷远的天空,让行人看到了霞舞。当时我陪女儿从二经街补课回来。我对孩子说,你看。她眺望一眼,复埋头骑车,大概还想着课程。

更多的光线来自黄昏

黄昏在不知不觉中降落,像有人为你披上一件衣服。光线柔和地罩在人脸上,他们在散步中举止肃穆。人们的眼窝和鼻梁抹上了金色,目光显得有思想,虽然散步不需要思想。我想起两句诗:"万物在黄昏的毯子里窜动,大地发出鼾声。"这是谁的诗?博尔赫斯?茨维塔耶娃?这不算回忆,我没那么好的记性,只是乱猜。谁在窜动?谁出鼾声?这是谁写的诗呢?黄昏继续往广场上的人的脸上涂金,鼻愈直而眼愈深。乌鸦在澄明的天空上回旋。对!我想起来,这是乌鸦的诗!去年冬季在阿德莱德,我们在百瑟宁山上走。桉树如同裸身的流浪汉,树皮自动脱落,褴褛地堆在地上。袋鼠在远处半蹲着看我们。一块褐色的石上用白漆写着英文:"The world wanders around in the blanket of dusk,the earth is snoring." 鲍尔金娜把它翻译成两句汉文——"万物在黄昏的毯子里窜动,大地发出鼾声。"我问这是谁的诗? 白帝江说这是乌鸦写的诗。我说乌鸦至少不会使用白油漆。他说,啊,乌鸦用折好的树棍把诗摆在一块平坦的石头上。我问是用英文? 白帝江说:对,它们摆不了汉字,汉字太复杂。有人用油漆把诗抄在了这里。

我想说不信,但我已放弃了信与不信的判断。越不信的可能越真实。深信的事情也许正在诳你。乌鸦们在天空排队,它们落地依次放下一段树棍。我问白帝江,摆诗的应该只有一只乌鸦,它才是诗人。白帝江笑了,说有可能。这只神奇的大脚乌鸦把树棍摆成"The world wanders……"乌鸦摆的 S 像反写的 Z。为什么要这样呢? 是因为黄昏吗?

我在广场顺时针方向疾走。太阳落山,天色反而亮了,与破晓的亮度仿佛。天空变薄,好像天空许多层被子褥子被抽走去铺盖另一个天空。薄了之后,空气透明。乌鸦以剪影的姿态飘飞,它们没想也从来不想排成人字向南方飞去。乌鸦在操场那么大一块天空横竖飞行,似乎想扯一块单子把大地盖住。我才知道,天黑需要乌鸦帮忙。它们用嘴叼起的这块单子叫夜色,也可以叫夜幕,把它拽平。我头顶有七八只乌鸦,其他的天空另有七八只乌鸦做同样的事。乌鸦叫着,模仿单田芳的语气,呱——呱,反复折腾夜色的单子。如果单子不结实,早被乌鸦踢腾碎了,夜因此黑不了,如阿拉斯加的白夜一样痴呆地发亮,人体的生物钟全体停摆。

人说乌鸦聪明,比海豚还聪明。可是海豚是怎样聪明的,我们并不知道。就像说两个不认识的人——张三比李四还聪明。我们便对这两人一并敬佩。乌鸦确实不同于寻常鸟类,黄昏里,夜盲的鸟儿归巢了,乌鸦还在抖夜空的单子。像黄昏里飘浮的树叶。路灯晶莹。微风里,旗在旗杆上甩水袖。

在黄昏暗下来的光线里,楼房高大,黑黢黢的树木顶端尖耸。这时候每棵树都露出尖顶,如合拢的伞,白天却看不分明。尖和伞这两个汉字造得意味充足,比大部分汉字都象形。树如一把一把的伞插在地里,雨夜也不打开。在树伞的尖顶包拢天空的深蓝。天空比宋瓷更像天青色,那么亮而清明,上面闪耀更亮的星星。星星白天已站在那里,等待乌鸦把夜色铺好。夜色进入深蓝之前是瓷器的淡青,渐次蓝。夜把淡青一遍一遍涂抹过去,涂到第十遍,天已深蓝。涂到二十遍及至百遍,天变黑。然而天之穹顶依然亮着,只是我们头顶被涂黑,这乌鸦干的,所以叫乌鸦,而不叫蓝鸦。我觉得乌鸦的每一遍呱呱都让天黑了几分,路灯亮了一些。更多的乌鸦彼此呼应,天黑的速度加快。乌鸦跟夜有什么关系？乌鸦一定有夜的后台。

　　看天空，浓重的蓝色让人感到自己沉落海底。海里仰面，正是此景。所谓山，不过是小小的岛屿，飞鸟如同天空的游鱼。我想我正生活在海底，感到十分宁静。虽然马路上仍有汽车亮灯乱跑，但可不去看它。小时候读完《海底两万里》后，我把人生理想定位到去海底生活，后来疲于各种奔命把这事忘了。今夜到海底了，好好观赏吧——乌鸦是飞鱼，礁石上点亮了航标灯，远方的山峦被墨色的海水一点点吞没。数不清的黑羊往山上爬，直至山头消失。头顶的深蓝证明海水深达万尺。我一时觉得树木是海底飘动的水草，它们蓬勃，在水里屈下身段，如游往另外的地方，比如加勒比海。我想着，不禁挥臂划动，没水，才想到这是地球之红山区政府小广场，身旁有老太太随着《呼伦贝尔大草原》的音乐跳舞。

　　其实红山区政府的地界，远古也是海底，鱼儿曾在这里张望上空。后来海水退了，发生了许多事，唐宋元明清各朝都有事，再后来变成办公和跳舞的地方。黄昏的暮色列于天际，迟迟不退，迟迟不黑，像有话要说。子曰："天何言哉！天何言哉！"谓天没说过话，天若有话其实要在黄昏时分说出。

　　黄昏的光线多么温柔。天把夜的盖子盖上之前，留下一隙西天的风景。金与红堆积成的帷幕上，青蓝凝注其间。橙与蓝之间虽无过渡却十分和谐。镶上金边的云彩从远处飞过来跳进夕阳的熔炉，朵朵涅槃。黄昏时，天的心情十分好，把它收藏的坛坛罐罐摆在西山,透明的坛罐里装满颜料。黄昏的天边有过绿色,似乌龙茶那种金绿。有桃花的粉色。然而这都是一瞬! 看不清这些色彩如何登场又如何隐退,未留痕迹。金红退去,淡青退去,深蓝退去之后,黄昏让位于夜,风于暗处吹来,人这时才觉出自己多么孤单。黑塞说:"没有永恒这个词,一切都是风景。"

黄昏无下落

是谁在人脸上镀上一层黄金?

人在慷慨的金色里变为红铜的勇士,破旧的衣裳连皱褶都像雕塑的手笔;人的脸棱角分明,不求肃穆,肃穆自来,这是在黄昏。

小时候,我第一次感受悲伤是无意中目睹到黄昏。西方的天际在柳树之上烂成一锅粥,云彩被夕阳绞碎,在无边的火池里挣扎奔走,暮霭在滚金里面诞生俗艳的红,更离奇的是从红里变出诡异的蓝。红里怎么会生出蓝呢? 它们是两个色系。玫瑰红诞生其间,橘红诞生其间,旋生旋灭。夕阳把所有的碎云熬成了汤,天际只横着一把笔直的金剑。

这是怎么啦? 西方的天空发生了什么? 我结结巴巴地问大人,那里发生了什么? 大人瞟一眼,只说两个字:黄昏。

自斯时起,我得知世上还有这两个字——黄昏,并知道这两个字里有忧伤。我盼着观黄昏,黄昏却不常有,至少天际不老黄。多云天气或阴天,黄昏就没了下落。我站在我家屋顶看黄昏,大地罩上一层蓝色,晴天的黄昏把昭乌达盟公署家属院的红瓦刷上金色,瓦的下檐有凸凹的黑斑。柳枝笔直垂下,如菩萨垂下眼帘。而红云有如在烈火中奔走的野兽,却逃不出西天的大火。太阳以如此大的排场谢幕,它用炽热的姿态告诉人它要落山了,人习以为常,不过瞟一眼,名之"黄昏"。而我心里隐隐有戚焉。假如太阳不再升起,全世界的人会在痛哭流涕中凝视黄昏,每日变成每夜,电不够用,煤更不够用,满街小偷。

黄昏里,屋顶一株青草在夕照里妖娆,想不到生于屋顶的草会这么漂亮,红瓦衬出草的青翠,晚霞又给高挑落下的叶子抹上一层柔情的红。草摇曳,像在瓦上跳舞。原来当一株草也挺好,如果能生在屋顶的话,是一位在夕阳里跳舞的新娘。地上的草叶金红,鹅卵金红,土里土气的酸菜缸金红,黄昏了。

我在牧区看到的黄昏惊心动魄。广大的地平线仿佛泼油烧起了火,烈火战车在天际穿行,在落日的光芒里,山峰变秃变矮。天空盛不下的金光全都倾泻在草地,一直流淌到脚下,黄牛红了,黑白花牛也红了,它们扭颈观看夕阳。天和地如此辽阔,我久久说不出话来,坐在草地上看黄昏,直到星星像纽扣一样别在白茫茫泛蓝的天际。

那时,我很想跟别人吹嘘我是一个看过牧区黄昏的人,但这事好像不值得吹嘘。什么事值得吹嘘?我觉得看过牧区的黄昏比有钱更值得吹嘘。那么大的场景,那么丰富的色彩,最后竟什么都没了,卸车都卸不了这么快。黄昏终于在夜晚来临之前昏了过去。

"我曾经见过最美丽的黄昏",这么说话太像傻子了。但真正的傻子是见不到黄昏的人。在这个大城市,我已经二十六年没见过黄昏,西边永远是居然之家的楼房和广告牌,它代替了黄昏。城市的夜没经过黄昏的过渡直接来到街道,像一个虚假的夜,路灯先于星星亮起来,电视机代替了天上的月亮。我一直觉得自己身上缺了一些东西,原以为是缺钱、缺车,后来知道我心里缺了天空对人的抚爱,因为许许多多年没见到黄昏。

海

买一亩大海

买一亩大海,就买到了一年四季日夜生长的庄稼。庄稼头上顶着白花,奔跑着、喧哗着往岸边跑,好像它们是我的孩子。对,它们是浪花,但对我来说,它们是我种的庄稼。

大海辽阔无际,而我有一亩就够了。其实我不懂一亩有多大,往东多远,往西又有多远。别人告诉我,一亩是六百六十六点六七平方米。够了,太够了。六百多平方米表面积的大海,足够丰饶。买下这一小块大海,我就是一亩大海的君王。

在我的海域上,没人来建高楼,没人能抢走这些水,我的水和海水万顷相连而不可割断。再说他们抢走海水也没地方放。这里没有动迁,没车因而不堵车。如果我买下这一亩海,这片海在名义上就属于我,而这片海里的鱼、贝壳乃至小到看不清的微生物,更有权利说属于它、属于它们。是的,这一小片海在我爷爷的爷爷的爷爷的朋友的朋友的朋友活着的时候就属于它们——包括路过此地的鲸鱼和蹒跚的海龟，以后也属于它们。我买下之后所能做的只是对着天空说：我在这儿买了一亩大海。阳光依然没有偏私地继续照耀我这一亩海和所有的海，日光的影子在海底的沙子上蠕动。

一亩大海是我最贵重的财产，我不知怎样描述它的珍奇。早上，海面的外皮像铺了一层红铁箔，却又动摇，海水好像融化了半个太阳。上午，如果没有风，我的海如一大块（六百六十六点六七平方米）翡翠，缓缓地动荡，证明地球仍然在转动，没停歇。如果你愿意，可以闭眼憋气钻进翡翠里，但钻一米半就会浮上来，肺里也就这么多气体。这时候，适合于趴在一块旧门板上（买船太贵）随波逐流，六百多平方米，够了，太够了。在我的领海上，我不会用线、用桩什么的，更不会用铁丝网什么的划分这块海，被划分的海太难看了。一个人的私权意识表现在大海上，就有点像蚂蚁站在大象身上撒尿。海的好看就在一望无际。到了晚上，海上生明月，天涯共此时。这两句诗连这里的螃蟹都会背，不是人教的，是海教的。金黄的月亮升起来，黑黝黝的海面滚过白茫茫的一片羊群，没到岸边就没了，也许被鲨鱼吃掉了。在海边，你才知道月亮原本庄严，跟爱情没什么关系。在星球里，月亮唯一显出一些笑意，我是说海边的月亮。

我还没说一亩大海在下午的情形。下午，这亩海有时会起浪，包括惊涛骇浪。海不会因为我买下就不起狂风巨浪，海从来没当过谁的奴隶。海按海的意思生活才是海,虽然九级大浪卷起来如同拆碎一座帝国大厦,虽然海会咆哮,但它始终是海而没变成别的东西。

谁也说不清一片海,尽管它只有六百多平方米的表面积,谁也说不清它的神奇、奥妙和壮大。何止早午晚,海在一年四季的每分每秒中呈现不重复的美和生机。买海的人站在海边看海,鸟儿飞去飞来,鱼儿游来游去。海假如可以买到的话,只不过买到了一个字,它的读音叫"海"。世上没有归属的事物,只有大海,它送走日月光阴,送走了所有买海和不买海的灵长类脊椎动物,他们的读音叫"人"。

海的月光大道

晚上,我在房间里站桩。面前是南中国海(中间隔着玻璃窗)。半个月亮被乌云包裹,软红,如煮五分熟的蛋黄。有人说面对月亮站桩好,但没说面对红蛋黄月亮站桩会发生什么。站吧,我们只有一个月亮,对它还能挑剔吗?站。呜——,这声音别人听不到,是我对气血在我身体内冲激回荡的精辟概括。四十分钟"呜"完了,我睁眼——啊?我以为站桩站入了幻境或天堂,这么简单就步入天堂真的万万没想到——大海整齐地铺在窗外,刚才模糊的浊浪消失了,变得细碎深蓝。才一会儿,大海就换水了。更高级的是月亮,它以前所未有的新鲜悬于海上,金黄如兽,售价最贵的脐橙也比不上它的黄与圆,与刚才那半轮完全不是一个月亮,甚至不是它的兄弟。新月亮随新海水配套而来,刚刚打开包装。夜空澄澈,海面铺了一条月光大道,前宽后窄,从窗前通向月亮。道路上铺满了金瓦(拱型汉瓦),缝隙略波动,基本算严实。让人想光脚跑上去,一直跑到尽头,即使跑到黄岩岛也没什么要紧。

　　海有万千面孔,我第一次看到海的容颜如此纯美,比电影明星还美。月亮上升,海面的月光大道渐渐收窄,但金光并没因此减少。我下楼到海边。浪一层一层往上涌,像我胃里涌酸水,也像要把金色的月光运上岸。对海来说,月光太多了,用不完,海要把月光挪到岸上储存起来。这是海的幼稚之处,连我都不这么想问题。富兰克林当年想把宝贵的电能储存起来,跟海的想法一样。月亮尚不吝惜自己的光,海为什么吝惜呢? 在海边,风打在左脸和右脸上, 我知道我的头发像烧着了一样向上舞蹈。风从上到下搜查了我的全身,却没发现它想要的任何东西。风仿佛要吹走我脸上那一小片月光。月光落在我脸上白瞎了,我的脸不会反光,也做不成一道宽广的大道,皱纹里埋没了如此年轻的光芒。站在海边看月光大道,仿佛站在了天堂的入口,这是唯一的入口,在我脚下。这条道路是水做的,尽头有白沫的蕾丝边儿,白沫下面是浪退之后转为紧实的沙滩。我想,不管是谁,这时候都想走过去,走到月亮下面仰望月亮,就像在葡萄架下看葡萄。

脱掉鞋子,发现我的脚在月亮下竟很白,像两条肚皮朝上的鱼,脚跟是鱼头,脚趾是它们的尾鳍。我在沙滩走,才抬脚,海水急忙灌满脚印,仿佛我没来过这里。月光大道真诱人啊,金光在微微动荡的海面上摇晃,如喝醉了的人们不断干杯。海水把月亮揉碎、扯平,每一个小波浪顶端都顶着一小块金黄,转瞬已逝。大海是一位健壮的金匠,把月亮锤打成金箔,铺这条大道,而金箔不够。大海修修补补,漂着支离破碎的月光碎片。

小时候,我想象的天堂是用糖果垒成的大房子。糖果的墙壁曲曲弯弯组成好多房间。把墙掏一个洞掏出糖果来,天堂也不会塌。这个梦想不知在何时结束了,好多年没再想过天堂。海南的海边,我想天堂可能会有——如果能够走过这片海的月光大道。天堂上,它的础石均为透明深蓝的玉石,宫殿下面是更蓝的海水。天堂在海底的地基是白色与红色的珊瑚,珊瑚的事,曾祖母很早就跟我说过:如果一座房子底下全是珊瑚,那就是神的房子。天堂那边清冷澈彻,李商隐所谓"碧海青天",此之谓也。在这样的天堂里居住哪有什么忧虑? 虽然无跑步的陆地但能骑鲸鱼劈波斩浪。吃什么尚不清楚,估计都是海产品,饱含ω-3的不饱和脂肪酸。也许天堂里的人压根不吃不喝。谁吃喝?这是那些腹腔折叠着十几米肠子的哺乳动物们干的事,不吃,他(它)们无法获得热量,他(它)们的体温始终要保持在零上三十六至三十七摄氏度。为了这个愚蠢的设定,他(它)们吃掉无数动物和粮食。

海上的月光大道无论多宽也走不过去。天堂只适合于观看，正如故宫也只适合观看而不能搬进去住，连毛泽东也不住在故宫。我依稀看见脚下有一串狗的爪印，狗会在晚上到海边吗？我早上跑步，好几只毛色不同的狗跟在后面跑，礼貌地不超过我。我停下时，它们假装嗅地面的石子。我接着跑，它们继续尾随。我解释不了这种现象，也不认为我的跑姿比狗好，狗在模仿我跑步。可能是：人跑步时分泌一种让狗欣慰的气味。如此我也不白来海南一回，至少对狗如此。晚上，狗到海边干什么来了？它可能和我一样被月亮制造的天堂所吸引，因为走不过去而回到狗窝睡觉去了。我也要回宾馆那张床睡觉去了，天堂就是眼睛能到、脚到不了的地方。它的入口在海南的海边有狗爪子印的地方，我在岸边已经做了隐秘的记号。

海边

我们住在海岛的南边，叫东岙渔村。南风日夜驱赶着大海到岸上放牧，我从东窗上看到海浪的羊群钻进沙滩，不复出焉。后来的白浪钻进沙滩，寻找先前的浪，同样被陆地捕俘，不见踪影。由古至今，陆地究竟捉走了多少雪白的、蕾丝边的、裹挟小鱼小虾的海浪，算是算不过来的。

窗外是海，除了海就没什么可看。而海，它的每一样变化还没来得及看就已经消失，变化到新的变化之中。你说你看到了海浪,你说不清看到了哪一个浪,记不住它的模样。这个浪被它身后永不停歇的、性急的新浪碾碎。水还在,浪转瞬而逝。人类的视网膜的解码速度远不及浪的速度,想起金璧辉的干爹名谓川岛浪速有些道理。人看大海如文盲读一本篇幅浩大的书,认不出其中的任何一个字。我们虽然不认识海的字,但我们认识海鸥。海在光线和风里变出黄的、蓝的、灰的颜色,但海鸥始终是白色的,如一条会飞的刀鱼。我想象洞头岛真富庶啊,刀鱼满天飞。海鸥飞得低而慢,我们的视网膜大体上能看清它的仪态。它的翅膀似乎挦不直,如信天翁翅膀压不弯。它的翅膀(即刀鱼部分)上下翻,却让人觉得翅膀如 V 字。这个 V 字的长翅膀的两端下垂,俨然旧时代小瓦的瓦檐,却白。海鸥乱七八糟地飞来飞去,如潮水涨来涨去。海鸥的叫声大体上属于猫的音色却更凄厉。这一点,人类又有不解。以海鸥的优雅与轻佻,它的叫声似乎应该圆润些,如杜鹃鸟发出的双簧管的音色。人类有一种配套成龙的习惯,把东西放一块。好看的鸟儿叫声也要好,如不存在的凤凰。不好的东西也放一块,饿狼最好连腿都是跛的。但上帝不这样想,上帝创造万物的准则并不是人类眼里的完美模式(完美这个词,上帝从来不去想)。上帝赋予每一种物种生的能力的同时赋予它们难以逾越的缺陷,让这一物种在缺陷中有序增减。追求完美即是人类的缺陷之一。

眼前的大海有黄色的波浪,他们说台风从南面快要赶到了。感觉不到风,但海浪越来越大。离岸很远的黑礁石围满了白色的浪花,这在头几天还看不到。浪头由西到东次第上岸,如同用鞭子在沙滩上抡了一下。由此,涛声由远及近或由近及远,传来长长的喧哗,海水一浪逐着一浪到岸边劈头摔下却没有水接着而发出的绝望呐喊。没随浪头转回反而钻进沙滩里的海水发出唑唑声,好像有人吃了辣椒之后的吸气。沙滩感叹浪头太大,不禁唑唑。

夜里,涛声越来越重,尽管台风并没有来。是夜无月,看不见海面的情形,只听涛声大如黄河决口,如同大山走动起来到海边集结。原来,一波与另一波的潮水拍岸之间尚有短暂的空寂,此刻空隙抹平,耳畔灌满涛声。我如做梦一般想起了学书法抄过的三位晚清诗人的诗:

千声檐铁百淋铃,雨横风狂暂一停。

正望鸡鸣天下白,又惊鹅击海东青。

沉阴噎噎何多日,残月晖晖尚几星。

斗室苍茫吾独立,万家酣睡几人醒。

————黄遵宪《夜起》

凄凉白马市中箫,梦入西湖数六桥。

绝好江山谁看取?涛声怒断浙江潮。

————康有为《闻意索三门湾以兵轮三艘

迫浙江有感》

海天龙战血玄黄，披发长歌览大荒。

易水萧萧人去也，一天明月白如霜。

———苏曼殊《以诗并画留别汤国顿》

实话说，我不太明了这些诗的寓意，其意境混杂一体庶几可传达此夜涛声的氛围，但没那么悲观。人不明白的事情实在比明白的事情多得多，谁知道写书法抄过的诗篇竟能记住，竟能在海边的潮声中浮上心头呢？忆诗时手指要在腿上写，否则也记不起。可见这些诗记忆在我的手指上。我开始相信电影里的人物对着山峰、松林、花朵背诵诗篇可能是真的，他们原本都练过书法啊。这又提醒我以后写书法抄诗要抄一些着调的诗，蜀道难什么的干脆不要抄了，因为我根本去不了李白去的地方。

黄遵宪说"斗室苍茫吾独立"，吾乃"独卧"，立之事刚才站桩已经立过了。听海潮八荒涌来。你可以说潮声像什么事物，但没法说什么事物像潮。潮声把世上所有的声音都收纳了，如崩石、如裂岸、如马踏草原、如群狮怒吼。而被狂涛掩盖的细小声响，还如鸟鸣声、冲刷声、浪穿过空气的嘶声。更有巨浪打在岸上之后土地的震动声，浪打在船上、石上、浪上的不同的响声。众多声音一并响起，使人不知道这是什么声，曰涛声。黑暗里，我躺在床上想，假若这不是涛声会是什么声呢？竟想不起来。涛声之外，世上无此声。听来听去，禁不住几次起身趴窗台看海，偌大的海竟被夜色包裹得严严实实,一滴水也没看到,只有一阵紧似一阵的浪涛声。我想象浪头一浪高过一浪,在海上雪白地相互追逐。海水撞在礁石上,浪花伸出巨大的白爪。天上无星无月,乌云遮住了整个天空,遮住所有的天光。这需要许多云,数量要和大海一样多。我依稀记得陆地上没有太多云,如不下雨,云彩与天空基本是一半对一半。海边不一样,需要更多的云。为什么需要这么多云,我也不知道。在巨大的浪潮声里,我竟睡着了。我怨恨自己:这么大的声音,怎么能睡着呢? 但还是睡着了,大自然的声音无论多么喧哗,都与人身体内部的节律合拍,大自然从来没发出过噪音。

夜里醒来,第一件事是听海浪还响吗? 还响,不管有没有人听,它们都在响,我索性到了海边,找地方坐下听涛。天色黑得看不见海,看不见浪头打到岸边向前伸出的手。我如盲人一样瞪着前方,前方一无所有。听觉告诉我浪从左边打过来,从右边打过来,而眼前的漆黑即是大海。心里想海里的鱼在干什么,不知它们睡不睡觉。想"哗——"是什么,想"唰——"是什么,想我在想什么。起身走的时候,我看不见自己的脚和脚下的路。这个"我"慢慢地顺利地回到了房间,重新躺到床上。我方知人在海边并没有当下, 一无所见亦一无所闻。我无法向别人转述"哗——"的内容,也不能转述我的所见。

第二天早上起来看海。大海来了,有远有近,风平浪静。最远处的海是灰的, 接着蓝与黄的海水涌向昨夜我坐过的沙滩,海鸥在飞。昨夜的涛声与我的漫游都像假的,如同臆造。

雨落大海

我终于明白,水化为雨是为了投身大海。水有水的愿景,最自由的领地莫过于海。雨落海里,才伸手就有海的千万只手抓住它,一起荡漾。谁说荡漾不是自由?自由正在随波逐流,"应无所住而生其心"。雨在海里见到了无边的兄弟姐妹,它们被称为海水,可以绿、可以蓝、可以灰,夜晚变成半透明的琉璃黑。雨落进海里就开始周游世界的旅程,从不担心干涸。

我在泰国南部皮皮岛潜泳,才知道海底有比陆上更美的景物。红色如盆景的珊瑚遍地都是,白珊瑚像不透明的冰糖。绚丽的热带鱼游来游去,一鱼眼神天真,一鱼唇如梦露。它们幼稚地、梦幻地游动,并不问自己往哪里游,就像鸟飞也不知自己往哪飞。

人到了海底却成了怪物,胳膊腿儿太长,没有美丽的鳞而只有裤衩,脑袋戴着泳镜和长鼻子呼吸器。可怜的鱼和贝类以为人就长这德行,这真是误会。我巴不得卸下呼吸器给它们展示嘴脸,但不行,还没修炼到那个份儿上,还得呼吸压缩氧气,还没掌握用鳃分解水里氧气的要领。海底美呵,比九寨沟和西湖都美。假如我有机会当上一个军阀,就把军阀府邸修在海底,找我办事的人要穿潜水服游过来。海里的细沙雪白柔软,海葵像花儿摇摆，连章鱼也把自己开成了一朵花。

上帝造海底之时分外用心，发挥了美术家全部的匠心。石头、草、贝壳和鱼的色彩都那么鲜明，像鹦鹉满天飞。上帝造人为什么留一手？没让人像鸟和鱼那么漂亮。人，无论黄人、黑人、白人，色调都挺闷，除了眼睛和须发，其余的皮肤都是单色，要靠衣服胡穿乱戴，表示自己不单调。海里一片斑斓，上帝造海底世界的时候，手边的色彩富裕。

雨水跳进海里游泳，它们没有淹死的恐惧。雨水最怕落在黄土高坡，"啪"，一半蒸发，一半被土吸走，雨就这么死的，就义。雨在海里见到城墙般的巨浪，它不知道水还可以造出城墙，转瞬垮塌，变成浪的碉堡、浪的山峰。雨点从浪尖往下看，谷底深不可测，雨冲下去依然是水。浪用怀抱兜着所有的水，摔不死也砸不扁。雨在浪里东奔西走，四海为家。

雨在云里遨游时，往下看海如万顷碧玉，它不知那是海，但不是树也不是土。雨接近了海，感受到透明的风的拨弄。风把雨混合编队，像撒黄豆一样撒进海里。海的脸溅出一层麻子，被风抚平。海鸥在浪尖叼着鱼飞，涛冲到最高，卷起纷乱的白边。俯瞰海，看不清它的图案。大海没有耐心把一张画画完，画一半就抹去另画，象形的图案转为抽象的图案。雨钻进海里，舒服啊。海水清凉，雨抱着鲸鱼的身体潜入海水最深处，鱼群的腹侧如闪闪的刀光，海草头发飞旋似女巫。往上看，太阳融化了，像蛋黄摊在海的外层，晃晃悠悠。海里不需要视力，不需要躲藏。水是水的枕头和被褥,不怕蒸发,雨水进入大海之后不再想念陆地。

南澳岛听涛

　　南国十一月份的阳光依然和煦,雨季过去了,光线透明,草木浑然不觉冬之来临,仍然蓬勃生长。草木在这里很舒服,阳光像海水一样泛滥,阔叶的芭蕉像夏季一样葱茏,它们长在北纬23度26分21秒的北回归线上, 这是太阳在北半球能够直射到的离赤道最远的位置,在汕头市南澳岛。

　　岛上有一棵郑成功时代的招兵树,这棵古榕浑如一间高广大屋,几个人抱不过来的树干之上枝杈纵横,叶片密不透风,仿佛它已与大地生长一体,是一块突出于地面生长绿叶的铁黑色岩石,风雨不侵。

　　南澳岛的海水瓦蓝,比天空更纯粹,有琉璃的质感。登山观海,视线挪到岸上,楼房显得十分小巧,沙滩的人比草芥更小,如同一幅画上随意点上去的几个点,小得没法再画了。夜里,我在南澳岛的海边跑步。这里修了一条很好的海滨大道,道路平整。海消失在月色里。月亮只照亮一小片海,在海面留下一小片金箔。海水来抢,金箔七零八落,瓦楞式的波纹动荡不休。我到海边跑步是为听到涛声。浪涛在看不见的海里奔跑,我也在跑。随着"啪、啪"的节奏,心跳和落地的脚步协调一致,而"哗、哗"的涛声似在身后追赶。夜的海如无边的猛兽来袭,它们蹲在模糊的浪涛上发来吼声。跑的时候,无论睁多大眼睛都看不清海的广阔与深邃。你觉得这一大堆奔涌的水连着世界各地。看地图发现,阿根廷有一个地名叫"里瓦达维亚海军准将城",位于圣豪尔赫海湾,我很想坐船去这个地方看一下。军人在阿根廷很吃香,这个国家的地图上还有苏瓦雷斯上校镇、皮科将军镇。巴拉圭有一个地方叫"伦萨少校堡",靠近玻利维亚边境。看来这个国家军官少,少校就可以命名地名了。我身旁的海水有可能来自里瓦达维亚海军准将城,到达南澳后返回阿根廷。大海到处都是路,海水可以无拘束地到达各国港口。

南澳岛的居民们在海滨大道跳舞。路灯下,人们姿态翩翩。看上去,她们很像是鱼儿从海里跳出来起舞,像章鱼那样手拉手跳舞。海浪撞击防波壁,叹息一声退去。在海边跑步,耳边传来远远近近的涛声。人耳不够灵敏,把无数涛声集纳成大概的"哗——"。海上,耸起的后浪拍击平缓的前浪,浪在空中开花散落。浪呼啸着俯冲,浪摔在礁石上如破裂的釜,浪相互拥挤。这一切声音被混入苍茫的夜空,无法用语言描述。大海发出声音并吸收声音,它是巨大的音场,高频音被磨掉棱角,低频音只剩下混沌的震动。我相信海里成千上万种鱼类、贝类乃至海草都在发出声音,通过水分子传送八方,这是以耳膜感受空气声波的人类无法听到的音响。它们在水里而非空气中传输音频信号。我相信水里生物的声音照样可以用清澈、孤单、嘹亮、温柔、激烈这些词语来形容,这是它们的歌声。所有的生物都能用频率或者叫节律表达情感。大海是最伟大的情感抒发者,它无比丰富的情感在人耳听来有一些单调,哗——、哗——,日夜不息。海所表达的意思怎么会仅仅是"哗——"呢?总有一天,人们会从涛声中解码出惊人的秘密。

夜

夜的枝叶

也可说:夜的汁液。

夜,是草木饮水的时分。我坐在桑园水磨石的花池边沿,看到树叶和草饮水时的颤动。没有风,叶子颤摇是水有一些凉。枝头的叶子还没有等到水。错综如迷宫的枝杈分走了水。水呢?水……顶尖的叶子不耐烦了。

土地被吸走许多水,颜色浅了一些。也可能月亮刚从云中钻出来,像在地上铺了一层纸。月在云里的时间太长,就算吃一顿饭也不应该这么长时间,除非喝酒。月亮也喝酒吗?也许。月光如万千小虫在地面爬动,毛茸茸的。月光爬不进榆树外皮的沟壑。蚂蚁觉得好笑,这么宽的裂缝还爬不进去吗?两个蚂蚁在里边并排奔跑,且碰不到彼此的脚。月光被大马路惯坏了。

夜的汁液把桑园兜在一个网里,透明发达。在网里,地里的水往树上跑,月光顺草根往地里钻,花粉跌落在草叶上,拾也拾不起来。贪财的蚂蚁还在往洞里运东西,不管有用没用。汁液最多的地方,树杈"哗"地折断,鸟飞,绕了半天才找到原来那株树。

草不停地吮水。实际用不着吮这么多,它不听。秋天来到桑园的时候,草的肩膀上挂着大滴的水——它不知道把水藏到哪儿,又舍不得扔掉。因此,水珠在草的手,在它们胳肢窝下面闪闪发亮。早晨,蝴蝶被这些水弄湿了高腰袜子,说这些草真是无知极了。

我曾想搬一架梯子,看桑园最高处的枝叶在夜里做什么。顶端的树叶肥大舒展,颜色比别处的淡。我在楼顶看到槐树冠的一团白花落满瓢虫。先以为是蜜蜂,但闪亮,还有瓢虫飞过来。我爱看瓢虫飞翔,跟鸟儿、蜜蜂不是一回事。它们像拽着细丝游荡的蜘蛛,一掠而过,不知所终,不优雅也不镇定。瓢虫的两扇硬壳里藏着几片薄翼,这么简陋也能飞吗?以后黄豆和红小豆画上黑点也能飞了。

枝叶不动。我估计槐树、桑树和碧桃树顶端的叶子在开会——峰会,商量污染、水资源、鸟儿粪便的问题。碧桃树提议赶走桃木食心虫。隔一会儿,树的顶端飒飒摇曳,举手通过一项议案,譬如不许练功的人往树上钉铁钉挂衣服。

树的生活从夜里开始。它们在静谧中饮水、沉思和休息。车辆消失了,树们松了一口气。可惜缺太阳,没有就没有吧,省得车辆商贩往来。在月光下,除了不能读书,其他没什么不好,多数的树这样认为。

狗叫引发其他吠声

　　雷声响时,像空铁罐车轧过鹅卵石的街道,这是春雷。响过,引发远处的雷,呼应、交织,像骨牌倒下。乡村的夜,只有狗叫才引发其他的吠声。雨水应声而下,仿佛晚一点就让雷声成为谎言。声音唰唰传来,街道挤满雨水行进的队伍,

　　现在是夜里两点,雨把街道全占了,没有人行。而窗外有叽叽咕咕的声音。我开窗,见屋檐下的变压器下面站着一男一女。男的用力解释一件事,做手势,声音被雨冲走。女的在雨中昂立,也可叫昂立一号,额发湿成绺,高傲倾听。男的讲完一通,女的回答,一个字:

　　"你!"

　　男的痛心地解释,做手势。隔一会儿,女的说:

　　"你!"

　　这个字响亮,雨拿它没办法,被我听到。这是什么样的语境呢? 男人说:"我……"回答"你!"他翻过头再说,返工。比如:

　　男:"我对你咋样? 你想想。哪点对你不好? 难道我是一个骗子?"(手势)

　　女:"你!"

　　水银路灯凄凉地罩着他们,光区挂满鱼翅般的细丝。男的上

衣湿透，像皮夹克一样反光，眯眼盯着女的不停言说。女的无视于雨，颈长，体形小而丰满，无表情。我想起艾略特《四个四重奏》，最后一首《小吉丁》写道：

> 又是谁发明了这么一种磨难，
> 爱情。
> 爱呀，是不清不楚的神灵，
> 藏在那件让人无法忍受的
> 火焰之衣的后面。

此时，人都睡了。今天夜里，只有他们是春雨的主人。

虫鸣比星星散落得更远

听虫鸣可以练听力。夏夜的合唱里，虫的种类会超过一百种，越是细辨，越觉出大自然的丰富无可比拟，虫世界比人世界还要热闹。

作为音乐术语，听力，指倾听人对音准和音高的辨别力。唱歌跑调的人不是声带出了问题，是听力有偏差。而更深入的听力，可以同时听到乐曲中不同乐器的演奏，比如听出铜管乐里面小号和长号的音色，听到小提琴和竖琴的声音。莫扎特的晚期作品，喜欢以长笛和竖琴对位演奏，小提琴齐奏上下迎接，与歌剧的咏叹调相仿。长笛是女高音,竖琴是次女高音,小提琴是合唱队。当所有的乐器共同演奏时,同一时间听出不同旋律的不同乐器的演奏,就有相当好的听力,自然也是好的享受。

以这种态度听取虫鸣,感到大自然的音乐更神秘、渺茫与出人意料。把虫鸣当乐曲听,相当于看赵无极的画。他的画乍看像骗子画的,但越看越见出精妙,没有五十年的苦功,当不了这样的骗子。他的画不具象,就像虫鸣没有旋律性。而他画里的一与多、线与面、构图(他好像用不上构图这个词,没构过)合乎星空一般的萧散自如,做是做不出来的,画也画不出来。赵无极的画接近于音乐,音乐里面实在是"没有什么"。假如这个"什么"是主题、是高潮、是究竟的话,好的音乐一律什么也没有。听巴赫和莫扎特的音乐,似乎连铺垫也没有。我常想说巴赫的音乐没开头,劈面就是剥开的橘子瓣的脉络。但巴赫每首乐曲的开头,不是开头又是什么呢? 这么一问,又把我问住了。但这种开头不是起承转合的起,是太极拳一般、云朵般连绵的意的截面。高级的艺术品首尾相连,像匈奴人崇拜的头尾相连的团形豹。

虫鸣也没有开头,谁也不知道夜里是哪只小虫发出的第一声鸣唱。它们的鸣唱织体晶莹,比星星散落得更远,好像流星们相互呼喊。我觉得流星那么突然地栽到一个地方,一定会传来呼救声,只是声音要经过亿万光年才传到我们 N 辈孙子们的耳边。那我们为什么听不到亿万光年之前流星的尖叫呢? 可能人的生命太短,连一声流星声还没听到就过去了。这样,刚好可以把虫鸣当作群星(含流星)的呼喊。

箕坐山野,闭上眼睛听虫的鸣唱,感觉虫鸣如电脉冲在示波仪里长短蹿动,如同大地的心电图,又像草芽从土里钻出,还像一张大网把夜罩住,虫子从网里往外钻。睁开眼,四野空旷,平安无事,而三野则是华纵的别称。夜晚,天像玻璃碗一样空灵盈余,大地的绚烂全被黑暗收藏,唯一收不走的是这些晶莹的虫鸣。它们让大地铺满了钻石,天亮时跟露水一起消失。

屋顶的夜

夜是什么?首先它不是一个对时间的描述。时间是穿过夜与昼的钎子,既不是日,也不是夜。夜是光线缺席?也不是。人们所说的光指太阳光,它只是光的一种。夜里亮起一盏灯,照亮墙壁和书本上的字。但夜还在,灯光撵不走夜。

夜像太阳和露水,每夜来到人们身旁,来到草的身上,站在大路两边。夜色为眼睛而不是手而存在,手摸不到夜的身体,夜在人的眼里像漆黑的金丝绒,像山峦,像典雅的雾。

月亮从东山俯瞰山路,夜藏在鹅卵石和树干的背后。夜没有影子。烟囱和院墙的影子是月亮的随从。无月之夜,夜把丝线缠在每一根树枝上,让黄花和蓝花看上去像一朵朵灰白的花,让人感到狗看东西的局限——狗的视网膜看不到彩色。夜站在山坡,跟松树并排站立,看公路睡眠的表情。

夜没在河里,夜进入不了水。夜看见无数大河在峡谷奔跑,像一条条宽阔的道路,且平坦。河水没被夜色染黑,不像草和树,它们每一夜都穿上夜送来的睡衣。

喜欢夜的不光是小偷,还有猫和猫头鹰。猫在夜里走路舒服,毫不费力地上房和上树。夜对猫头鹰来说是巨大的游泳池,被染成黑色的空气是池里的水。猫头鹰每夜游过十几个街道,体验有氧运动。

有几次,我后半夜在大街上走,遇到了更多的夜。它们站在玻璃幕墙的大厦的边上,趴在没竣工的楼房窗台上向外望。被月光漂白的草坪下面,潜伏着夜的碎末。我在马路中央的双黄线上行走,谁都没走过。我大声唱歌并朗诵,没人阻止你,路灯躬身聆听。我说——夜! 叫上去像是——耶! 再说一遍夜还像耶。在这么好的夜里人们为什么执迷不悟,钻进被窝里睡觉呢?

昨晚,夜来自一个未知的地方。那个地方如此之大,可以装下密密麻麻的夜。黎明前,夜悄无声息地撤离,干脆利落,没给白天留下哪管一小片条缕。它们撤退以吸铁石的方法集结,所有的夜被吸入一个折叠的口袋。

夜站在屋顶,像一层庄稼,风吹不散,它们认得每一片瓦。夜在瓦的下面作上记号,第二天看一下有没有虫子爬过。

钻入屋子里的夜安静,能忍受鼾声和难闻的酸菜味,它们在床上、桌上随便睡下,熟悉人的气息。外面的夜高大,监管着每一颗星星的位置,校正星座与地面的数据。

夜在哪里休息？绵绵不断的夜趴在花朵下面和向日葵脸盘子上打盹。夜走过昼的日光走过的所有路。夜知道所谓人生历史与时间的背面都贴着一个标签，上面写着："夜"。夜比昼更享有恒久。

发光的飘浮在太空的石头

从小到大，看周围，没改变的只有天上的星星。

它们没少也没多，这是我的猜想。我小时候不只一次数星星，但没有一次成功。星星像倒扣的扎满了窟窿的水桶，射入桶外的光亮。星星像深蓝海滩晾晒的珍珠，风干后发出贝壳的石灰质的淡光。星星是天外不知疲倦的守夜人，记录着地球的转速。星星假如少了——比我出生的时候少了两颗——也没人发现，更没人痛心、追查或在网上搜索。所以我无须什么证据就可以说星星没变化，星星一颗都没有少，没被拆迁以及列入 GDP。星星像夜的森林中的无数野猫的眼睛睽视人间。

我看到星星会想到童年。我觉得童年的星星大而亮，离人间比较近，我甚至想说出那时的星星也处于童年。为了不让人笑话，这话还是不说的好。我童年的地方有两山、一河，三层的楼房有三座，最繁华的莫过于满天星斗。那时有人逗我，说天下只有赤峰有星星，其他地方的夜如铁锅一般沉闷。这人还说那些下火车、下汽车的人，就是从外地来看星星的人。我听了真是自豪，以为星星是赤峰夜空结出的果实，像杏树结香白杏、桃树结水蜜桃一样。我从赤峰七小放学经过长途汽车站，见下站的人——他们东张西望，灵魂像被售票员收走了；牧区的人冬天穿着沉重的皮袄，脚蹬毡靴；有人拄着拐棍。我见到他们心领神会：唔，又是来看星星的。夜晚看星星的时候，我在心里分享外地人特别是牧区人看星星的喜悦。

小时候，我家络绎不绝地经过各路亲戚，他们到我家，然后去北京或呼和浩特，还有人奇怪地前往集宁；或者从北京、呼和浩特、集宁到我家休息一段儿，回他们自个儿家。一次，我大着胆子问一位亲戚：你上这儿来是看星星的吗？他竟想了很长时间，说是的。我又问，那你去呼和浩特看什么呢？他说看病。

天没亮，我和我爸我妈乘火车去甘旗卡，马路上所有的路灯都照着我们三个人。我爸的咳嗽像是问候路灯——它们在寒冷的夜里没结霜花，空气中带着冬天才有的铁锈味。星星挤在南山的背后，说它们潜伏在山后也没什么大毛病。南山戴雪，黑的沟壑如马的肋条。在新立屯我们吃了马肉饺子，我爸知道后很生气，我觉得味酸。

星星从克什克腾、巴林左旗和右旗那边飘进英金河的水面上，我趴在南岸，从草叶的缝隙往河里看——星星在洗澡、在悠游、在串门，而一颗空中落下的鸟粪吓跑了河里所有的星星。

我今天仰望星空的时候，关于星辰的知识一点儿没增加，而星星既没多也没少。观星使人感觉自己是近视眼，看不清它们，而它们又确凿地存在着。星星没有老,是人老了。星星没被氧化,它们身上没有自由基,不会脱发与肾亏,更不会得结肠炎或酒精肝。说到底,谁也不知道星星是什么,约略听说它们是发光的飘浮在太空的石头,这只是听说。人到老,对星星的了解也就是这些。印裔物理学家钱德拉塞卡比我们知道得多一些,说星星也会变瘦、变矮。当我们听说我们眼里的星光是千万年前射过来的之后,不知道应该兴奋还是沮丧,能看到千万年的星星算一种幸运吧?而星星今天射出的光,千万年后的人类——假如还有人类的话——蝾螈、银杏、三叶草或蕨类才会看到。如此说,等待星光竟是一件最漫长的事情。

群星疏朗,它们身后的银河如一只宽长的手臂,保护它们免于坠入无尽的虚空。

夜空栽满闪电的树林

闪电是上帝的胡须,我们终于有机会见到上帝的侧面肖像。相信上帝的人才怀疑过上帝的存在。契诃夫一辈子都在怀疑上帝。他的父亲对上帝过度信仰,契诃夫在打骂和唱诗中度过了悲惨的童年。契诃夫看到俄罗斯农民在信仰中愚昧地活着,没有人也没有神灵帮助过他们。巴斯德是微生物学的创始人之一,发明了疫苗,他总结一生的科学研究,结论是上帝存在。

被闪电照亮的地面有如发生了地震,看得清草颤抖。闪电下,河流的浪头比白天更多,如同石块倾泻。

闪电更像一棵树,它的根须和树干竟然是金子做的。当雷雨越来越浓时,天空栽满了闪电的树林。一瞬间长出一棵。雷雨夜,天上有一片金树林。

草被闪电照得睁不开眼睛,手里接的雨水全洒在袖子上。草刹那间看到自己的衣衫变成了白色。秋天还没到,闪电收走身上的绿色。草想象不出自己明天变成一身素衣。

闪电照亮山峰的面孔。山沉睡的时候脸上柔和,崖上的松枝有如乱发。山睡了之后,一堆堆灌木向上潜行。山在闪电里醒来,看清了云的裂缝。云被沉雷震裂,如黑釉的大碗分成两半。

闪电之下,河岸的树林比河水走得更快。明天出现在河岸的树将是陌生的树。人并不认识每一棵树,就像不认识每一只羊,每一只甲虫和蚂蚁。河岸的树趁着夜色奔向了远方,走得相当远。我在贝加尔湖左岸见到一株斑驳的杨树,像我老家的树,摸一下更像。我问它,你到过赤峰北河套吗?树飒飒然,在风中吐露一串话,如布里亚特口音的蒙古语。我看它周围的树,觉得这是个移民部落,阜新的、朝鲜的,甚至有一棵树来自布加勒斯特。闪电照亮奔袭的树林。树停不下脚步,前呼后拥,枝叶牵携,脚下溅出泥浆。

闪电是天的烙铁。我老家早先把熨斗叫烙铁,其实它们是两种东西。在马的臀部作记号的是烙铁,而非蒸汽熨斗。天的烙铁把云烙得大叫,叫声传出十八里。天为什么在云上做记号呢? 怕云跑丢了或云犯了罪?天的事只有天知道,富兰克林用铜线风筝把闪电招下来,差点被电死。

闪电是天送给地的焰火,让人间娇滴滴的,化学药剂的带图案的焰火显出可笑。闪电是力量,所有力量都带有野蛮特征而不是表演性。闪电多么美,瞬间照亮一切瞬间,收回自己的光,让夜空继续深厚。闪电让夜里的生物清晰。蓬松的泥土里藏着白色的虫卵,松针比松鼠尾巴更蓬松。

闪电是一条站立的火的河流,它不会是上帝的胡须。这条河流分成许多干流和支流,从雷流出,回到雷里。

闪电像夜空突然醒来。

月亮颂

他乡月色

我越来越想念图瓦,三年前在图瓦我就想到会想它。

国宾馆是一座安静的三层小楼,靠近大街。大街上白天只有树——叶子背面灰色的白杨树,晚上才有人走动。人们到宾馆东边的地下室酒吧喝酒。我坐在宾馆的阳台上,看夕阳谢幕。澄澈的天幕下,杨树被余晖染成了红色。你想想,那么多的叶子在风中翻卷手掌,像玩一个游戏,这些手掌竟是红的,我有些震骇。大自然不知会在什么时候显露一些秘密。记得我在阳台放了一杯刚沏好的龙井茶,玻璃杯里的叶子碧绿,升降无由,和翻卷的红树叶对映,万红丛中一点绿,神秘极了。塞尚可能受过这样红与绿的刺激,他的画离不开红绿,连他老婆的画像也是,脸上有红有绿。

图瓦的绿色不多,树少。红色来自太阳,广阔无边的是黄色,土的颜色。有人把它译为"土瓦"。我年轻时听过一首曲子,叫《土库曼的月亮》,越听越想听。后来看地图,这个地方写为"图库曼",就不怎么想听了。土库曼的月亮和图库曼的月亮怎么会一样?前者更有生活。象形字有一种气味,如苍山、碧海,味道不一样。徐志摩一辈所译的外国地名——翡冷翠、枫丹白露,都以字胜。

图瓦而不是土瓦的月亮半夜升了上来,我在阳台上看到它的时候,酒吧里的年轻人从酒吧钻出来散落到大街上,在每一棵杨树下面唱歌。小伙子唱,姑娘倚着树身听,音量很弱。真正的情歌可以在枕边唱,而不是像帕瓦罗蒂那般鼓腹而鸣,拎一角白帕。我数唱歌的人,一对、两对……十五对,每一棵树边上都有一个小伙子对姑娘唱歌。小伙子手里拿着七百五十毫升的铝制啤酒罐。俄联邦法律规定,餐馆酒吧在晚间十点半之后禁止出售酒类。而这儿,还有乌兰乌德、阿巴干,年轻人拿一瓶啤酒于大街上站而不饮乃为时尚,像中国款爷颈箍金链一样。

图瓦之月——我称为瓦月——像八成熟的鸡蛋黄那样发红,不孤僻不忧郁,像干卿底事,关照这些人。它在总统府上方不高的地方。我的意思说,总统府三层楼,瓦月正当六层的位置。所以见出总统府不往高里盖的道理。

书说,人在异乡见月,最易起思乡心。刚到沈阳的时候,我想我妈。见月之高、之远不可及更加催生归心。而月亮之黄,让人生颓废情绪,越发想家。我从沈阳出发到外地,想老婆孩子。

而到了图瓦，一个俄联邦的自治共和国，我觉得我之思念不在我妈和老婆孩子身上，她们显得太小。所想者是全体中国人民。我知道这样说有人笑话，我也有些难为情，但心里真是这样子。虽说中国人民中，我所相识者不过区区几百人，其绝大多数我永世认识不到，怎么能说"想念广大中国人民"呢？而我想的确实就这么多。比如说，在北京站出口看到的黑压压的那些人（不知他们现在去了哪里），还比如，小学开运动会见到的人、看露天电影看到的人、操场上的士兵、超市推金属购物车的人。我想他们，是离开了他们。在图瓦见不到那么多的人，也显出人的珍贵。早上，大街尽头走来一个人，你盼望着，等待着这个人走近，看他是什么人。但他并不因此快走，仍然很慢。到跟前，他一脸纯朴的微笑。

在图瓦，验证了人有前生一说，至少验证了我有前生。大街上，迎面遇到随便什么人，你得到的都是真诚质朴的笑容，像早（前生）就认识你、熟悉你，你不就是谁嘛。图瓦人迎面走来，全睛看你，突厥式的大脸盘子盛满笑意，每一条皱纹里都不藏奸诈。我像一个没吃饱饭的人吃撑着了，想：他们凭什么跟我微笑呢？笑在中国，特别在陌生人之间是稀缺品，没人向别人笑。而向你笑的人（熟人）的笑里面，有一半是假笑，和假烟假酒假奶粉一样。笑虽不花钱，却也有人不愿对你真笑。跟我社会地位低也有关。从美术美容观点看，假笑是最难看的表情，如丑化自我。纯朴的笑有真金白银。笑，实为一种美德。

我没想明白图瓦人为什么对人真诚微笑。而他们的生活当中，没有不诚实以及各种各样迷惑人的花招。中国人到这里一下子适应不了，像高原的人到低海拔地区醉氧了。这里没有坑蒙拐骗，人的话语简单，什么事就是什么事，这样子就是这样子。这让来自花招之地的人目瞪口呆，有劲使不上。图瓦人的笑容，展露的实为他们的心地。

总统府上空的月亮像带着笑意，俯视列宁广场。广场上一定有一些有意思的事情发生。我下楼去广场，看月亮笑什么。

列宁广场在克孜勒市中心。塑像立北面，身后山麓有白石砌就的六字真言，字大，从城市哪个角度都看得清。广场西面歌剧院，东面总统府。该府连卫士都没有，农牧民和猎人随便出入。总统常常背着手在百货公司遛达。广场中立中国庙宇风格的彩亭，描金画红。里面是一座巨大的转经筒，从印度运来，里面装五种粮食，一千多斤重。这些景色到了夜里跟白天不一样，所有的东西披上一层白纱，边角变得柔和，夜空越显其深邃，而瓦月距总统府上空其实很远，在山的后方。

广场上有两三个转经筒的人，有人坐在长椅上，有人缓缓地散步。他们在和我相遇的时候虽露笑容，但更庄重。他们的人民到夜里变得庄重了。我们的人民晚上似更活泼。我想到，图瓦人虽把纯朴的笑容送给你，像满抱的鲜花，他们其实是庄重的。面对天空、大地、河流、粮食和宗教，他们生活得小心翼翼，似乎什么都不去碰。农民除了种地时碰土地，剩下的什么都不碰，包括地上的落叶也不去扫。人在这里安分守己并十分满足。看图瓦人的表情,他们像想着遥远的事情,譬如来生,又像什么都没想,脸上因此而宁静。这种表情仿佛从孩童时代起就没变化过(他们小孩就这表情),更未因为衣服、地位、年龄和 GDP 而变化,只是成年人成年了,老人老了,表情都像孩子。再看月亮,我刚才在国宾馆看到的月亮像它的侧面,在广场看到的还是它侧面,这是下弦月。看它正面除非上火星看去。

脚踩广场的月色上,没发出特殊的声音,月色也没因此减少(沾鞋底上)。月色入深,广场像一个奶油色的盒子。人都回家了,只有一人从东到西、从南到北慢慢走,这是我和我的影子。

月亮从来就没穿过衣裳

月亮白天不出来,是因为它没有衣裳。它听说夜里人全都睡觉了,鸟也入睡。月亮方敢夜游,因为它没有衣裳。

喜欢望月的人不讲廉耻,如我,看月亮如何白白胖胖。我夜里不睡觉,只为看一看月亮。从窗棂看到的月、从回廊和柳梢头看到的月都差不多,都是月亮的这一面,或胖或瘦。它半个月减一次肥,再胖再瘦。水里的月亮比天上的月亮更真切,因为洗过。但钻进水里的月亮胆子小,即使微风,也要哆嗦。它怕有人不睡觉、偷窥。我懂月亮的担忧。为了夜跑,我买了一件反光背心。车灯照过来,背心的条纹射出强烈的反光。我在这条宽阔的蒲河大道上奔跑，虽有车辆驰过，看一眼反光背心心则安。一次，我奔跑中涌现尿感，挑选一个茂密的树丛背后解决。钻出来，我才想起不必去树后解手，反光背心告诉所有夜车的司机我正在树后撒尿。月亮你太亮了，比我穿反光背心还亮，你怎能避免别人仰望呢？为护卫你的冰清玉洁，要么穿衣，要么调低亮度。你别相信人夜里睡觉这个传说，我在网上见到无数月亮一丝不挂的照片，替它捏一把汗。别人说月亮上没 Wifi，它不知道。

　　如果我是月亮，就不介意这件事。小孩子从下生就看到光溜溜的月亮，不奇怪的。到他垂垂老矣，月亮依然如此，这不就是天体吗？不必躲躲闪闪，不必减肥，也不必天亮前就逃走。据我所知，所有的人都知道月亮没穿衣裳，只有月亮觉得自己在漆黑的花园里夜游。衣裳嘛，不是多么重要的事情，月亮不怕冷又不怕热，衣不衣都没所谓。人穿衣是怕热怕冷，主要怕自己的身体不好看。真正好看的东西都无衣，如鸡蛋、如钻石，对不对？地球上没人像月亮这么白净，这么圆润，月亮不年轻也不算老，裸就裸着吧。按说呢？月亮有自己的衣服，即云彩。但它的云衫不尽职守。为什么？它们不想当别人的衣裳，它们自己想再穿一件衣裳。李白诗云"云想衣裳花想容"，道破了天机。云彩在天上到处跑，正是想找衣裳披在身上，你怎么能拿云当衣裳呢？况且，月亮无论穿上多么雍容的云衣，风一来，衣裳全被吹跑了，白穿了，找都找不回来。京剧界有一句行话，曰"云遮月"。吾问何意?人答此谓老生的嗓子。这番问答外人听不懂,这里解释一下,唱老生的好嗓子不必太亮(没穿衣),略带一点沙哑叫云遮月,好听,如月亮半穿半露的样子。而我形容略哑的嗓子所用的词是"包浆",也说这层意思。

月亮光着吧,洒给地球的光多,有用。走夜路的人用月亮裸体的光寻找田埂,躲避地面的坑。青蛙借月光爬上莲叶,这是它歌唱的舞台。月光下的汉江分开秦岭和巴山,好多人分不清哪儿是哪儿。人看不清树林里的蛛网,但蜘蛛看得清。结网不算什么大事,月光这一点光足够了,蜘蛛藉着光把网结得如老木的年轮,它在网上倒退进步,似凌空无凭的飞檐走壁。石臼里的水在夜里积满,白天有小鸟松鼠饮用。水滴从石缝里滴出来,第一滴水准确地砸中了月亮,第二滴水等待月亮复原,然后再砸下。水滴认为它锻造了月亮,如锻造金箔一样,使它又薄又圆,可以卷起来包一枚纽扣。月亮月亮,在夜海游泳,岸边堆满了它脱下的白云的衣裳,它以为天下没人见过月亮。

望月要到海边。这一面十里沙滩,那一面万顷海水,四外无遮无挡。月亮升起来,海水忙不迭把它的金光往岸上推送,企图埋在沙子里。这样的夜,海与夜空已浑然一体,只不过海在颠簸金光。无风无云的月亮在海面上航行,掉到海里也没关系。它不怕湿了衣裳,没衣裳。此夜月是君王,地上无山无林,没有河流与庄稼,只剩下反光的海水。白帆与海鸥全已停歇,让出天空和海面,由月亮独步。大海用动荡来迎接月亮,并没让月亮感动。

海无须集体摇摆,划区域掀动波浪,鼓过掌的就不用再鼓了。月在海上穿行得很快,它听说海风里的化学物质具有腐蚀性,月亮也不例外。海边房子的门窗和墙都裂缝了,海风撕裂了它们。在海边待时间太长,会沾染方言。月亮提醒自己,全世界海边的居民都不说官话,无论里昂、悉尼、纽约、上海、青岛都是如此。这些地方的人又侉又洋。

每天夜里,月亮在全世界裸行一周,用光填平地面的坑坑洼洼,给海浪贴金。害羞的星星躲了起来,只有大胆的星星出来观望。

荞麦花与月光花

某年上秋,我在刀把子地机井房住了一个月,就一个人。看机井,因为"水利是农业的命脉",防止地主富农破坏。"文革"中的地富分子,当年也许是最驯良和健壮的人了,他们见人则把路让开,低着头。由于劳动强度远超过贫下中农,因而更健壮。譬如我们队里老刘家的坏分子、老武家地主和老胡家富农。

我早知道,他们再健壮,也万万不敢破坏机井,甚至连一棵庄稼也不敢碰。

一天的后半夜,我急起撒尿,趔趔趄趄冲到屋外。人醒了,但除了腿脚和撒尿的机关外都睡着,即古人所谓"寤"之状态,摇摇晃晃地缓释负担。尿时,睁开眼,一惊;闭上再大睁,竟害怕了。我发现机井房周围落满大雪，白茫茫无限制。我收尿遂奔回屋。躺在炕上想，下雪了，啊？这时候全身都醒了。先想现在是几月，这不才九月吗？中秋节还没过呢？再说也不冷啊？窗户开着，屋里也没有火盆。不行，我蹑足下地，趴窗户一看——

大雪，毛茸茸的，约莫一尺厚吧，随着地势起伏。渐渐地，我明白了，披衣出屋，来到当院的土坪上。

荞麦呀，这是荞麦地。它们迸放繁密的白花，花瓣密得把地皮都遮住了。在白花花的大月亮地里，就是一场大雪，吓退夜半撒尿者一名。我在机井房住了一个月，当然知道屋前左右都是荞麦，开花了。但想不到在月夜，茫茫如此。我站着，然后又蹲下了。我相信有"月魄"一说，即月亮的灵魂常在静谧之夜出窍。这时候，月色细腻柔美，地上的坑坑洼洼无不承受到这种白面似的抚摩。当然月亮不会无故出窍，倘它在地上有情人（比如在刀把子地附近），必是荞麦花无疑。荞麦花在倾泻的月光下，微仰着脸，翕张口唇，感泣而无力言说。无风，蓝琉璃的夜空，小星三五在东。白花花的荞麦如此专注于一件事，这太感人了，想不到世上有如此美景，可以由于内急而得以窥之。我知道老天爷会下雪，但不知道它还会造设烘托一种非雪之雪，酷肖。文人所称"梨花似雪"，颇觉勉强。梨花在疏枝上攀举，地上黝黑，即使在月夜，也觉得这么高的雪不易。荞麦花却雪白无疑，那种朴实的村妇气，在月下净去，宛如城里美人了。

我感到，月光和荞麦的神秘交往还没有结束，他们跟人不一样,在静美中传递更广泛有力的信息。我以肉眼当然看不出来,但也不碍什么事。突然,我后悔了,当一个人厌倦白天的种种单调景物时,谁知道造化在夜里制出许多奇境呢?我不知错过了多少机会。

节气近于秋分了,脚下一蓬绿草的修长叶子上,果然沾满露水。秋虫的鸣唱此起彼伏,唐人(如白居易)说的"霜草苍苍虫切切",或"早蛩啼复歇"。我不知道唐朝时"切切"之音怎样读,白居易又是陕西渭南人。我听此虫声乃是"滋儿滋儿"。

看了一会儿,觉得有件事未做。想一想,认为应使另一半尿复出,然此物已不知去向。又待了一会儿,心里难受,想家了。也许是眼睛被雪白簇密的荞麦花逼出了酸楚。我今日想家,只是惦念父母,可用一个"忧"字结。二十年前想家,是想念包藏着童年与少年的远方的城市,实际是"怜"己。冷不丁想起,我怎么跑到这远离人群的刀把子地机井房前的土坪上蹲着呢?况且是半夜。

现在,我的愿望仍是想看一眼月光下的荞麦地。天地间,月在上,荞麦地在下,我披衣蹲着。

黑夜如果延长,月亮会不会熄灭?

如果黑夜延长,月亮怎么办呢?会不会黯淡无光?夜只在夜里出现,就像葵花子在葵花的大脸盘子里出现,这个道理不言自明。如果夜延长了呢？小时候，我不止一次有过这个想法，但不敢跟别人说。它听上去比较反动，会给你戴上怀念旧社会的帽子，尽管我根本不了解旧社会。夜如能延长，不上学只是一个轻微的小好处，睡懒觉是另一个轻微的好处。我想到的大好事是抢小卖店。这个想法既诱人，又感到快被枪毙了，那时候，任何一处商店都归国家所有。任何"卖"的行为都由国家之手实施，个人卖东西即是违法。可是小卖店里的好东西太多，它就在我家的后面，与我家隔一个大坑。人说这个坑是杀人的法场，而我们这个家属院有一个清朝武备系统的名字，叫箭亭子。小卖店有十间平房，夜晚关门，闭合蓝漆的护板，好东西都被关在了里面，那里有——从进门右首算起——大木柜里的青盐粒，玻璃柜上放五个卧倒、口朝里的装糖块的玻璃罐。罐内的糖从右到左，越来越贵。第一罐是无糖纸的黑糖。第二罐是包蜡纸的黑糖，糖纸双色印刷。第三罐是包四色印刷蜡纸的黄糖。第四罐是包玻璃纸的水果糖。这三罐的糖纸两端拧成耳朵形，只有第五罐不一样，它达到糖块的巅峰，是糖纸叠成尖形的牛轧糖。我们都不认识这个"轧"字，但知道它就是牛奶糖。这里面，我吃过第一、第二和第三罐的糖，憧憬于第四、第五罐。家属院那些最幸运的兔崽子们也只吃过第一罐的黑糖，可能在过年时吃过一块，嘎巴一嚼，没了，根本记不住什么味道。他们其余时光都在偷大木柜里的青盐粒舐食。如果夜晚延长，我们可以从后院潜入小卖店，把打更的王撅腚绑上。我先抢第四罐和第五罐的糖，如果还有时间,再抢糕点——大片酥和四片酥,各一片。家属院的小孩有人说抢白糖,冲白糖水喝。有人说抢红糖,冲红糖水。烂眼的于四说他要抢一瓶西凤酒。因为他姥爷临终时喊了一声"西凤酒啊"命结。有人说抢铁盒的沙丁鱼罐头,我们没吃过,不抢。至于小卖店里的枕巾、被面、马蹄表、松紧带、脸盆、铁锹之类,我们根本没放在眼里,让抢也不抢。然而在我的童年,夜晚从来没有延长过。它总是在清晨草草收兵,小卖店一直平安在兹,我们每天都去巡礼,看糖。

月亮每夜带着固定的燃料,满月带的最多,渐次递减,残月最少,之后夜夜增多。如果夜延长了,月亮虽然不会掉下来,但会变灰,甚至变黑。黑月亮挂在空中,有很多危险,会被流星击中,也会被人类认为是月全食。它燃尽了燃料之后,像一个纸壳子在夜空里飘荡,等待天明,是不是有些不妥当呢?如果月亮不亮了,传说中的海洋也停止了潮汐这种早就该停止的活动,女人也有可能停止月经,使卖卫生巾的厂家全部倒闭。而海,不再动荡,不再像动物那样往岸上冲几步缩回,海会像湖一样平静。这也很好,虽然对卫生巾不算好。

人们在无限延长的夜里溜达,免费的路灯照在他们头顶。道路在路灯里延长,行人从一处路灯转向另一处路灯下。菜地里的白菜像一片土块,哗哗的渠水不知从何处流来又流到了何处。被墙扛在肩膀上的杏花只见隐约的白花却见不到花枝,如江户时代的浮士绘。路灯统治着这个城市,它把大量的黑暗留给恋爱的人。夜如果无限期延长，每只路灯下面都有学校的一个班级上课。下课后，赌博的人在这里赌博。多数商店倒闭了，路灯下是各式各样的摊床。人们在家里的灯光下玩，然后上路灯下玩。不玩干啥，谁都不知道夜到底什么时候变为白天。在夜里待久了，人便不适应白天，眼睛已经进化出猫头鹰的视力。他们可以在没路灯的地方奔跑，开运动会。他们开始亲近老鼠，蚊子取代狼成了人类的公敌。

如果亲爱的黑夜真的延长了，河流的速度会慢下来。河水莽撞地奔流容易冲破河堤。侧卧的山峰在夜里吉祥睡，在松树的枝叶里呼吸。星辰在此夜越聚越多，暴露了一个真相——每一夜的星辰与前一夜的星辰要换班，它们不是同样的星星。在星辰的边上，站着另一位星辰。猎户座、天狼星在天上都成双成对。连牛郎织女星也双双而立。夜空的大锅里挤满了炒白的豆子般的星星，银河延长了一倍。动物们大胆地从林中来到城市，它们去所有的地方看一看。比如超市和专卖店，它们坐在电影院的座椅上睡觉，猫在学校的走廊里飞跑，猴子爬上旗杆……

光之翅羽

光的笑容

光从长裙似的厚窗帘的脚下射进来时,只有三寸长,它落在提花地毯上,好像捕捉羊毛里的尘埃。如果你"哗"地掀开窗帘,光像洪水一般扑进来,占领屋里的每一个角落。还是节省点光吧,我一点点拉开窗帘,光像客人从一条窄道走下来。它们只走直线,前方不管是床或者椅子,光都要走过去,把自己的衣服摊在上面。

每天从窗外进入我家里的光是原来的光吗——昨天、前天、许多天以来的光?

这些光线——它虽然被称为线,我实在不知道它们是多少根线——真像是我家里的熟人,从窗玻璃上的每一部分穿越而来,从它和煦的温度上可以感到这些光线带着笑意。如此说,光带着笑容来到我家。是的,否则它来此做什么呢?

光坐在地板上笑,它们坐在橱柜、枕头、书本、床头的眼药水上笑,它们坐在垂直的镜子上笑,它们在镜子里看到了墙壁和吊灯上的光的兄弟。

这些光线只是光的先头部队,是天色微曦之后进入屋子里面的亮,我称之为泛光,而整齐的光的队伍在后面。当阳光越过前楼的屋檐进入房间时,它们全穿着金色的制服。这些光不乱走,这些光永远保持队形,排成一字的方形向前面推进。无论遇到什么东西,早晨的光都刻板地为这些东西涂上一层金色。如果你在地板上放一个金黄色的小南瓜,阳光也照样为它涂上金色,虽然南瓜身上一点也不缺这种颜色。

如果我家的黑猫飞龙少校端坐在光里,光比平时劳累。它把金色洒在飞龙的每一根毛上,而猫的毛又如此之多。飞龙如刺猬一样沐浴在晨光里,不时看一看自己爪子上的光,但没等它把光舔进肚子,光已经跑了。爱因斯坦早就说过,光的速度是人可以理解的速度里面最快的,但飞龙少校从未听说过爱因斯坦,连塔吉克斯坦也闻所未闻,它认为斯坦并不比一只麻雀更重要。

光行进的时候,边走边衍生新的光,即反光,否则光不够用了。反光也是光,你看到光在地板上缓缓推进时,它的反光已经把天花板照亮了,这又省了许多光。没错,墙壁也被照亮了。我家卧房的墙壁露出布达拉宫式的红色,客厅露出小葱的绿色,它们上面进驻了光。

然而我们并没有见到光本身，这样说好像不讲理。怎样说才讲理呢？在光照中，我看到了栗子色的地板、彩色墙壁和其他东西的轮廓与色彩，但它们是地板、墙壁与其他东西，并不是光。光是透明的？当然透明，光从来不是一堵墙。然而透明的水、玻璃与水晶都有实体（佛家称之为色），而光的实体在哪里？

你伸出手，当你看到你的手时，光就在你的手里，你却握不住它，更不能把光藏起来。以人的贪婪的本性而言，如果可以把光藏起来，不知有多少人藏起多少光，大街上到处是卖光的人，行贿也会贿之以光，但太阳没让人这样做。造物主所造的核心物质都具有不可复制性与不可储存性，比如空气，比如光。电来自能源转换而非制造，同时不可储存。

在我们见到光照射万物时，仍然可以说我们不知什么是光，没见过光本身。你说光原本不存在也未尝不可，说它存在，你怎么指给人看呢？爱在哪里？智慧和仁慈在哪里？人没办法指出它们，尽管它们就在那里。

我趴在地板上摆火柴棍测量阳光的行进速度，后因接电话把这项重要试验耽误了。当你趴着看地板上阳光的脚步时，光似乎不动了。从理论说，光每秒每刹那都在行走。从实践——以人的视网膜、人的无法安住的心念——说，它不曾移动，而人一转身，它又迈了一大截。光均匀地走过房间和整个大地，走过上午和下午。光时时在生长，人从来抓不住它们不断生长的尾巴。从古至今，只有光从容不迫。

光与棋

天黑透,桑园有俩人下象棋,在一个废弃的办公桌上。街上的路灯比一百年以前还暗,马路那边照不到这边,当然也照不到棋上。

他俩弯腰观棋,像默哀。他是他的遗体,他是他的遗体。

一会儿,马路车来——绿灯后,汽车汹涌雪亮,一拨儿约二十多辆,下拨儿则要十分钟后——车灯的光在棋盘上爬。他们飞手捭棋,手眼精快,不像下棋,反如抢对方的子。

车净,棋静,俩人头对头俯瞰,我觉得他们头上缺犄角。双方均不言声,难道没下错的、悔棋的?看来没有。他们也不抬头等车。此街单行道,车自西而来。

盯着吧,我要回去,已练完九十六式太极拳(二十四式练四遍)。回家躺在床上,想:应该发明一种夜光棋。

光

才知道,这一生见的最多的是光。光伴随了人的一生,而不是其他。一个人离开这个世界时,他离开了这一世的光,他变成光的另一种形式——碳化。

光在子夜生长。夜的黑金丝绒上钻出人眼分辨不清的光的细芽。细芽千百成束,变成一根根针芒。千百银针织出一片亮锦,光的水银洒在其中。还是夜,周遭却有依稀亮色,那是光的光驱。光在光里衍生,在白里生出白,在红里生出红。它为万物敷色,让万物恢复刚出生的样子。光的手在黎明里摸到世上每一件物品。万物在光里重新诞生,被赋以线条、色彩与质地。光在每一天当一次万物的母亲。

露水在草叶上隆起巨大的水珠,不涣散,不滴落,如同凸透镜。露珠收纳整个世界,包括房子和云彩。人说露珠是透明的,可是你在露珠里看不到草的纹理,它只是晶莹,却不透明,所说的透明是露水的水里有光,光明一体。

光告诉人们何为细微。蜜蜂背颈上的毫毛金黄如绒,似乎还有看不清的更小的露珠,也许是花粉,只如一层绒。光述说着世界的细微无尽。唯细微,故无尽,一如宽广无尽。光的脚步走到铁上,为铁披一身坚硬的外衣,在生锈的部分盖上红绒布。光钻进翡翠又钻出来,质地迷离。翡翠似绿不绿,似明非明,这里是光的道场。人看到的不是翠,是光。翡翠不过是光所喜欢的一块石头,正如黄金是光喜欢的另一块金属。黄金的光芒当然是光的芒,它是金属里的君王,金属里的老虎。此光警告人等勿近勿取勿藏黄金。人被它的光照晕了,靠近攫取珍藏。天之道,传到人间往往变成它的反面。黄金的稳定性被人制定为所有人都愿意接受的尺度。光在黄金上反射的警告从未发生效力,人断定比生命更宝贵的唯有黄金。黄金不灭,黄金的首饰上留下无数人的指纹,尔后易主,再后回炉。黄金炯炯有神,身上站立

99.99%的光。

光在水里划出微纹,回环婉曲,比任何工匠画的都工细。水的浪花在举起的一瞬,光勾勒出水滴的球体。浪摔倒,再举起,光每每画出浪花的形态,每每耐心不减。光在田野飞奔,无论多么快,它的脚跟都没离开过大地。光的衣衫盖着土块乃至草的根须。大地辽阔,麦芒蘸着光在空气中编织金箔画。光让麦粒和麦芒看上去像黄金一样,不吝消耗掉无数光。麦浪一排排倒下,让光像刷涂料一样刷遍麦的一切部位。种麦子的地方,花不鲜艳,金子不再闪光,麦子耗尽了光的光芒。如此才有白面诞生,面包把麦子里贮存的光搭成松软的天堂。

光的脚步停留在黑色的地带, 让煤继续黑。煤里也有光——当它遇到火。光仔细区别每朵花的颜色,让花与叶的色泽不同,让花蕊和花瓣的颜色不同。光最喜爱的东西是花,花的美丽,即为光的美丽。但人把这笔美账算在花的头上,就像人把美人的账算在人的头上,忘记了光。

光来到之后,世界的丰富和罪恶接踵而至。为一切事物制造一切幻相。人借此区分美人丑人,宝马香车。人对食物发明过一句无耻的评语:色香味。色即光,即食物入腹之前的色泽。香只是人的鼻子味蕾的偏见。母羊在煮熟的羊羔肉里闻不到香味。味是人类舌头和大脑共同制造的幻觉。它们约定俗成,认定其味优劣。小鸟在林中死去,尸体始终无味,而人死后迅速发出恶臭,为什么这样? 臭味早就藏在人的身上,被人挡着散发不尽,死了之后才无遮拦。人对环境、对动物,一定是负罪的。耶稣当年对举着石块试图砸死抹大拉的玛丽亚的人们说:"你们中间哪一个人是无罪的,那个人就打她吧。"这个被解救的妓女用忏悔的眼泪为耶稣洗脚,拿浓密的头发把耶稣的脚擦干。她有过罪,但谁没罪? 到哪里去找无罪的人?

光在墙壁上飞爬,爬上衣橱的正面和侧面,光在饭碗的釉面反光。反光是光遇到了进不去的地方,比如镜子。光在书柜底下的灰尘里慢慢爬行,光照亮了书上的每一个字。光在字里最显安静,正如它在黄金上最显急躁。光阅读书上的字,被弯弯曲曲的笔画迷住了,随后晕倒。光和人一起读书里的故事。黄昏降临,书上的字在读书人揉一揉眼睛的瞬间解散了队伍,这时候的光累了。它拿不定主意是否与大批量的光从西天撤退。光和读书人一道想再读一会儿,直至这些字带着意味深长的笑容退到黑夜里。

早晨,光饱满地驻扎在世上的每一处。夜晚,光在不知不觉中逃逸,人根本察觉不出它的离开,人只能愚蠢地说"天黑了"。就算天黑了吧,虽然这只是光的撤离。光在年轻人脸上留下光洁,在老年人脸上留下沟壑。人在光的恩赐下见到自己的美丑肥瘦,以此跟世界跟自己讨价还价。光每天都离开,此曰无常。人不理会这些, 在光再次来到人间时开始新的欢乐与悲伤,藉着光。

多快的手也抓不到阳光

地上的阳光,一多半照耀着白金色的枯草,只有一小片洒在刚萌芽的青草上。潜意识里,我觉得阳光照耀枯草可惜了。转瞬,觉出这个念头的卑劣。这不是阳光的想法,而是我的私念。阳光照耀一切,照在它能照到的一切地方,为什么不给枯草阳光呢?阳光没办法只照青草而绕过枯草,只有人才这么功利。

枯草枯了,还保持草的修长。如果把枯叶衬在紫色或蓝色的背景下,它的色彩含着一些高贵,是亚麻色泽的白。它们在骤然而至的霜冻中失去了呼吸,脸变白。阳光好好照耀它们吧,让它们身子暖和起来。青草刚冒出来都是小片的圆形,积雪融化之后,残雪也是圆形。这是大自然的意思,正如太阳、月亮和鸟蛋都是圆形。你没办法让残雪变成长方形或三角形,没这个道理。

青草好像不敢相信春天已经到来,它们探出半个浅绿的身子四处张望,田鼠刚刚跑出洞来也像青草这样张望。青草计算身边有多少青草,用同伴的数量来决定它快长还是慢长。我很想拿日历牌举到青草鼻子前面:"已经春分了,下一个节气就是清明。"今年我喜欢节气,不打算过月份而只过节气。一年二十四个节气正好比十二个月多一倍,一年顶两年。

阳光洒在嫩绿的小草上,像把它们抱起来,放到高的地方——先绿的青草真都长在凸出的地方。阳光仔细研究这些青草,看它们是草孩子还是老草的新芽。我替阳光研究这件事,发现既有稚嫩的新草,也有枯草冒出的新叶。你看,这就是阳光照耀枯草以及照耀一切的原因——貌似死去的枯草照样生新芽。阳光照在牛粪上、碎玻璃上,房顶废弃的破筐上都有恩典,破筐里正有一小堆虫卵等待阳光把它们变成虫子。

我在荒野停下来,让阳光在脸上静静照一会儿。走路时,脸上甩跑了许多阳光。中医说,脸对阳光,合目运睛有养肝之效。余试之,感到我的眼皮比樱桃还红。体察阳光落在脸上的感受,只觉敷一层暖。阳光的手是何等轻柔,它摸你的脸,你却觉不出它手指的触感。阳光不分先后照在我的前额、鼻子、嘴唇和下巴上,如果光膀子就照到了胸膛上,这是多么大的优惠。以后不会进入花钱买阳光的时代吧?一平方寸皮肤每小时收十元钱,照完一个脸需要一上午,比心理咨询还贵。阳光在我脸上看到了什么?这是一张蒙古人的脸,鼻子这样,嘴那样,阳光照在每一个汗毛眼里。我转过身,让阳光照照脖子,否则脖子不乐意,来个落枕什么的不好办。

走在荒野里,看大地出发到远方。在大地上,我看不见大地,只有铺到天边的阳光。四外无人,我趴在地上看阳光在地表的活动情况。

我想知道阳光摊多厚,或者说它有多薄。一层阳光比煎饼薄比纸薄比笛膜还薄吗?

阳光没有皱褶，它们覆盖在坑坑洼洼的泥土上，熨帖合适，没露出多余的边角。

我像虫子一样趴在地上看阳光，看不见它的衣裳，它那么紧致地贴在土地上，照在衰老的柳树和没腐烂的落叶上。进一步说，我只看到阳光所照的东西却没看到阳光。起身往远处瞧，地表氤氲一层金雾，那是阳光的光芒。

阳光照在解冻的河水上，水色透青。水抖动波纹，似要甩掉这些阳光。阳光比蛇还灵活，随弯就弯贴在水皮上，散一层鳞光。阳光趴在水上却不影响水的透明。水动光也动，动得好像比水还快。

傍晚，弄不清阳光是怎样一点点撤退的。脱离光的大地并非如褪色的衣衫。相反，大地之衣一点点加深，比夜更黑。

闭上眼，让皮肤和阳光说会儿话，假设我的脸膛是土地，能听到阳光在说什么呢？我只感到微温，或许有微微的电流传过皮肤。伸手抓脸上的阳光，它马上跑到我手上。多快的手也抓不住阳光。

关于光

那年，我因眼部手术，双目遮蔽七日，尽领黑暗滋味，有想法如下：

1. 黑暗不同于夜。夜没有纯粹的黑暗，在最黑的夜里，物体还能显示向背。最主要的是,睁眼看到的黑暗有一些安心,眼睛仍然能搜索出一点点光。在闭眼的黑暗当中,比黑暗更难忍的是被隔绝。明明有光,但与你无关。双眼如一对困兽,不断挣扎。

2.在黑暗中,触觉最敏锐。突然感到手指那么聪明,一碰便知物体的性质。药瓶、桌子、床单、铁,它们的手在那里非常清晰。在黑暗里行走,手总要先行伸出去。

即使眼睛已经失去功能,仍然怕外物碰到自己的眼睛。

3.空间的思绪在缺少视力的情况下变得发达。一起身,首先是这一处空间的立体图画。鞋在哪里,门在哪里,从床到门有哪些障碍。长宽高的概念在脑子里十分坚硬。

4.在黑暗中,人的语言很少。你自己所说的话,声音变得很大。第一次这么认真地听自己说话,听到了这么多废话和不必要的零碎。于是我想到盲人大多不是倾诉者。华丽的、滔滔不绝的、评判他人的话不适合在黑暗中吐露,仿佛这与自己的处境不合。世上所有的不幸都不会比没有视力更糟糕的,因此不愿意评论他人。

还有,浮华冗长的话语如果呈现在周遭的色彩、形状之中,尚不刺耳。而黑暗中的话语,像用蘸满墨汁的笔在白纸上写字,非常醒目。

5.黑暗中的眼睛恐惧光亮,当然这只就外科手术的人而言。如果双目遮蔽超过七十二小时,仍然具有视觉的眼睛对光线极为敏感与不适。眼睛蒙上纱布、戴上墨镜,以及窗帘被拉上之后,仍然不敢面对光的一面。人们不知道,光是多么有力量的东西,些微的光都刺得眼球酸痛。那些眼部手术已经痊愈的患者,常低头走路,用手蒙着眼睛露出一条缝看地面。光像水一样,从针眼儿大的地方挤进来并扩张。影视里复明的患者摘掉纱布、载歌载舞的场面,实在是太荒诞了。

视觉细胞乃至视蛋白对光的反应,实在太脆弱了。

我想起某人趴在复印机上,睁眼,复印之后双目失明这件事。事实上,阳光的亮(照)度、大气层对长波紫外线的阻拦,人类眼睛的结构有着精美的契合关系。其奇妙不可说。

6.黑暗中的人不喜欢夜晚的到来。白天已经是一个夜了,又进入一个夜,仿佛委屈。

7.黑暗中的人爱躺在床上揣摩外面的人在做什么。想来想去,感到他们实在太能耐了,尤其佩服那些奔跑、骑车和穿越十字路口的人。

8.躺在床上想,假如人类视力低下,这世界该是什么样子呢? 房子的门很宽,马路也很宽,没有汽车,只生一个孩子或不生孩子,全世界都很温和,一般由歌唱家来当总统。

9.生物钟存在的前提是,人体必有除眼睛之外的某个部位能够感受到光。但已知的事实为,除眼睛外,人体其他部位不存在视蛋白。因此,不可能"看"到光。从理论上说,人体不存在生物钟。

不久前,科学家发现人体皮肤上存在另一类型的视觉蛋白,是它们把光的出现通知了大脑。在黑暗中,我常常举起胳膊,说:"看吧,你们。"

视觉蛋白,从感受微量的光发育成为眼睛,可以欣赏色彩,从鲜花到女人的嘴唇。这是一条多么漫长神奇的道路。

沙漠

勃隆克

雨滴钻进沙漠里就再没出来过。铅色的低云下,沙漠由耀眼的白色变为明黄,好像穿了一件新衣裳。

雨在沙漠上一个脚印也没留下,没有滴痕,没有水洼,雨水没了。

不一会儿,雨停了,太阳出来,空气立刻蒸发一股潮湿气味。太阳如同开了一个玩笑,拉开铅云的门帘对人们笑,好像在沙漠下雨是个笑话。

这个地方叫勃隆克,是沙漠而不是沙地。我自己觉得,草原被耕种、被开垦、被采掘造成的沙化是人插手自然形成的荒漠化,叫沙地。草原表面由草的根须织成的保护层被撕破,土没有根须的保护被风刮跑,变成尘。地死去,流沙成了统治者。而沙漠是另一回事,它是大自然的杰作之一,像河流、岩石、土壤一样,古今如一。它哪儿也不去,只留在原初的家园。沙漠有自己的生态系统,生长只在沙漠存活的红柳(红柳在沙地里活不成,什么植物在沙地里都活不成),有动物和昆虫,也有草。没下雨时,我的手像铲子一样嗖嗖插进沙漠,不到二十厘米,手觉出清凉,铲出来的沙子全是含水分的湿块。

鸟飞过沙漠上空,最是好看,即使没读过柳宗元的诗也能体会出"千山鸟飞绝"的意境。鸟飞得太孤单,好像有人从沙漠后扔出一块抛物线的石头。站在沙峰上,风大到人站不住脚。看见鸟在下面逆风飞(顺风早被吹跑了),它抬着胸,几乎站起身子。这样的鸟留一头长发会飘得多么好看,套一件裙子更好看。鸟来这里纯粹是玩来了,像人一样。

人从沙的悬崖上如八女投江一般头朝下栽下去,结果变成了长距离的滑行。在沙漠戏耍,没有摔伤、磕伤,沙子有巨大的缓冲力,还干净。

人说,七八月份,游人戴墨镜躺在沙子上,用滚烫的沙熨腰,既舒服又治腰伤。当地人用细腻的白沙做婴儿的尿不湿,如猫砂一般。

沙漠表面有一层矩阵的花纹,像海浪凝固了,一排距另一排二十多厘米。用手在沙漠里掏玩,边缘的沙子以人眼看不清的速度塌下来,保留顶端均匀的圆形。

勃隆克沙漠方圆十多公里,有冰川时期漂来的巨石,石褐色,方形。有一个湖宛然泊于沙漠谷底,蓝色,不沉也不涨。湖里有野鸭子，它们从此岸往彼岸游，脚蹼分出水波的"八"字越划越大。它已游到对岸，"八"的水痕还在，见出湖水的静。我觉得在这里当野鸭子比当人强多了，尽享世间胜景；不用装，但比装拥有更大的美感。湖里的鱼没人捕，蒙古人不吃鱼，鱼在湖底比闹市的人还多。

我赞叹的不是沙漠，是胜景。给自然造成灾祸的是土地荒漠化，而不是沙漠。沙漠是大自然的儿孙之一，它一直待在自己的故乡，有其他地方看不到的美。

沙漠里的流水

勃隆克沙漠如山丘一般有峰有谷，有沙坡和悬崖，全是沙。站在沙的悬崖上，人可以往下跳，甚至头朝下鱼跃冲下，身体毫发无伤。沙子比人的身体还软，用它的软接住你，缓冲力量，人跳了悬崖之后还是人。人摔在比身体坚硬的物体上，身体进而物体不进，人落沙子上是沙进，人还是完人。仔细看，沙粒实为坚硬的半透明的晶石，不规则的晶石之间的空气与间隙，缓解了力。

行走在沙漠的峰峦，像走在鲤鱼的脊背上。沙漠顶峰有一道曲折鲜明的分界线，如同阴阳面。风把沙曲折地堆在顶端，沙子显出金黄的着光面和阴影。站在沙峰上看，左右峰峦线条柔和，没有树，一只鸟飞过，在沙漠上拖下鸡蛋大的阴影。在沙漠待着,耳朵有点闷,如飞机落地前那种闷,耳朵不适应太静。在有泉鸟的山里,人感寂静,耳底实有泉流和鸟鸣的低回,只是人注意不到。沙漠真是空寂,什么声音都没有,耳朵反而嗡嗡响。静,原本以喧闹为根基。不喧闹耳朵自己闹,它变成自鸣钟。

沙峰的谷底有一条溪流,边上一溜金红色的柳条,流水在柳条的生长路线断断续续露出身影。

沙漠里有流水?这好像是大自然撒的一个谎。走到水边,用手捧起水,清亮,凉,才知道水的真实。沙漠里怎么会存水呢?所有的水不都会在沙漠上迅速漏下去吗,这里怎么会有流水呢?河床用坚硬的淤泥和石头兜住了流水,沙子能吗?我用手掏溪流的底部,仍然是沙子,但坚硬。我觉得不能再掏了,再掏就漏了。

水在沙漠上比金子还贵重。柳树用枝条隐蔽水的身影,如果不遮挡,会有人上这儿偷水吗?这些水以微微颤动代替流淌,一尺多宽,有的地方只剩两指宽。水的底部铺着大沙粒,还有躺直的草。

我顺着河走,踩塌的沙子堵住一些水流,如破坏者。再走,这道水钻进地下没了。怎么会没了呢?我以掌做挖掘机,掏出一堆湿润的沙子,却不见水流。或者说,水流着,一头栽进了地心。它到地心去干什么?好像不符合流水的常态。水惯于地表流淌,并不会突然失踪。

在谷底走,约走五十米,水抬头冒出地面。地面又长出零零星星的柳条。宋代有歌谣:凡有井水处皆咏柳词,柳乃柳永柳三变。此话在这里可改为：凡有柳条处皆涌流水，水乃沙漠流水地下水。

我觉得它们不是一般的水。对，它们肯定不是平凡的水。庸常之水在这里早漏下去了，怎么可能往前流呢？我捧水尝尝，还是水味，没尝出河味；再尝，有一点柳树的苦味。喝过此水，必也延年矣。可是，刚才断流入地的水，为何会挑头冒上来呢？似乎不合重力定律的约束。对大自然，人不明白的事太多了。

我跟着流水走，又见到惊喜。在一巴掌宽的溪流中，游着两条小鱼，火柴那么长。小鱼像沙子那样黄，半透明，露着骨骼，但没刺。鱼甩一下尾巴动一下，眼睛是两个黑点。除了飞过的那只鸟，小鱼是沙漠里唯一的生物。当然我也是生物，眼睛比鱼眼大，不会飞。我把小鱼团到手心，像个坏人那样想：它长到餐桌上的红烧鱼那么大要多长时间？把鱼放回水里，另一条急忙趋近它，像询问它受伤没有。

沙漠有水流过，像大自然的谎言。大自然偶现诡异，但不撒谎。它让沙漠里有水，有鱼和柳树，这是一个生态系统。再往前走，我见到了壁虎似的蜥蜴。再往前，水面宽了，游着不一样的鱼，水边出现几朵野花，有一只野蜂飞过，一条蜥蜴跳进水里……

沙滩

世上最难理解的东西是沙子，或者叫砂子。没见过沙子什么时间被加工过,但比加工的还精细、还晶莹、还茫然。

走在海边的沙滩上,我除了自己的脚印什么都看不到。捧起沙子,有一个声音问我:沙子是什么?

我不知道,这实在是最深奥而非最申奥的问题。

你可以把它的前身想象成一块巨大的石英石,半透明,但还没有透明到磨成凸透镜片把阳光变成火种的程度。后来这块巨石碎了,变成了沙子。问题是谁让石头碎了,碎得这么均匀?

见到沙子,我知道我们不了解的事情多了。

沙子的前身可能是一颗星星,叫水瓶星,跟摩羯星顶牛旋转,火星喷云,落地为尘,变成了地球的沙子。

或者有一位游戏的天星,捕捉其他的小星按在地上研粉。他手里有一个筛子,网眼像沙子那么细,星粉漏到人间。

我走过沙滩,感觉走在别人的东西上,像什么洒了,而我们管它叫沙子。沙子时时挑战人的观念——它没有主次、没有首尾、没有营养、没有矗立。沙子挑战人对秩序与伟大的膜拜,以无表情。

人庆幸自己的体积比沙子大,人如果小似真菌,看沙子就看到了玲珑的玉山,宫殿叠加,巍峨入云。真菌的人在沙粒的水晶宫中穿行,看到折射的虹霓像老者的花镜。在海滩的沙子底下,听浪头如白衣宪兵搜捕海的腥味,水渗半尺,沙子留下泡沫的帐篷。

在沙子的宫殿里穿行,便于领会诗词意境。"乱石崩云,惊涛裂岸,卷起千堆雪,故垒西边……"苏轼原本是写沙世界。我小时候拿放大镜看沙子,企图在沙子的石壁上找到几个字。"文革"初,人说长篇小说《欧阳海之歌》封面画里藏一幅反动标语,我没看出来,转向沙子里寻找,无。放大镜太小,看到的沙子像皮冻一样。

如果沙子生长,每年长一点点,每粒沙子长得像白菜那么大,人们开始喜欢沙子,每人搬一块回家渍酸菜。

沙子来自外星。沙子被古埃及人用来测量时间,沙漏搬运时间只留下沙子匿名的脸。沙子代表虚无。沙子是水和生命的反物质。沙子仰观云飞雾散。沙子喻示以前或以后的史前时代。沙子是滔滔奔涌的石头河流,暗示自己是某一种水。儿童喜欢沙子,母鸡和骆驼喜欢沙子。沙子的浪花在风里。沙子是大自然的形态之一。沙子这个名起得不怎么好。沙子是自然界最大的疑团。

村庄里

白银的水罐

井是村庄的珠宝罐。井里不光藏着水,还藏一片锅盖大的星空和动荡的月亮。

井的石壁认识村庄的每一只水桶。桶撞在石头的帮上,像用肩膀撞一个童年的伙伴,叮——当,洋铁皮水桶上的坑凹是它们的年轮。

那些远方的人,见到炊烟像见到村庄的胡子,而叫作村庄的地方必定有一口井,更富庶的地方还有一条河,井的周围是人住的房子。在黑夜,房子像一群熊在看守井。没人偷井,假如井被偷走了,房子就会塌。

井为村庄积攒一汪水,在十尺之下,不算多,也不少。十尺之下的井里总有这么多水,灌溉了爷爷和孙子。人饮水,水进入人的血管,在身体上下流淌,血少了再从井里挑回来。村里的人有一种类似的相貌,这实为井的表情。

井用环形石头围拢水。水不多也不少,在清朝就这么多,现在还这么多。村里人喝走了成千上万吨的水,水不增不减,不垢不净。多少人喝够了井水翘胡子走了,降生面貌陌生的孩子来喝井里的水。井安然,不喜不忧,在日光下只露出半个脸——井只露半个脸,另半个被井帮挡着——轻摇缓动。井里没有船,井水怎么会不断摇动?这说明井水是活的,在井里辗转。在月光下睡不着觉,井水有空就动一动。

村民每家都有财宝罐,都不大,放在隐秘的地方——箱子、墙夹层、甚至猪圈里。而全村的财宝罐只有这口井,它是白银的水罐,是传说中越吃越有的神话。水井安了全村的心。

水井看不到朝暾浮于东山梁,早霞烧烂了山顶的灌木却烧不进井里。太阳和井水相遇是在正午时光,它和水相视,互道珍重。入夜,井用水筛子把星斗筛一遍,每天都筛一遍,前半夜筛大星,后半夜筛小星,天亮前筛那些模模糊糊的碎星。井水在锅盖大的地方看全了星座,人马座、白羊座,都没超过一口井的尺寸。

井暗喜,月亮每月之圆,是为井口而圆。最圆的月亮只是想盖在井上,金黄的圆饼刚好当井盖,但月亮一直盖不准,天太高了。倘若盖不准,白瞎了这么白嫩的一个月亮。太阳圆、月亮圆、谷粒圆、高粱米圆,大凡自然之物都圆。河床的曲线、鸟飞的弧线,自然的轨迹都圆。人做事不圆,世道用困顿迫使他圆。圆的神秘还在井口,人从这一个圆里汲水,水桶也圆。人做事倾向于方,喜欢转折顿挫,以方为正。大自然无所谓正与不正,只有迂回流畅。自然没有对错、是非、好坏。道法自然如法一口井,大也不大,小也不小,不盈不竭,甘于卑下。

大姑娘、小媳妇是井台的风景。大姑娘挑水走,人看不见水桶,只见她腰肢。女人的细腰随小白手摆动,扁担颤颤悠悠。井边是信息集散地,冒人间烟火,有巧笑倩与美目盼,孩子们围着井奔跑。村里人没有宗教信仰,井几乎成了他们的教堂。没人在井边忏悔,井也代表不了上帝宽恕人的罪孽。但井里有水,水洁尘去污,与小米相逢化作米汤,井水可煎药除病。井一无所有,只有水。一方水土养一方人,水说的是井与河流,土是耕地。对树和庄稼来说,井是镶在大地的钻石。鸟不知井里有什么,但见人一桶一桶舀出水来,以为奇迹。春天,井水漂浮桃花瓣。入井私奔的桃花,让幽深的水遭遇了爱情。花瓣经受了井水的凉,冰肌玉骨啊。从井里看天,天圆而蓝,云彩只有一朵。天阴也只阴一小块,下雨只下一小片。井里好,石头层层叠叠护卫这口井,井是一个城。

井是白银的水罐,井水变成人的血水。井无水,村庄就无炊烟、无喧哗、无小孩与鸡犬乱窜。庄稼也要仰仗井,井水让庄稼变成粮食。人不离乡,是舍不得这口井。家能搬,井搬不了。井太沉,十挂马车拉不走一口井,井是乡土沉静的风景。

扁担

扁担站在门后。

我小时候的门还分两扇,像中式的衣襟一样,双手分开才进屋。难怪如今偏瘫的人多了,门都成了单扇。推开双扇门,一扇挡着锅台(有人在挨锅台的地方搭鸡窝,门挡了鸡窝),另一扇门挡的是扁担和水桶。扁担藏在门后,不是扁担做了见不得人的事,扁担除了挑水没别的任务。它不能放炕上,不能放桌上,放别的地方碍事,就放门后合适。再讲,扁担不仅是一段扁木,两端还挂着铁环铁钩,很啰嗦。

扁担的好处可以分两方面说,它的木头坚而韧,负重又有弹性。大水桶单只可盛三四十斤水,一副七八十斤,扁担挑起来上下颤但不断。没听说谁家挑水把扁担挑断的,那比走道挨一个晴天霹雳还丢人。颤,说扁担的弹性,没弹性它就不叫扁担。为什么没人扛一根铁棍挑水?没弹性又添了分量。好扁担的弹性让挑水人借到力,一步一颤,两只水桶像乌纱帽翅一样上下颤动。挑水人在每一步的行进中享受三分之一秒的小轻快。我小时候,挑水的都是小孩,大人在造反或挨斗。挑起扁担来,水桶刚刚离地。大桶沉啊,疼得肩膀受不了。那个时代鲜有高个,都被水桶压矬了,姚明巴特尔肯定不是挑水出身。好扁担挑这么重的水桶还能上下颤动,木头不是一般的好。有人骨折后在腿里镶了三条钢板,弹性赶不上扁担好。好扁担还有一点文艺性，即花纹好。把一段方木头削成扁圆，两头尖，中间厚，这就是扁担——看过扁担的人可以不读上边这段话——花纹像鹅卵石的图案一样，环环相扣的扁圆，年轮在木质里显出横竖茬，也是阴阳茬，深浅相隔。扁担也分长幼，新扁担如新兵一样光鲜，白而直，老扁担颜色像水桶一般黑。再老的扁担就弯了，弹性都没了，相当于老得不像话，不仅要退休，还会当成劈柴烧火。身为扁担，一定要直，就像钢针、筷子都要直一样，弯了等于下岗。弯扁担的弯头朝上不行，水桶往中间溜。弯头朝下，水桶就触地了。但没见过谁家烧老扁担，连扁担都烧，太没有人情味了。扁担是硬木，榆木柳木柞木，一般劈不开。

扁担创造别样的美，可惜今天见不到。说的是大姑娘用扁担挑水，一手搭在扁担上，屁股在后面扭，腰肢最惹火，比芭蕾舞美多了。人们并不知，少女肩上担起三四十斤分量，才显出腰臀的美妙。另一只手在身边儿甩，增加美妙。女人，从前面看不公平，有丑有俊。从后面看全公平了，腰跟屁股都差不多。它们用苗条挺翘而不是五官创造美，其美不比五官差。这么说女人八成不爱听，但男人都爱听。大姑娘在街上走，人所看到的腰臀之美只是冰山浮出海面八分之一，身无重物，腰扭不起来。细腰是静态美和局部美，扭腰是动态美和全局美。腰若一扭，风情四射，一般人都受不了。但人家大姑娘凭什么为你扭腰？你是秦始皇呀？这时候，扁担下凡，助成其美在人间。沉重的水桶压在肩上，女人力量不足，借助髋关节的大幅摆动借力,腰如摆柳,屁股似两个葫芦左右转。这时候,姑娘甩起的手指尖、挺直的脖颈,都有不一样的美。而梳大辫子的姑娘,两个红头绳随辫子在屁股上晃,像蝴蝶飞。此美胜过时装表演,现在没了,因为扁担没了,水井没了,自来水消灭了这些美。为了看到美,男人让自己老婆在家里挑水,也不像话。

　　然而这一类的好看是别人眼里看到的,担扁担的人肩上只有痛苦。我当知识青年的时候,挑八十斤的水桶浇树,走一公里。我十七岁,挑不动。重担集中在扁担那么宽的肉上,痛得难忍。起初走几步一歇,再十几步歇、几十步歇、走百步歇一歇。头一天挑水下来,右肩肿起拳头大一个包,晚上睡觉,轻轻一摸都火烧火燎。第二天,这水还要挑,慢慢地,肩膀生出茧子。再后来,肩膀那块肉没感觉了,摸一下像摸别人,手感类似槐树皮。此际,挑水肩不疼了,步子也迈大了,以在肩膀上创造一块死肉为代价。那时想,若于上古,我被其他部落掠去吃肉,生番吃到我肩膀这块肉时,可能会硌掉一颗牙。他们百般研究争论却不知此为何肉。我当然知道谜底——死肉,扁担制造,但不会告诉这帮愚昧的土人。想到这里,我每每咧开嘴乐一下。死肉也有死肉的用处,天下没一样东西无用。如果非要找出一件没用的事,那就是上大学。在中国上大学是白白浪费钱,白白浪费青春。像钱早就贬值,各种商品都出假货一样,大学早已堕落得比过去的中专水平还低下。它连续四年让人买假的教育,念出来却无处就业。皇帝新衣里面最大的那件,就叫大学。

过去我见到扁担就害怕，现在见不到此物了，女人也显得不那么美了。减肥比不上扁担压出的美。以不担水这件事而论，我觉得生活很幸福。到风景区，还能见到挑砖瓦水泥的人，扁担是他们的谋生工具。人靠肩膀能挣多少钱？况且要上山下山，跟受刑没啥区别。他们肩上的死肉不知死多少年了。不光肩膀，他们的身上、甚至脸上的肉都像死肉，只有眼睛凸出来，盼你让他挑点东西。他们的肉不叫软组织、不叫肌肉筋腱，叫藤、树、根，他们从人类进化为物类或另一种人类。

油灯

油灯的光芒把屋里雕刻成圆形的洞窟，又像给人的脑袋包了一层又一层橘黄色与微红的头巾。

牧民沙格德尔家里拉不起电，点油灯。他爷爷二十世纪五十年代被选为劳动模范，奖品是一盏带玻璃罩的煤油灯，至今还在用，点柴油。光亮和二十世纪五十年代差不多，也可能更亮，柴油比煤油有劲。

沙格德尔坐在椅子上，脸上的线条在油灯下显出柔和。油灯把他的头和肩膀射出墙上巨大的背影，像一个史诗中的英雄。他驼背，用手指摁另一只手的骨节。而他的背影在灯焰下蠕动，像一只蹲着的黑鹰准备扑过来。油灯打扮人，照得沙格德尔眼睛明亮，像歌德的眼睛。我说的是他靠近油灯的右眼，另一只生白内障的左眼仍藏在阴翳里。油灯的光让人脸看上去有思想，在这样的光芒下，仿佛一晚上可以写出一篇哲学论文，说星空与道德律什么的。沙格德尔鼻梁挺直，嘴角紧闭，眉宇间藏着若有若无的忧虑。他五十出头，头发全白了，全站立。

然而，沙格德尔什么思想也没有，他是这个世界上最可怜的人。如果没有油灯光芒的抬举，他是个没人肯看一眼的乞丐。他的草场被人开煤矿占了。煤挖完后，地面剩一片大坑，而卖草场的两万块钱至今还没到手。去年，他老伴得肾炎去城里住医院。沙格德尔卖掉了所有的牲畜支付医药费，换来的是两米长的账单和老伴的死亡通知书。他没钱火化老伴，用一对银镯子贿赂停尸房的看守人，套驴车把老伴拉回来埋在煤矿的废坑里。他把箱子拆了，把老伴捆得像一个木桶，放入坑里。他买不起棺木。他用煤矸石和黄泥砌了个墓穴。"煤矸石横着摆一层，竖着摆一层，每层撒一些野花。"他说。

这里方圆二十多里没野花，草原废了。沙格德尔到几十里外的山上采了一麻袋野花，撒进老伴的墓穴。墓里有他们两人的合影照片，老伴年轻时喜欢的小镜子，绿纱短袖衫，一双没穿过的鞋，余额为零的信用社存折。这是跟沙格德尔老伴一生有关所有的东西，都被埋进废坑。沙格德尔的儿子在天津的蒙古餐馆当保安，有人说他打架已被抓了起来。

油灯照着沙格德尔家里余下的没被埋藏的东西：一条漆黑的四腿的板凳，墙角的土豆，纸箱里的雨衣和雨靴，一个早就没马可放的马鞍子。沙格德尔不懂汉语,到城里打不了工。他在房前屋后种一些玉米做口粮。他年轻时是公社有名的摔跤手,是出色的马倌,懂一点兽医。现在像在冬天到来之前准备死去的昆虫。他说:"我死了,没人埋我,村里人都搬走了。"油灯的光照着地上搪瓷洗脸盆里的鸳鸯图案,照着墙上骑大鲤鱼的胖娃娃画像。沙格德尔闭目沉思,可能在猜想他死后是谁把他抬进废坑,是谁捡石头填满这个坑。

墙

命运选择那些土垒在一起,堆为泥墙。它们的躯体就是它们的肩膀,它们没有四肢,只有肩膀。

泥土肩扛自己的兄弟,对垒雨、对垒北风、对垒最强大的敌人——时间。风拿这些土已经没什么办法,它们是墙。

北方有望不尽的墙,它们是院子的边界,是房的框架。灰白色的墙被风刮走了皱纹,墙是村庄最老的老人,是家的外壳。

我去过的一些遗址,如辽上京、准噶尔汗国故城,那里一无所有,却留存着当年的墙。所谓断壁残垣说的也是墙。人早没了,繁花胜景没了、屋顶没了、却有墙。它们是一些低矮、毫不起眼、凸起于地面的泥土屏障,但非土丘,而是墙。在好多遗址,砖垒和石垒的城垣瓦解了,砖石没了踪影。土墙依旧在,长在大地里,土与地的联系比砖石更紧密。

我觉得墙上长着眼睛，没有一堵墙不在向外看、向里看。荒野上的人远远看见一处院落时，院墙和屋子的墙早就看到了你。就像藏在草丛里的动物早就看见在道路上行走的人。墙的眼睛细长，它在风里眯惯了眼睛。它打量过往羊群、骆驼队、独狼和流浪的人。墙认识自己的家人，它虽然不能动，却想像狗一样扑过去，围着家人转上几个圈儿。

　　房子上有墙的眼睛，看人度过几辈子。墙看到孩子在炕上翻滚成大人，看他们在炕上拉屎撒尿，吃饭喝粥，娶妻生子，数钱吃肉，然后卧病蹬腿。墙看到的人是炕上的动物，像人看羊圈里的羊。墙看人在土屋里高兴、流泪、讲理和不讲理，看见人在欲望里轮回，既相信真理又依赖愚昧。房子不过是四堵墙，用木头和泥巴做屋顶挡住夜空和雨水。开窗射进光线，开门出入家人。人垒起这四堵墙就不愿意拆掉，墙窒碍了人的脑子。他们把好东西搬进来，把钱放在炕席底下。垒墙的人不如住帐篷的人自由。帐篷的墙是毯子和布的帐幔，在风中鼓动。墙僵硬，墙与时光死磕到底，墙被人扒了屋顶和窗户还是墙。墙的土一旦当上墙就再也长不出庄稼，开不出花朵，吸收不了水分，不再与季候一道度过立春、雨水、惊蛰与清明。墙年纪轻轻就成了老人，墙只会站立，墙做的事情是阻挡。

　　墙是一堵干燥的泥巴所宣示的领地，墙里墙外裁定财产与情感的归属。墙怎么能建立一个家？人的心念从这堵干燥的泥中穿来穿去，干燥的泥没办法让人心安稳。墙让流动变成静止，让目光停留在土上。人年轻时都有过拆墙的念头,年老了都想把墙加高。墙是人所需要的泥土的皮肤,人待在自己家里,穿着墙的皮肤入眠。人一方面盼望自己的思想如水一般自由流动,另一方面筑立更多的墙把自己与他人分开。仰视一座摩天高楼,想不出楼里有多少堵墙。人们在一堵堵墙里悲欢离合。人的终身伴侣是什么?不是人,而是墙。人类最早广泛应用的发明是墙而非其他。

乡村的墙头是鸟儿和小猫的乐园。小猫在墙头袅袅行走,俯瞰下界,不让君王。鸟儿成排站立墙头创造风景。我尤怜惜那些墙头的青草,命运让它们在这里生存,得到最少的雨水,迎接更多的风。墙头草觉得自己是勇敢的卫士,为主人看家护院。青草从来匍匐于地,而墙头草高出地面五尺。人把墙头草当作坏词使用完全是强词夺理,草随风势伏堰乃自然之道,怎么是机会主义?用自然现象比附人是语言的通病。

信息时代拆除了什么?它在拆一切墙。有人看到了他平时看不到东西,有人暴露了他不想暴露的东西。墙不仅是疆域领地,墙还是等级和智愚的分野。人弄不清自己脑子里有多少堵墙,人一边拆脑子里的旧墙一边建新墙。在许多情形下,墙就是强,强权强大与强势。东欧旧政权解体后,人们推倒柏林墙绝不仅仅是一个象征。互联网是人类历史上最大的拆墙手,它把墙的强大化为粉末。失去墙即失去阻隔也失去庇护。墙是立于眼前的四壁,墙将永久存在,它是伟大的分类法,是秩序与安全岛,墙是囚禁,墙是红杏的梯子。

在公园

人民的绿

北陵者,昭陵之谓也,皇太极与福晋孝庄文皇后的寝地,老百姓叫北陵。它在沈阳的皇姑区——全国城市区名当中,皇姑名起得多好,像写大文化散文的人起的。它毗邻省政府(张学良建东北大学旧址)、省军区、沈阳体育学院(汉卿体育场旧址)以及按苏联图纸建造的辽宁大厦。厦内的走廊、举架高而阔。人说青岛地下由德国人修造的下水道并排过得去两辆坦克,辽宁大厦的走廊过一辆国产奇瑞没问题。

陵寝在北陵内只占一小部分,周围包着大片的树林、人工湖和绿地。十多年前,北陵几乎是沈阳城里唯一的绿地。有一年“五一”,街上杏花才落,地透微绿,全沈阳(或许全省)的家长都带孩子上北陵来了,包括我们一家三口。自北陵正门往西的泰山路人行道上停满自行车,宽五六层,长达五百多米,直到辽宁大厦。阳光下,镀铬的自行车把和铃铛皮银光闪耀,五六层宽,五百多米长的自行车方阵,太壮观也太吓人了,存车人不知赚了多少钱?那天我想,沈阳到底有多少人,有多少自行车?"美帝苏修"打进来,光骑自行车都能把他们轧死。那一天四五点钟,人陆续撤了,所有的土地都留下了大小脚印,残破的花枝和雪糕纸触目皆是,小草只能等待明年再发芽了。这个重工业基地如此缺少绿地花草,它是个超大型的车间,装满了工人与设备。政府从来没考虑过工人还需要绿地、需要人工湖和花。工人嘛,倒也不觉得需要,这辈子就这样了。但他们觉得他们的孩子需要,都领到北陵来了。

如今沈阳的绿地多了一点点(统计数字的绿地面积在郊外),减少了北陵的压力。某位省长取缔了陵内的商贩和马戏团,现在里边宽敞也干净了。

北陵后面有大片的两百岁以上的红皮落叶松,高大轩昂,脚下的落叶也应有二百多年了,但厚度正常。在这里走一走,如赴古代,吟诵汉唐诗词均无不可。转一圈儿,一个小时出不来。想,沈阳六十年中能保留这么一片复古松林殊不易,不知有多少机构霸占未果,感谢皇太极贤伉俪上大人。

早上到北陵,不能不承认这里就是人间乐园,每个人都在这里乐。跳舞分十几个场,拉丁最可观。男的紧身裤,女的露背装,岁数不大,四五十岁。他们在放荡的南美乐曲中昂首进退、闪展奔突,身上的小病小灾抖一抖就没了。湖边打太极拳的各有山头,谁也不服谁。阵容最大的竖一面红旗，写道："太极拳好——邓小平"。估计不是小平同志专门给这帮人题的字，但他们认为是。旗下拳手过百，领拳师傅胡须比沈钧儒漂亮，松肩沉肘，架子稳。

北陵里面有大道，道旁接近石兽前的空场是晨练的秧歌场。扭秧歌通常一人跟一人后面舞扇挥绸，形成一条线连成的圆。这里人多，变成五六排、十几排队伍一起扭，归成圆。那片空场，七八个圆阵在移动、变幻，无一寸空地。也就是说，黑压压的老年人在扭秧歌，各自听得清自己阵营的乐曲和锣鼓点。把这阵势叫作波浪、战阵均贴切，搬到天安门广场建国庆典上扭一扭都不给国家丢脸。秧歌语汇先天轻佻，小碎步、眼神动作招摇，但气势磅礴地扭过来，就成了古斯巴达人的冲锋队，抒发的全是产业工人的正气。这些人老了。东北人个头高，配上白发和关节僵硬的步态，感到工人身上藏着一辈子的力气。

北陵晨练人的玩法多不胜数。练武术的人诡秘，在僻静地方比画，像偷着搬运东西。有人无端地抱树，脸（男左脸女右脸）贴树上，抱一小时。踢毽人矫健，男女合伙，口出呐喊。打羽毛球的人一般不知自己练啥，才进园，拿着球拍东张西望。拿拖布水笔在水泥地上写大字的人写毛泽东诗词和小学课本的古诗。拿这种笔写普希金和阿赫玛托娃的诗似乎不像话，写但丁的诗几乎就成了反动标语。跳大绳的也是人山人海，靠边两人手摇一根或两根粗麻绳，人排着队鱼贯钻入钻出。我见过一人跳两根绳，左闪右挪，秋毫无犯。退出绳，他原来是个瘸子。瘸子，绳却跳得这么利索。如果上帝关上一扇门，一定会打开一根绳。

我在陵后看过一位捉蝴蝶的小伙子，至今记得。陵后人少，灌木的白花、黄花初夏全开了。一个小伙子手举抄网来回跑。他眼睛看着天空，看一般人根本看不到的特殊种类的蝴蝶。他东跑几步，西跑几步，停脚，往上看。他的心思全在蝴蝶或者说天空上。那天，这个小伙子一只蝴蝶也没捕到。但我觉得这种活动方式很好，对颈椎尤其好。与他交谈，知道小伙子夜班烧锅炉的。他对自己的工作特满意，可在白天捕蝴蝶制标本。他说话声音小。如果蝴蝶会说话，声音也大不了。我后来找他，几次都没见到。

陵后还有一个乐事——赏松鼠。几百棵古松之间，有一群松鼠。老头、老太太早上揣花生米喂松鼠。它们双手捧花生米吃，很郑重。松鼠跑起来见不到身子，只见尾巴跑。它们有一绝技，头朝下从几十米高的树上跑下来。我觉得此事值得物理学家考量。按重力定律，松鼠从树上往下跑，应该跑不了几步就掉下，它怎么能跑到底呢？它的速度超过了自由落地的加速度？松鼠故意气牛顿？一切皆有可能。

北陵的雄浑、阔大、隐秘，永远无法尽知。这里有人民的绿，是健身者的天堂。

铜管

我小时候，觉得公园属于年轻人，情侣们手卷一本杂志在公园约会、划船，儿童嬉戏。如果过来一个老年人，多半是手拿搪瓷茶缸要饭的。如今不同，所有的公园都变为老年会堂与健身圣地，小青年奔网吧了。公园太明亮、太喧闹，年轻人不适应。进公园瞟一眼，就知道中国进入了老龄社会。二十世纪五十年代初期生育高峰诞生的那一拨人，如今步入老年。历史上，每一次战乱结束，都出现一个生育高峰。战后的人需要歇一歇、乐一乐，捎带孕育一批劳动力。

　　沈阳百鸟公园，是我见到的最粗俗、北京话叫最"不吝"、也是最有活力的公园。这里的人们全说脏话，其实内容不脏。谈吐内容千篇一律是骂美国、骂贪官、骂城管和警察，老太太骂儿媳妇，只是说话前基本上要加个"他妈了个×的"，要不使不上劲。所说使劲是骂人需要动用力量，骂人没有不使劲的，跟拉屎差不多。其实这些人到公园都使劲来了，搬石头、跑步、踢毽子、单双杠都得用力。不使劲谁上这来？

　　骂人归骂人，不影响这儿有高雅的娱乐。说起来你可能不信，以为高雅是拿拖布似的大笔写书法，这在公园根本算不上高雅。侯宝林之流用拳眼洒沙写字只是糊口的杂耍，旧时代的军阀人人会用浓墨写一个类似于"屌"的"虎"字，后来改写"拼搏"与"奋斗"。我说的是这有一个铜管乐队，高雅吧？

　　铜管乐器隶属西洋，吹出曲子须合奏，涉及配器、和声，没办法独奏（独奏也得有乐队衬着），因此离不开排练。不懂西洋乐理——和声、织体的人弄不了。不然，在百鸟公园靠近体育场的绿荫丛中,乐队的人陆陆续续来了。有人穿半大孩子淘汰的中学校服、已婚孩子淘汰的运动服或二十年前买的仍然不坏的西服,胳肢窝夹着乐器来了。圆号、小号、长笛、高音和低音萨克斯管,还有一个键盘(电子琴),开始整西洋曲儿。铜管合奏多半是进行曲,四分之二或之四节奏,整齐划一。他们就是奔这来的,号贴嘴唇,气势铿锵,这是开门的节目《迎宾曲》。第二首是哈恰图良的《骑兵进行曲》。这个复杂一点,小号吹主旋律,萨克斯、圆号等乐器各吹一个旋律。几段旋律捏一起,分合不定,他们吹得手忙脚乱。独奏胆怯,合奏往死了吹,休止符常常被他们吹破。曲终,他们脸上的表情显示庆幸,捡着了,好像刚从悬崖边上走一圈。然后是《毛主席走遍全中国》。我疑心这是外国曲子换上了革命的标题,很抒情,高加索情调。

吹三曲,他们歇息,交流心得。"小号你咋吹呢?老是冒,还不如放屁呢。""我放屁? 你那萨克斯肯定前列腺堵了,一骨节一骨节往外滋,你快吃点药吧。""我听圆号有点血压高啊。""谁血压高?""你还说不高?你那是 E 调吗?都 F 调了,跟偏瘫一个味儿。""你还不如偏瘫呢,长笛像你这样吹呀? 昨晚你肯定钻小姨子被窝了。"

"好啦。"说话的是个女的,管打鼓,拿鼓槌磕鼓边,"《斯拉夫女人的忧郁》,一二,起。"

乐曲又飘起,三步舞曲,他们吹得比浪漫更过火,到达放荡之境,这主要是萨克斯和圆号闹的。

他们天天在这吹。这帮面容沧桑、双手粗黑的人迷恋铜管的魅力，对什么跳舞、踢毽子不屑一顾，认为太俗。

跳舞

所有公园都有舞场，分早场晚场。如果自裁俗雅，跳舞的人肯定认为自己最高雅。首先，舞友们穿戴不凡。四五十岁的女人穿黑玻璃丝袜子、短裙遮胯是再正常不过的事。男的（六七十岁居多）如秃顶必戴假发，两鬓遮不严，前额垂刘海儿。他们皮鞋擦得光亮，衬衣领白，戴五花八门的领带。跳舞时，男女士各视前方，心中有数。有人说跳舞有可能伤及风化，于是他们尽力挽救世风。男人在女人背后的手有如重症肌无力，越不用力越显高雅。在舞曲中，他们欲进又退，声东击西，比事先商量好还要默契。曲终，他们退到舞场线外，寻找新舞伴。

舞场原来是一座楼房，扒了在地基上打个水泥面当排球场，后被舞迷占领。边上有个立假山的养鱼池，现在堆垃圾。还有一个旧时代的水塔矗立，一看水泥颜色就知道是日本人修的，现在还没掉渣儿。

初到百鸟公园舞场，而舞友们又没跳舞的话，觉得他们真是超凡脱俗的人。他们像什么人？男人戴眼镜墨镜，三伏天穿西装。女的夏天戴网眼长手套，戴别绢花的帽子。如果站在日本人的水塔上往下看，他们像等待出席伊丽莎白女王授勋仪式的人。跳舞这个词听起来私密，好像可以委琐苟且，错。苟且那是舞厅，是十块钱一曲儿随便搂。这是广场舞会，突出的就是高雅性。你看这里的舞友，每个人都无端地严肃，人人都像哲学家。我没见过比百鸟公园舞场更不苟言笑、更腰身挺直、更与资产阶级思想做斗争的人。

我前面说的骂美国、骂城管，那是跑步人干的事。跳舞的人基本不说话，跳舞时不说，嚼口香糖；舞后闲站也不说，这是高雅的一部分。

我开始思考"高雅"的含义，拎 LV 包、喝红酒、听歌剧、躺明式鸡翅木大床上性交、穿范思哲豹纹内裤，高雅之声多不胜数。若论鹤立鸡群，百鸟公园的舞友最突出。他们寻找高雅的、不打人不骂人不打麻将不随地吐痰不随地大小便不吹牛不花钱而又衣冠楚楚的艺术，他们已经找到了，那就是跳交谊舞。舞场近一年总放一支单曲，齐峰唱的——我呃和、操噢怨，有个约定——舒缓开阔，他们舞在其中，俯仰自如。

舞友们坐有坐样、站有站样。他们瞧不起那帮吹号的、跑步的，没气质。

跑步

跑步者夏天光大膀子、穿大裤衩子，汗出如浆，但他们高雅，剧烈运动导致脑子缺氧，啥也顾不上想了，就是跑进女澡堂子也如圣人一般纯洁。

百鸟公园小路长八百米，环形。路边有碧桃林，一座只有狼狗和救生员却没泳客的游泳池，一座没被批准的寺院，一座古怪的烂尾楼和运动器械场。在这条路上，跑友洒下了无数的汗水（我是这伙的）。你说图啥？不知道图啥。跑啊，我跑四到六圈，老刘咣当咣当跑十二圈。我是快跑，跑友管这种跑法叫"挣命"。每八百米三分三十秒左右，跑后脉搏每分钟一百八十下。我从小到大没什么出人头地的业绩，跑步帮我出人头地。跑得快的人在跑友中受到尊敬，可以说上句，可以转话头，因为你跑得快。

跑完之后，汗从前胸后背下淌，裤衩都是湿的，一条毛巾要拧四五遍汗水。这样，据说毒排没了，人自感无比舒畅，好像自己是一个新人，刚从娘肚子里降生出来。当然跑的时候（快跑）很痛苦，呼吸窘迫，血氧量不跟趟，腹肌、大腿肌肉、背肌都不足，但都能顶下来。

我每天从百鸟公园跑完步，继之单杠、双杠、举石头、压腿而后回家都恋恋不舍，不愿离开这个好地方。好多人一天来三趟公园，连家都不愿回了。

跑完步的人话多，讨论一切事情，一般是：

"国家建高速铁路有屁用？不如拿钱给老百姓交采暖费呢。"

高铁通车，他们也不坐，太贵。

"咋还不打台湾啊?一顿炮轰过去,上岸安排省长市长完事儿。台湾啥水果都有。"

敢情冲水果去的。

"我要是卖肉的,先把城管砍了,能咋的?给我枪毙了,一年还能给国家省三百斤大米呢。"

他不明白吃三百斤大米是拉动消费,有功劳。

"二人转纯粹他妈下三滥,说的话太损。过去连要饭的都不如,现在还火了?现在的观众太傻。"

还有比跑步者更傻的人吗?

"高血脂都是农药整的,现在的鸡鸭猪羊牛都有高血脂,喂饲料喂的。那天我在农村看见一头猪,走路偏瘫。"

跑完步,身体把能量全消耗了,脑子清空,心胸阔大,觉得一切不过尔尔,这不就是高雅所要达到的境界吗?高雅让人脱离小我,纵身大化。虽然包括我在内的百鸟公园的所有晨练者都是乌合之众,都快乐,都感觉自己是高雅的人。

生理的理

百鸟公园,一个女的猫腰搬东西。一会儿往西,一会儿往东。公园里的人练啥的都有,总称锻炼。有人抖空竹,有人伸腿肚子在铁管上蹭。这女的搬什么呢?我近视,模糊看到她穿花上衣,胖。这会儿黄昏。她身后有一棵迎春花树,黄花开满了树的每个角落。那女的又朝西搬,忽站起,闪过一片白,两手上提,才知在撒尿。

这真是一件难事。旷地只有她和一棵树,面向哪儿均两厢受敌(视),怨不得她端来端去。人端不住的,原来是自己的屁股。

屁股大,不好藏;位置居中,亦不好藏。又受——医学术语的表达为——肠内容物与膀胱内容物的催逼,更藏不住。

写到这儿,想起苇岸好多年前给我打电话。他是个清洁严正的人,说:"我在给你打电话,学生上自习了。你写东西别牵涉那方面内容。"

"哪方面?"

"生理。"说完沉默,又补充,"我为你好。"

我说:"我没写过生理的事情啊?"

"你写过。"他很不满意地批评我,"你写过屁的事情。"

是的。我恍惚写过屁,虽然那时对屁的认识不全面。而今知道世上研究屁最具领先地位的是美国航天局。因为人类的屁含有些微的氢气会引发航天器电器短路而发生爆炸。我接到苇岸的电话后,生发惭愧。我当时正准备给国家语言文字改革委员会写信,建议把"屁"字改为"气"字头。它怎么能用"尸"字作部首呢?应为比字加上气字头,和氧、氮、氢字并列在一起,有多么严肃而有学术氛围。"尿"字也要去掉尸字头,太阴沉腐朽,为什么不改为三点水加"鸟"字,多好。在病案里,前列腺炎改为两滴水加"鸟",或一滴水,表示尿的少。古人敌视"生理"的东西,把屎、尿、屁和死人摆在一起,就像把少数民族名称和反毛摆在一起,如狄、獠。古人该死,不过他们都死了。屎尿屁乃人生活泼之表现,非常"生理",与"尸"何干?而死——用庄子的说法——是没气了,连个屁都没了。

"生理"这个词造得也好,如物理、原理一样端正。世上所有的理,以及最复杂的"理"都纠结在"生"里面。而"认死理"乃是泥理不化,是被痛斥过的"形而上学猖獗"("猖獗"又有两个反毛)。受苇岸批评之后,我洗手不干了,很久不写"生理"的事情,偶尔流露,也怕他看到。今天在百鸟公园又看到有人搞"生理"。看到时,想到北京诗人阿坚写西藏的月夜,女游客出屋解手,"蹲下一道白光,站起一道白光"。这文字使我想到的,不光人迅捷,膝关节利索,还有西藏的月亮该有多么的亮呵。

吾乡的汉语对"尿"含敬义。男人耿介、勇猛,曰"有尿",比"有种"的褒扬还要高一点点;管百折不挠叫"尿性",比如说张自忠、许褚、泰森、菲尔普斯真尿性。这里边的典故是什么呢?东汉的许慎没在《说文解字》里说明什么叫尿性,钱钟书也没有说,泌尿科专家兼前人大副委员长吴阶平也未作阐述。"有尿"不像人说的话,如膀胱说的。就男性而言,像前列腺说的话。说这条腺,有人爱往性上想,它和性有点关系。此腺出品的液体为精子的运输队,化学成分是蛋白质,微量元素为锌,运送明日之星走向投生之路。前列腺大的作用,在于它掌控尿门的松紧带,排不排尿由它说了算，垄断式经营。这个核桃式的腺体箍在尿道口，平日收紧，战时放松，战即变。它不听膀胱的意见，只听大脑命令。而其肥大之余，大脑说话也不爽利。医学对此有一个矜持的术语，叫"尿期待"。有人（造"尿"字的古人）轻蔑尿是个很大的错误，轻尿如轻肾。人们早起方便的时候，理应向尿敬礼。肾的伟大在于它是人间最了不起的检疫组织与化工车间。肾每五十分钟把全身大约 4500 毫升的血液过滤一遍。过滤时，不管人在坐卧跑跳，在溜须拍马，在悲秋，在跟老娘们唱卡拉OK，在抬缸腌酸菜，在下国际象棋，肾都坚定地过滤血流，不舍昼夜。它有能力识别白细胞、血红细胞、中性粒细胞、淋巴细胞等等。精英走血，废物入尿，这是人类健康的基本平衡手段之一。肾的功能和虚实这些鬼话没关系，那是性，即睾丸酮的事体。而尿的成分，也非残渣余孽，主要是水，夹带一些对人而言的废物。美国（日语叫米国，类似辽西口音）研制一小仪器，玻璃盅带刻度秒表，跟烫酒的小壶似的，装尿，热乎乎的尿注入，玻璃盅开始读秒。说，假如排尿 200 毫升，正常时间应在 10 秒。说一个人排 200 毫升尿的时间超过 20 秒，可确定其前列腺腺很拖沓。你看看人家米国，对尿都这么精细。科技发达呀，不光刘翔比赛用秒表，病人撒尿也读秒。然而，为什么尿一入盅秒表就走呢？这一定和尿之温度相干。这是说尿不好的情况，若尿得好，最伟大的史话是布鲁塞尔男孩小于连的行动：挥尿滋灭坏蛋炸药包的导火索。那孩子的铜像至今尿哗哗的，动作掬就，态度逼真,俨然以平常心办大事。换作他人,假设派我用尿滋灭炸死张大帅的皇姑屯车站铁轨上的日本炸药包,我不敢去,去了也尿不准。虽然张大帅早该被炸死,关键是由谁来炸死,其导火索蛇窜明灭,谁人尿及?

苇岸辞世多年,我也敢连屁带尿说一堆话。接着说,我在百鸟公园搞单杠、双杠、听戴假发套人伸左手食指唱李多奎的《钓金龟》。来了一拨穿白大褂的,都女的,自带桌椅,坐下给闲散人量血压。

我问:"大姐,血压高好还是低好?"

白大褂三十来岁,她满心不睬,还是用单眼皮的眼睛在无框树脂眼镜镜片后面瞪了我一眼:"你当买股票呢? 中国人素质真差。"

一位七十多岁的老汉,戴礼帽,翻眼睛训斥我:"我看你岁数也不小了,怎么连血压都不明白呢? 你农村人吧? 我告诉你,血压不是当官,不是越高越好,明白不? "

我向他敬个军礼,说:"耶!"

老汉坐下量血压,戴树脂眼镜的白大褂给他量,说:"哎呀,大爷,你这压差高啊,110 到 180! 你得吃降血压降血脂降血粘降血糖的药。我们带着呢,六个疗程打四折,180 元。"

老汉说:"我血压一直高啊。"

白大褂说:"你不光血压高,看你太阳穴的老年斑,证明你胆经有问题。我告诉你,大爷,胆经管消化,你排便肯定不正常,一条一条的,对不?"

老汉说:"我胆结石。"

白大褂来劲儿了,"你前额发暗,这是肾经出了问题。你是不是撒尿呖呖啦啦了?前列腺堵死了,跟没有一样。"

我问:"前列县是哪个省的?"

老汉训我:"别插嘴,前列腺是县吗?我是呖呖啦啦的。"

白大褂指老汉,"你,双目赤红,肝经有问题。你看你手哆嗦,哆嗦几年了?"

老汉答:"刚哆嗦。"

白大褂说,"手上有心经、心包经、肺经,你哆嗦证明你已经到了肺心病晚期。"

老汉牙床开始哆嗦,上下牙相叩击。

白大褂说,"你牙关紧咬,这是尿毒症的前兆,肾主骨,牙为骨之余。你吃点海参吧,我这有便宜的。"

老汉说:"快死……了,吃海、海……"

这时一个女的冲进来,把白大褂桌上的血压计抢过去夹肋下,说:"走,你们这帮药托、骗子,跟我上卫生局。"

白大褂问:"咋啦?我们咋的啦?"

女的斥她:"你说我高血压、高血脂、高血粘,卖我 200 块钱的药。上医院查,我啥病都没有!"

"大姐、大姨,你……"

女的把灰色血压计往石头上一磕,"咣!"散裂了,"叫你们再骗人！"

　　几个白大褂跑了，桌子也不要了。我看这女人，约四十岁，杏核眼，小拳头一攥跟鸭蛋似的，嘴角沾一片白瓢的葵花子皮，身穿花衣。

父亲母亲

我爸

今年春节，我爸于一和暖之日背手在街上溜达，穿戴讲究。

蒙古人在城里溜达，打老远一看就是蒙古人，虽然我爸进城六十年了。他们喜欢背手，眯眼，目接天际——这是在草原养成的习惯。

这时，他见街上躺一个老汉，身压自行车。我爸上前扶他，他不干，说："我等那个人扶我。"

"哪个？"我爸问。

"撞我的人。"

我爸前后左右看半天，没人。说："哪有人？起来吧。"

这老汉躺着问我爸："你多大岁数？"

"八十。"

他"嘞啦"爬起来，自己拍身上的土，"我才六十，哪能让你扶？"骑车走了。

我爸回家感叹："现在的人，学雷锋还得报岁数。嗨！"

我爸赴台湾出席"原住民文学研讨会"。见高山族作家孙大
川，两人结为友好。一回，他拿出照片，"这是我和孙大川的合
影。"

我们瞧，一人（孙大川）目光炯然，环抱一老头儿，老头儿只
露后背。

"哈哈，"我媳妇大笑，"爸，这算什么合影，你在哪儿呢？"

"这儿。"我爸指照片人的后背。

"哈哈，爸，合影得露脸儿，光看后脑勺知道是谁？"我媳妇
指"后背"说，"说他是谁都行。"

我爸拿照片端详半天，默然而退。过一会儿，他指"后背"问
我们："这是谁？"

"哈哈，你不说是你吗？"

我爸眨眼回想："孙大川那天跟好多人合过影，怎么证明这
是我呢？"

我妈以证据学角度判断出"后背"的衣服是我爸之"七匹
狼"牌衬衫，并翻出这件衬衫佐证，不然我爸打算把照片扔了。

我有一件单位发的警用棉衣，在制服里穿的，送给我爸。

他穿上防雨绸面的警用棉衣，在街上溜达。到市公安局附

近,见该局✕局长。✕平日爱跟我爸开玩笑。

他问我爸:"你在哪儿弄的棉袄?"

我爸答:"这是国家给警察他爹发的。"

身为警察的✕局长满头白发,干吧嗒嘴,半天没想出合适的词应对。

我爸说:"我现在有点儿自卑。"

我听了非常吃惊,他从来不自卑。特别是《蒙古写意》这本书把他的传记和嘎达梅林、民国初年在奉天开东蒙书局的克兴额这些人物写到一块儿后,他精神状态极好,比矍铄还多出一些昂扬。

"不会吧?"

我爸以手捋头发——他满头黑亮的浓发,无一根银丝——说:"老年人,特别做文化工作,头发还是白一点儿、掉一点儿受人尊敬。"

我爸认为我妈(干部速成学校毕业)文化不行。

我妈上百货大楼买东西,回来很生气,说:"现在的社会风气不好,连牙膏都出两面派了。"

我爸听完不言声,用脚划拉鞋,穿风衣戴礼帽,下楼。过一会儿,他上楼说:"你妈这个文化,嗨嗨……"边说边摇头,近于痛心。他手托一管牙膏,指着:"你好好看看!"

牙膏大字:"两面针"。

我爸摘礼帽,脱风衣,上床躺下,说:"文化是基础,干什么都离不开文化呀!"

其实我妈至少认识这个"针"字,她马虎。一回,我和朋友在家喝酒,刚要开瓶,我妈说:"别喝这个,我有好酒。"

她搬凳子从壁橱上层掏出一个礼品包装,说:"西马酒。"

我爸指出:"西凤酒!"

繁体的"凤"字,里边的"鸟"有许多脚,像繁体的马。

"马字披上大氅也不能念马呀?工农干部。"我爸说我妈。

后来,我爸为我妈发明一个新的称谓——高老师,我妈叫高娃。他认为,像他这样的老专家管"工农干部"叫老师,无异讽刺乎?我妈跟听不出来一样,在"高老师"的呼唤声中为我爸端茶倒水、拿点心、找花镜。现在每早到他床头送上六粒螺旋藻片。

我爸担任主编的《历代蒙古族文学作品丛书》四套十二卷在人民大会堂召开首发式,媒体前趋报道。有位记者说了一句话,让我爸久久不能平静。

他是国际广播电台记者,说:"那老师,我们回去发消息,用四十多种语言向全世界广播。"

我爸自京返家,重点向我妈报告这件事:"四十多种语言……"

当晚九点,国际电台即将开播消息。在阳台上,我爸仰望浩瀚的星空(之前他把此事通知了许多人)。他揣摩"四十多种"语言正同时发出不同的声音,说这套书把从成吉思汗时代到改革开放以来的蒙古族文学作品首次译成汉文出版,多地域、多体裁、多年代,在中国少数民族当中属首例。消息在全世界传播,无以数计的人正侧耳倾听。虽然电波不为人眼所能捕捉,但确实在夜空中飞翔,让我爸久久仰望。

我爸被我妈叫回屋里之后,问我:"世界上究竟有多少种语言?"

我答:"几千种。"

"怎么会有这么多种语言?不会吧?"

"光非洲各部族就有上千种。"

我爸说:"嗨!四十种……我睡觉了。"

我给父母买来复合维生素药片,每人五盒。

一年后,我爸的药放在原处,连药盒都没开,我问我妈怎么回事儿。

"你爸不吃,说你要害他。"

害他?原来他读说明书,看到了药片的成分组成,说:"我没大粗脖子,吃什么碘?钒,钒是什么?旧社会红钒白钒都是毒死人的东西。磷、钾,这不是化肥吗?还有叶酸泛酸,吃了难道不烧心?你看,维生素 A,每片含 4000 国际单位。4000?太多了。"

我听罢极为光火,倾力讲解微量元素和矿物质对人体的好处,以及国际单位。我爸改变态度,立刻开瓶吃了一片。我又好笑又生气,问:"如果有毒,我妈吃一年多,你怎么不怕她被毒死?"

他说:"你妈迷信你说的话,就算毒药,吃进去也没事儿。"

我爸对蒙古民歌的热爱无以复加。他盘腿坐床上自己小声唱、跟电视的蒙古语文艺节目一起唱。不过瘾,邀请别人唱。

一次,某女士到家拜访我。我爸从她相貌猜是蒙古人,用蒙古语问:"会唱蒙古歌吗?"

该女士本来羞涩,更羞涩了,小声答:"会。"

"一块儿唱吧。"我爸兴高采烈,像打扑克找到了搭档。

女士大衣裹身,手套还没摘,站着开始唱。我爸坐床上唱,上身微晃,音色因支气管粘连而略带嘶哑。他和她合唱,虽然不知来客何人。

他们唱完《达古拉》,唱《诺恩吉亚》《达那巴拉》《金珠尔玛》,唱《万丽花》和《隋玲》,多了。一曲唱完,我爸马上接另一曲,唱了一个小时。

一般人没有进别人家就唱歌的,但蒙古人不能拂逆长辈意愿,她只好唱。渐渐的,她的拘谨羞涩唱没了,面上红润沁汗,眼神明亮。我爸唱够了,说:"你们说话吧。"

女士说:"我回去了,单位要开会。"

我爸说自己的家乡好,脸上无限向往,说家乡胡四台村的白云呀,野鸭呀,湖水等等。他总回去,此说是劝我们一起去。

我们和他到了胡四台,满眼白花花的沙漠,哪有湖泊、野鸭和野鸭蛋?白云当然有很多。

我爸说,原来有的。

他说,尽管现在没了,家乡还是很美。他常用"没比的""太美了""唉呀呀"这三个词形容家乡。

我们没发现美并追问美在哪里,使他恼怒,骂我们是"无情无义的王八羔子"。

我爸名讳"那顺德力格尔",直译为"岁月(如鲜花一般)盛开",即"长岁"或"寿兴"。别人称他"那顺""那老师"。

那老师从1949年前之"三整三查"始,至"文革"终,无时不处于政治的危悬之中,"文革"中曾被吊打十五天十五夜。岁月虽比不上花朵,但终究"盛开"到今日,殊不易。

一天,他自语:"问题出在名字上,那顺?哪里顺过?以后我改名,叫'那不顺'。"

我们小时候,我爸去天津治肺病。治完病回赤峰,他自火车站乘一辆俄式马车回家。四匹健壮的三河马拉着绿棚高轮的马车"嘚嘚"穿过我们住的盟公署家属院,孩子们追着马车跑。我

102

爸穿白府绸短袖褂子,戴巴拿马遮阳帽高坐后厢。车停家门口,他双手拎花花绿绿的点心匣子下车。木头栅栏外围满观看的邻居,我妈因此扭捏。

我觉得对我爸来说,上天津只算微渺的铺垫,而在家属院的巡礼才是高潮。

我们小时候,常见我爸在写字台前写字,翻译《松树的风格》等作品。以时间计算,他凝思多于写字。我爸眼睛大,圆睁如豹睛,鼻梁挺直略带点儿鹰勾,端视对面的墙壁不眨眼。

这时,我姐喜欢给他梳小辫子,在他大背头上扎六七根小辫儿,散开再扎。我爸浑然不觉,凝思凝视,少顷写几个字。

一次,我爸托颊午眠,我姐塔娜在他头发上梳一个朝天锥,系红头绳,如双簧《一碟子腌白菜》那种。塔娜后来不知干什么,把这事儿忘了。

我爸醒来,穿湖青色毛料西服(他好穿)上班去了,没戴礼帽。

过一会儿,他气冲冲回家,咬牙、攥拳,吼:"你们到底想干什么?"再跺脚。原来,他扎朝天锥走在街上,路遇外人窃笑、大笑却不觉与己有什么关系。之后,一熟人向我爸指出朝天锥发式之所在。我爸愤然捋去头绳却没去上班。他回家训我们一顿后,沿此路重新走一遍上班。

我爸当兵参加过辽沈战役,受一次枪伤。一颗国民党子弹贴着他脚底板穿过,感觉像被火钩子烫了一下。当时他在战马上,子弹轨迹与他抬脚的角度刚刚好。"多偶然。"他说。

我爸的文化是在部队熏陶出来的。战争中,每到一个村子,别人喂马、做饭,指导员让我爸到老百姓家刮锅底灰,在山墙刷出黑地儿,写粉笔的标语——"在毛泽东的旗帜下前进"等。有时,刚写两个字,战斗又打响,剩下的字等以后再说。如果时间宽裕,我爸就在黑板上写满字,有抒情。不会写的字请教指导员。指导员是东北军大派来的干部,文化高,名叫巴雅尔。我爸当时十七岁,是四野骑兵二师的士兵兼文化教员。

我爸自小在胡四台村已成达人,大眼睛滴溜溜转,偷瓜,七岁开始抽烟,站在墙上与人滔滔不绝对骂。他降生母殁,父亲彭申苏瓦从军在外,由祖母努恩吉雅养大。

微光里的蜘蛛

我妈有时会相信征兆一类神秘的提示,如果左眼或右眼跳,都让她心神不安。我十二岁时候,在夏天,我坐在炕头的被子垛上读书,头接近报纸糊的顶棚,可以俯视众生。傍晚时分,透过西边射来的微红的光线,我看到玻璃窗上爬过一只小蜘蛛。

我跳下被子垛,告诉我妈:西边爬过一只小红蜘蛛。

我妈正用豁齿的菜刀剁喂鸡的萝卜缨子,她听了一怔,问:

红蜘蛛？

对,报喜蜘蛛,我说。其实这个蜘蛛只是背上有一点夕阳的微光。

我妈若有所思地点点头,问我:从西边爬过来的吗？

我说:对,从西边窗户第一块玻璃爬到了第二块玻璃上。

我妈用围裙擦手。西边？ 她说,你姑姥姥要回来了？

我说:肯定是。我姑姥姥其木格住在呼和浩特,在赤峰西边。

蜘蛛爬过来是有亲戚要来吗？ 她问我。

对呀,这是我听家属院的人说的。

像左右眼跳这些事都是汉族人的讲究,我妈并不知道,她是听我说的。盟公署家属院百分之八十是汉族人,小孩在一起玩,获取信息。在我向我妈报告这些民俗学知识时,顺便加一些我编纂的内容,比如蜘蛛爬窗预兆有亲戚来串门就是我上礼拜创作并告诉她的。

我妈陷入沉思。那个时代,家庭没有手机和座机,靠写信沟通信息。那个时代更鲜明的特征是"文革"正在进行中,我爸已被关进监狱。我姑姥爷义都合西格是蒙古史专家,仅这一条,他也会被关进监狱。那时候,获取亲戚的生死下落是心中大事,但谁也不敢写信,所有的信都会被拆开检查。蜘蛛报信更安全一些。

我妈盯着我问：你真的听说蜘蛛爬窗户是有亲戚来串门吗？

对呀，我以坚定的信心回答她。

你没撒谎吧？她问。我妈最恨撒谎。

没有，我挺直腰杆回答。我小时候十分喜欢撒谎，没少挨我妈训斥。

我妈眼睛湿润了。如果我不在边上，她肯定撩起围裙擦泪水。她的姑姑比她大三岁，她们从小一起长大，情同手足。姑姑会来看她吗？也有可能。不光蜘蛛爬过了窗玻璃，姑姥姥的老家就在赤峰的巴林右旗。

蜘蛛在哪儿呢？我妈问。

我和我妈一起上炕。从这儿爬到这儿，我指着窗上的玻璃说。

蜘蛛呢？

蜘蛛怎么会待在玻璃上等待我们发动思念呢？我假装找了找，说爬走了。

你没撒谎吧？我妈妈看我，在我脸上寻找撒谎的痕迹。

我很气恼，挺胸遥望窗外，说蜘蛛确实爬过。

我妈点点头，说，你姑姥姥好多年没回来了，该回来了。她回来，证明她家里很平安。

对，我说。

从第二天起，我妈脸上一副喜悦的神情。她从箱子底拿出一块舍不得用的新塑料布铺在炕席上。塑料布蓝地白花，发出工业的芳香气味。她找出我姐用白棉线钩的图案花帘子，蒙在红箱子、书架和收音机上,这是过年才拿出来的装饰物。

她对我和我姐说:你姑姥姥来了,你们要听话。如果她问你爸干啥去了,你们就说下乡了。

我们点头。

她却低下头,眼泪成串滴在膝盖上。我爸被定为"内人党",关在昭乌达报社私设的监狱里,被造反派轮番吊打十五个昼夜,身上骨折七处,把他活活打疯了,患有罕见的外伤性精神分裂症。当然我们后来才知道这些。

我妈掏出手绢,在膝盖上叠成小方块,擦眼泪。她的眼泪越擦越多。

你们记住了吗?她抬头说。

我们点头。我姐说,到时候,你不能哭。

我妈点头,又流泪。

呼和浩特到赤峰的火车晚上到站,我妈每天晚上去接站。我有点不安,想告诉她蜘蛛的事是我瞎编的,但肯定挨打,只好挺着不说。我妈下班给我们做完饭,她不吃,急忙赶到火车站。她每天穿一身干净衣服,脸上带着期盼的表情去车站。回来后神情落寞,独自坐很长时间。我感到犯下了莫大的罪行,不敢看我妈。

我妈往火车站跑了一个多星期。一天晚上,我硬着头皮对我妈说:可能……好像蜘蛛,是从东边爬到西边玻璃上的。

东边?我妈几乎跳起来。你好好想想,是东边吗?

我伸出手,在空中从东往西、再从西往东比画,说,是的,蜘蛛从东边爬过来,爬到了西边。

噢,我妈坐在炕沿上,没说话。我大伯在东边的哲里木盟。

我妈坐炕沿上想了很长时间,临睡前,她把铺炕的蓝塑料布和白棉线钩的花帘子收起来。我大伯布和德力格尔是农民,那时也在挨斗。我曾祖母努恩吉雅原来住我家,由于我爸是"内人党",曾祖母被撵到乡下我大伯的家里。

第二天早上,我妈说:你帖帖(蒙古语,曾祖母)可能要回咱们家了,你大爷挨斗,她住不下去了。

肯定是这么回事,我附和。

我妈点头。从那天起,她找人用玉米面换了一点白面,迎接我曾祖母的到来。晚上,她开始去汽车站接站。曾祖母要来的话,坐汽车从通辽来。我真盼着我帖帖来,要不然,我妈接站不知要接到什么时候。

我妈接站接到第三天,真接到了从科左后旗来的姐姐斯琴和姐夫金山,他们是我大伯的女儿女婿。在汽车站,他俩见到我妈就双双跪下了,头伏地说:婶子,帖帖过世了。

他们三人到家,眼睛都是红的。我妈做了玉米面粥,端上来,他们谁也不吃。斯琴突然抱住我妈放声大哭,声音大得吓人,金山脸上爬满眼泪。曾祖母去我大伯家之前,要求见我爸一面。我爸被单位的人押着回家,他苍白浮肿,耳朵眼和鼻孔里都是血痕,脸是新洗过的,走路踉踉跄跄。曾祖母不懂汉语,但我爸被告知不许说蒙古语。他对着他奶奶目光茫然地背"语录",背了五分钟,算是对曾祖母说的话,之后被押走。

他走后,曾祖母只说了一句话:我孙子活不成了。后来她没再说话,回到哲里木盟也不说一句话,竟日卧炕,两个月后死了。

斯琴和金山来我们家告诉这个消息。我妈拿上家里的钱,给大伯大娘带点衣物。第二天一早,他们仨去了科左后旗,为曾祖母料理后事。

翻兜子

在我童年,我妈开工资那天,下班兜子装满满的,给我和我姐的水果、糖和玩具。我从小养成一个习惯,爱翻我妈的兜子。她挣月薪而非日薪,满兜而归的日子一月也就一回。到了那一天,觉得生活太幸福了,嘴上吃着水果,满把的糖往自己口袋里装。向我妈提出新要求:买连环画、带弹的驳壳枪等等。我妈大都答应我的合理要求,驳回我姐的所有要求。我年龄小,光知道吃,并没有深沉地思考这些钱从哪里来,光知道工资由公家发给我妈我爸,也给了别人的爹妈。至于公家是谁,不清楚。我妈所在的公家是一座三层楼,她在一楼靠窗坐着,窗前有桃花和鸡冠花。

开工资之好,还好在把现金装进一个信封交你。信封上的栏目写着你挣多少钱、扣多少钱。钱在信封里成了一个宝物,手时不时捏一下,拇指和食指的指肚都感受到同样的幸福。假设工资不装进信封,不庄重、不神秘、不像话。一堆散钞塞进口袋,怎么能算工资呢?像捡的。可见,人人都需要仪式,电视晚会、开业典礼都用仪式夸耀事物的价值。

如今钱多了,美感少了,信封和钞票被卡取代。即使你把卡放在家里最破的地方,比如鸡窝,钱也按时打进来。当然,你把卡供起来,每天上香,卡里的钱也不会多。家里有小孩的大人,不必等下工资那天买水果。买也不必先上银行取钱再买,他们丧失了我妈式的快乐。这样一些小小的、琐碎的快乐,现代人已经失去很多。露天电影、双手拢着铸铁火炉取暖、在结霜的窗花划画、捡煤核、用铅笔刀削铅笔,都是失去的快乐。烧暖气的屋子没有窗花,露天电影被电视剧代替,电脑游戏取代了在泥土上下的五子棋。然而,好东西如今这么多,不快乐的人像过去一样多,也许更多。工业化以及信息化逐渐取代了人的体力劳动和人的体育与游戏,但人还是愿意通过奔波来博取点滴的快乐,比如在一堆煤灰中找到指甲大、亮晶晶的煤核。我妈说,把米放在碗里给鸡吃,鸡不爽,它喜欢边吃边刨,土里觅食。这种习性跟人差不多。现代的人追求方便,把自己闲起来,用于烦恼。烦恼不一定是心烦恼,是胳膊腿烦恼,它们更喜欢动一动。人把屁股上的重量挪到腿脚,就舒服了。

拽住妈妈衣襟

小时候，上街是愉快的事，看到了许多新奇的东西。刚懂事时，上街由妈妈抱着，不愿走路而旋颈展望四外风景，而且我的视点与妈妈的眼睛同高。小孩子总是希望居高眺望。在妈妈怀里逛街，还有一个好处是困了便睡，越颠簸睡得越香，涎水濡湿母亲肩胛。那时我当然不知道妈妈是否辛苦。

及长，上街被妈妈用手牵着。她一手牵一个，那边是我姐姐。"那边"即右边，我喜欢待在妈妈左边，即"这边"。倘若妈妈买了东西，先松开姐姐，右手持物。如果买了个西瓜，她双手捧着，我和姐姐同时要拽着妈妈衣襟。

拽着妈妈的衣襟遍览街景，是人生最可钟情的回忆之一。小孩子手拽着母亲衣襟，眼睛却向四外看，脚下跟跄着。在我小时候，吾乡赤峰街景单纯，目光飞快者三两眼即可掠尽。然而我们并不像大人那样浮躁，只看商店与楼房。天上白云舒卷，如苍狗骆驼可观。某处古屋房檐长草可观。卖肉的手起刀落，油手将带血的牛腱子肉掷入秤盘可观。蛐蛐儿声不知从何而来可观。卖糖人儿的老头手捏孙悟空可观。书店在三道街口，门前矗一龙门（或牌坊）。走到那里，我总仰望龙门，心里想小鲤鱼试图翻跃的情景，它太高了，小鲤鱼真可怜。一路上总是这样跌跌撞撞的，从繁华的三道街回到我家的箭亭子家属院，装一脑袋混乱的印象入睡。

在街上，拽着妈妈的衣襟习惯了，倘拽不到，手举着空落落的。我不知道自己那时候有多高，一举手刚好到妈妈腰间，扯住她的后衣襟。

前几日，陪我妈妈上街，发现她身高连我肩部尚不够。那么，我小时拽她衣襟尚须伸手，彼时我何等小巧玲珑，而且会走会动，能记住这么多往事。现在，陪父母上街，他们全听我的意见，诸事无不诺诺。我真是不太愿意，他们像我小时候一样无须动脑筋了。我长大了，其实我早长大了，只是在知道拽着母亲的衣襟上街这种愿望已永远不能实现时，感到"长大"的惊痛。

在我印象中，我母亲年轻时常穿一件暗绿色带花的右衽衣裳，即被我无数次在后边拽过的。我问过妈妈，那件衣裳呢？她平静答曰：谁知道。这说明一切的确久远了。

人长大了真不知有什么用处，徒然闯入中年。《二十四孝图》中的老莱子年及花甲，尚穿彩衣躺在父母怀里撒娇。除了"孝道"之外，这行状难以卒睹。或许他想返回童年，但童年已被岁月的砖石密密麻麻地砌死了，如同我不可能拽着妈妈的衣襟上街，如同赤峰街里早就变样，如同一切都变样了。

不久前，我看到两位老人散步。跨越马路牙子时，男人用手扶老太太一把。一看，这是娘俩儿。儿子已白发苍苍，母亲约逾八十岁，仍装束整洁。老母亲在儿子扶她的时候，目不斜视。我看了很感动。

在我老了而母亲更老的时候，她上台阶时，我应不失时机地扶一把。我所能做的,大约只是这些了。

抱孩子的农妇

一个抱孩子的农妇站在桑园的路上。

她年轻,按城里的眼光,也许还没到生育的年龄。孩子在她臂弯斜躺着睡了。农妇看城里的行人车辆,这些新鲜的东西,揪着她的眼睛。她年纪小到了眼里还剩有姑娘的神情。

这些年我很少见到小母亲。孩子大了,她还年轻,多好。

忽地,我感到抱孩子的农妇与我有一种联系,但并不知道这是什么联系,思绪迅速检索。突然,我的心一下亮了。

她像我年轻时的母亲。

有一张照片,母亲抱着我。我身体往外挣,母亲则朝另一边用力。她的笑容透露少女的喜悦。这种笑容的含义是:我的出现,让她同时幸福和羞涩,仿佛这是天地间极大的秘密。这情景和农妇一样。

于是,我带着温暖的心意望着这个农妇,事实上她和我母亲并不相像,为什么我却感到了当年情景的再现?况且母亲也不是农妇,在照片上她穿了一件大翻领西服。不管怎么说,我看到了当年的母亲,抱着我——这个熟睡的小孩。他的脸埋在妈妈怀里,我希望他转过来,看他长什么样。

农妇是在等人或其他,走了。我曾想随她走一段,只是不能,她会受到惊扰。

我想起有一种相机,"咔嚓",当即出片,送给农妇,让她儿子长大后看到怀抱孩子的妇人想起母亲。

回来我想, 天下母亲在某一时刻都有相像的容貌或表情,譬如她们二十岁,而儿子都是一岁,娘儿俩朝前方观望的时候。

工匠们

磨刀人

水让刀成了磨石的臣民。

我在边上的市场见到磨刀人,觉得离童年又近了一步。我第一次见到磨刀人围着脏帆布的围裙、戴老花镜在四脚长凳上磨刀,是在昭乌达盟公署家属院。

我看到他扛着四脚板凳奔走,边走边吆喝,太乐人了,人扛着板凳走?他是磨刀人。

他把板凳放下,骑上面,磨一把刀。

磨刀人磨过盟公署家属院所有人家的刀。豁齿的刀,不再找他磨,剁喂鸡的萝卜缨子。磨刀人把菜刀扁按在磨石上,只三个手指就把刀按得无法翻身。"霍、霍、霍……"磨刀声像一首小曲。我盼他把我家的菜刀磨得雪亮,拎手里挥舞如银链,夜里也放白光。

磨刀人在意的是刀刃快不快,他不管亮不亮,磨一会儿,用拇指肚试试刀口。他应该用自己的白胡子试刃,胡子割下一绺,证明此刀快得很。

磨刀人不想让刀太锋利,非不能也,而不为也。最锋利的刀适合刮胡子—— 一般的刀、一般的钢都刮不动胡子。胡子很顽固,其柔其韧让刀茫然——刮完胡子就得再磨,次锋利的是手术刀,割肉要快(不快太缺德),又锋利是切菜刀。

盟公署家属院的菜刀于我之童年不刮胡子、不做手术,连切肉都罕见,没肉。家属院解嘲的话叫:"想吃肉往自己腮帮子上咬。"街上无肉卖,干部不许养鸡鸭猪狗,没肉挨刀。

我们的刀是切菜的,大白菜刷刷,苤蓝疙瘩刷刷刷,玉米面发糕切成三角形。最奢华的时刻来到了——春节,公家供应每户三斤白面。除夕各家包白面饺子,刀切面剂子、切面条。刀在湿面上一下一下切下去,面剂子满案翻滚,遍身薄粉。没等吃饺子,见到面剂子已感幸福。刀切面条如造工艺品,面饼叠成四五层被切成条,手拎起来似乱蛇挂树,这就是面条,现谓手擀面。彼时面条皆手擀,只有北京人才吃机制挂面。挂面为何名之为"挂",不清楚。或许机器压出的面条要挂一下见风,免纠结。

面是刀切的。刀的钢刃在面坨上一咬一段,看出它比白面厉害。白面在那时的中国已经很厉害,不是所谓干部,过八个春节也吃不上白面。农民看别人吃白面都看不到,村里没人表演这么奢侈的节目。刀把白面切成条,切成面剂子。之后,刀傲慢地到一边躺着歇着去了。擀面杖到面案上表演前滚翻和后滚翻,把剂子压成饺子皮。在其余的岁月,刀接着切白菜、切角瓜和倭瓜。刀想切肉切鱼,但无肉无鱼。

刀在我们家属院其实不须年年磨,我妈出于虚荣心,每年在过年前都请磨刀人磨一下刀,暗示吾家在逝去的一年或可切过肉。刀切白菜萝卜甚至面条,都用不着磨,刀刃钝不了。但我们家的刀切过奶豆腐,比切白菜费刀。

磨刀人站在我家红松木板的栅栏前,放下板凳,倒骑之上,刷刷磨刀。他手沾茶缸里的水,滴洒刀上,刷刷磨。灰色的水流从磨石淌下,带走了一部分钢和铁。我妈梳两根大辫子,攥着一毛钱看他磨刀。不一会儿,围观的人渐多,有人手里拎着自家的菜刀。他们像我妈一样虚荣或不虚荣,要在春节之前磨一磨刀,像扫一扫房子、擦一擦玻璃。

刀咬住磨石的肉不松口,磨石用谦让削薄了刀的刃。磨好的刀在一韭叶宽的窄条上闪着精光,这是刃。其余部分是刀的后背和腰。我妈接过磨好的刀,用手掂了掂,其实刀磨得快不快用手掂不出来。她把一毛钱付给磨刀人,他把钱揣进胸兜,用眼睛扫其他拎刀的人。那时刻,磨刀人是个人物。

铁匠

早上醒来,一个想法钻进脑袋——我想当铁匠。当铁匠多好,过去怎么没想到这个事呢?

在铁匠铺,用长柄钳子从炉中夹一块红铁,叮当叮当地砸,铁像泥一样柔韧变形。把铁弄成泥来锻造,是铁匠的高级所在。暗红的铁块烧透了,也蒙了。这时,当然不能用手摸它,也不可用舌头舔。砸吧,叮当叮当。

铁冷却了,坚硬了,也不红了,以暴雨的节奏打击,那么美也那么短暂。那时候,铁是软的。

用钳子夹着火泥向水里一探,"滋拉"一声,白雾腾焉。这件事结束了,或完成了,这像什么呢? 真不好形容。这是一种生命扩张与凝结的感觉。

而铁匠,穿着白帆布的、被火星儿烫出星星般窟窿的围裙,满脸皱纹地向门口看——门外的黄土很新鲜,沿墙角长一溜青草,远处来了一个骑马的人。

历史上,铁是强力的象征。《旧约》上说:"以色列整个地区未发现铁匠,因为腓力斯坦人说,免得希伯来人制造剑和矛。"在非洲,冶铁是宗教仪式的中心,安哥拉人在冶炼时,巫师把神树之皮、毒药和人的脑浆放入灶穴,当拉风箱的人开始工作时,伴有歌唱、舞蹈和羚羊的粗野音调。

在苏丹西部,铁匠像祭司一样得到国王的保护。而在北非,铁匠可怜地处于受侮辱的最底层,正如西藏的铁匠被视为最低等级的成员,因为他们制造了屠刀。而布里亚特人认为铁匠是神的儿子,像骑士一样无比光荣。

铁匠是刀的父亲、犁的母亲。在人类的文明史或杀戮史上，铁匠比国王的作用更大。不说刀剑，一个小小的马镫便能带来版图的延伸。

铁匠所以神奇或另类，因为他们面对的是古代人类最为敬畏的两样东西：火与铁。铁匠铺如同产房，在火焰中催生奇特之物，从车轴到火镰。布里亚特人的萨满仪式唱道：

> 你们这九个"波信陶"的白色铁匠啊，
> 你们下降凡间，你们有飞溅的火花，
> 你们胸前有银做的模子，你左手有钳子，
> 铁匠的法术多么强大啊，
> 你们骑着九匹白马，
> 你们的火花多么有力量！

漆黑的铁匠铺里的"铁"味，是锻击和淬火的气息。炉火烤着铁匠，他的脸膛像通红的铁块一样光彩焕发。在太阳下，铁匠的脸黝黑，像塑像。

养蜂人

当城里人为夏夜的溽热辗转反侧时，养蜂人早在星月之下的窝棚里盖着被子入睡了。风把露水的凉气收入山谷，三伏

之夜,凉可砭骨。在城里所谓桑拿天的早晨,养蜂人于黎明仍然披一件薄棉袄。人多的地方发热的是人,人少的地方清凉来自草木。

早晨的白雾退去,茂密的苜蓿草里露出蜂箱的队列,褐色的木头被露水打湿。蜜蜂等待阳光照亮山野之后才飞出箱子,露水打湿了花蕊,蜜蜂下不了脚。露水干了,太阳把花晒出了蜜香。

养蜂人戴着网眼护帘的斗笠,开始放蜂、取蜜、换蜂蜡,蜜蜂成团飞在空中。齐白石画蜂以清水晕染蜂翅,每每说"纸上有声"。对蜜蜂小小的体积而言,它发出的噪声相当大,跟小电风扇差不多。嗡嗡之声和里姆斯基 – 柯萨科夫的《野蜂飞舞》并无二致,野蜂的翅鸣更大。

养蜂人穿的衣服并不比麦田稻草人身上的衣服更讲究,比草木的颜色都暗淡。在山野里,劳动者比草木谦逊。山野是草木的家,人只是路过者。没人比养蜂人更沉默,语言所包含的精致、激昂、伪诈、幽默、恶毒和优美在养蜂人这都没有了,语言仅仅是他思考的工具,话都让蜜蜂的翅膀给说完了。

养蜂人从河里汲水,在煤油炉上煮挂面,没电视。我一直想知道十年不看电视的人是什么样子,他们的心智澄明。电视里面即使是最庄重、最刻意典雅的节目,也是造作的产物。电视对一切都在模拟,不仅新闻在模拟,连真诚也是模拟和练习的产物。而养蜂人一生都围着蜂转,心中只想着一个字:蜜。

天天想蜜的人生活很苦。他们被露水打湿裤脚,在山野度过幽居的一生。他们知道月上东山的模样,见过狼和狐狸的脚印,扎破了手指用土止血,脚丫缝里全是泥土。他们熟悉荞麦地的白花,熟悉枣树的花,熟悉青草和玉米高粱的味道。他们身旁都有一条忠诚的老狗;他们把一本字小页厚的武侠书连看好几年;他们赚的钱从邮局飞回老家;他们不懂流行中的一切时尚;他们用清风洗面,用阳光和月色交替护理皮肤;他们一辈子心里都安静;他们所做的一切是换来蜜蜂酿的、对人类健康有益的蜂蜜。

媒体说,几乎所有的蜂蜜都是假的,用白糖和陈大米加化学添加剂熬制而成。

可是蜜呢? 蜜去了哪里? 没人回答这个问题。

文豪们

穿过雨夜的萤火虫

在江油，时不时察觉一些仙气。不是我有了仙气，是这里的风光和人的谈吐有一些"山色有无中"的飘逸，不拘泥，不笨重，可能跟李白都有关系。

我收过一条开玩笑的短信，说"李白，你太白，你太太白"。在江油，看不到李白是怎样的白，看到许多的关于他的石雕，雪花石、大理石，都很白。雕像还在雕，雕他喝酒的、望月的，却看不到飘逸的丰神。李白诗曰："清新庾开府，俊逸鲍参军。"他佩服庾信和鲍照的文字，言其清新俊逸。中国文学史上，谁最为清新俊逸？庾鲍只占了一点点，大块的清新俊逸都被李白占了。李白练过成仙术，但不诡秘。他练过剑术，却不血腥（"十步杀一人"，这句有点吓人）。李白练纵横术而不奸诈，练帝王之师术却不厚黑。他清新，性格虽然反复无常，仍不失可爱，像一枝被风举起的荷叶。我老家管相貌好看之人曰俊,李白诗文都俊,即使《蜀道难》之诘屈聱牙也含着俊,今人的文章俊的已经不多,许多人无来由地往文章里面塞文化并在前面加一个"大",好像小了会被枪毙。很多文章因此显出蠢。没有风神宛转,没有玉树临风,是大肚子汉坐在历史的破草席上训话。

李白好,人文都俊,他还有俊的升级版"逸",左开右合,上通下达,无所不能,无所不爽,无所不笔到意到。董仲舒曰"天不生仲尼,万古如长夜"。这说法有点整蛊,好像我们全指着孔子的一点点光活下来,现在有很多人借孔子的光而变成人造太阳在电视里照耀别人。套此句式,可说"天不生李白,诗歌如之何?"我也不知"之何"会怎样之何,但中国文学史趣味少了,人情味少了,不好看了。亏了李白,我们读到小儿天真无赖的喜人诗篇,读到桃花一般、飞鸟一般、游鱼一般、土匪一般、君王一般的俊逸章句。没有李白,苏东坡可能出不来(出来也不是这个样子),而杜甫在唐朝显得太孤单。李白让姓李的人都感到自豪,包括唐玄宗。

我在江油的昌明河边走,夜里的江水漫不经心地流过去,两岸坐满吃火锅的人。四川人吃火锅的时候个个安逸,放达舒畅。这地方有李白的履迹,让他们放了好几百年的心,没人弃火锅而操弄大文化散文,他们谁都不傻,知道生活在当下。

漫步到游人渐少处,见到萤火虫,好像从李白的纸笼里刚逃出来。光照的亮度有一个术语叫"克勒丝",不知这些小虫的光有多少克勒丝,像蚊子上了夜光剂,像瓢虫拎着小灯笼。下雨了,噼里啪啦,我先想到萤火虫的光会不会浇灭。它们仍然明亮,穿过看不清的雨滴,团在一起,转移到江的对面。

海明威天生是一个模范

他是被模仿、被追捧的范型。他以异乎寻常的方式辞世之后,又成为被赞美、被怀念的人,这是他身上所具备的美国性之一。

美国能够制造各种各样的模范,消费性是其主要的特征,譬如文体明星。而海明威以精神特性优于文学特性的方式把自己制造成为偶像。偶像的意思是:他把自己变成了想成为的人。当然,他又承担不了自己,于是放弃了自己。

在上一世纪,大约是 1979 年左右,国内像洪水一般地翻译印刷西方文学名著,这是继引入佛经、共产主义书籍之后,历史上第三次域外思想播撒中土。那时候,海明威的名字就在一大批西方作家当中闪闪发光。他的作品和他的事迹一起登场。在中国,有事迹的作家比没事迹的作家更容易被记忆。聂鲁达、杰克·伦敦、左拉、高尔基都是有事迹的人。按说吧,做水手或流浪汉都是不得已的谋生方法,但在文学史家眼里,这些事迹成了作家阶级性的根基。而海明威的事迹跟谁都不一样,他知行合一、我行我素。在思想解放运动刚开始的八十年代初期,海明威的作品呈现出那么强烈的个人性、冒险性（其实为冒死性），以及英雄性，给当时嗷嗷待哺的缺少知识的知识青年极大震撼。

海明威对中国的文学青年或者说文人来说是一帖猛药。过去中国文人的模范没他这样的人，文人模范或踪影于山水，或吃酒吟诗（吟的时候不妨捻髯。髯，两腮胡须之谓也），主要事迹是官场上的纠葛，以及纠葛不上的放逸。海明威是什么？第一，他不是个文人，至少不是中国人所说的文人。第二，说他是浪子，但比浪子硬朗。酒，当然他不断地喝，还有哈瓦那雪茄、钓鱼。他虚荣、矫饰、夸张，但最主要的，他的价值观完全不同于中国文人。他从事着不一定有确定的社会意义、教化意义、道德意义，或者干脆说没有意义的个人的豪迈壮举。这个意义恐怕就是个人意义，海明威个人的生的意义。相比较，中国文人所述与所为多不合一，作文的功利目的太强。要么兼济天下，（以文字救苍生？）当先忧派；要么独善其身（善还要独），没有第三条道路。总的说是投什么方面所好。海明威写的东西按现在的标准看，能得中国的某项文学奖么？得不了。虽然诺贝尔硝酸甘油炸药文学奖颁给了他，也是为了沾他的光。中国人发明了火药，诺贝尔发明炸药，炸死了他的同父异母哥哥，被永远禁止开炸药工厂，诺氏想来想去，想到了这么一个除数学家之外别人都能得奖的奖。而数学家陈省身说，数学界没有诺贝尔奖真是太幸福了，有无人打扰的宁静。

海明威简洁，据说是在文字上的。读他的作品，选材就简洁，选的是有筋有骨的好肉,手起刀落,快火急炖,有难得的野蛮精神。而揣想他作品的主题,反说不出来。中国作家在写什么呢?皇帝是怎样的好(是皇帝好还是当皇帝好?搞不清楚),说肃贪怎样的迫切,或者搞大文化散文,说一些莫名其妙的前朝的事,总之是一些貌似具备文学IS认证的材料。即:假设苏轼诗作得好,这帮大文化散文分子把他作诗前前后后的事说一遍,再说:苏轼诗作得真好。和破案差不多。

海明威是九十年代作家,生于1898年。他的生日是7月21日,比美国独立日晚17天,比小布什晚15天。他死于44年前的7月2日。海明威的作品到底写了些什么?在写我们所不了解的混沌的人生。加缪说:"万一这世界是清晰的,艺术就死亡了。"海明威到底想告诉我们什么?假如作答,感觉到困难。苏珊·桑塔格说:"作家的首要职责不是发表意见,而是讲出真相,以及拒绝成为谎言和假话的同谋,作家的职责是使人们不轻易听信于精神劫掠者……"

海明威在说什么,苏珊·桑塔格在说什么,我都不是太懂。约略觉得他们在说相通的意思,持有这么一种声气的人还有惠特曼、贝娄、辛格,等等。

一个托尔斯泰与两个俄国

世上有两个俄国。一个位于横跨欧亚的北半球,在森林、白夜和东正教教堂之中。另一个俄国隐身于列夫·托尔斯泰的笔下。

文森特·凡高想当传教士不成而成画家，欧内斯特·海明威想当士兵献身疆场不成而成作家。列夫·托尔斯泰什么也不想当。不想当农奴制度下的土地所有者，不想当一个大家庭的家长，不想当贵族，不想当一个父亲，不想当知识分子，不想当十九世纪俄国的国民。他抱有极大的痛苦，一个人和时代、信仰之间的痛苦。他甚至不愿意做一个人。他所看到的人的残酷、虚伪、欺诈、亵渎信仰，太不像人了，或者说作为一个人让人羞愧不安。

大凡有这样痛苦的人，无外乎选择逃避。去法国是俄国贵族回避自己愚昧的祖国的主要选择，他们不像中国人出国是为了淘金或镀金再回来吓唬自己人。但出国解决不了托尔斯泰的痛苦。中国的文人面临与时代之间的矛盾时，哪管只有一点点痛苦，先选择归隐山林，因为中国人心里都有道家的浸润，而庞杂的诗歌体系又为他们提供了一个打发时光的平台和潇洒的文化姿态。托尔斯泰的心是敞开的，上面的伤口由于迎风而永不愈合。他面对苦难的、愚钝的、没救的俄罗斯农夫农妇，以及专制冷酷的法律与官僚系统，托尔斯泰没有学会转过身去，而优裕的生活和显赫的名声使他在农民面前更痛苦。

当他不得已写出这些生活的时候，成为享誉世界的文豪。即使在信息闭塞的时代，他的作品生前已经传到欧洲和美国。他的作品有关于人性与信仰的思考，但读者并不喜欢，甚至厌恶。读者震惊于他所写下的生活的混沌与真实；震惊于他对人心的洞悉。托尔斯泰在纸上造了一个俄国，有土地和带栅栏的农舍，有血肉情欲的人，无法把握自己心思的知识分子。他的国土上有俄国天空的云彩、马车鞍鞯的皮革的气味、沉重的民族命运。这一个俄国并没有背离另一个俄国，人们方知文学竟有建造一个国家的能力。

世上有大大小小的国家和民族，各国都有自己的诗人和作家。这些作家和诗人也在吹吹打打地搞评奖、排座次。也有人得了很大的奖，然后坐飞机到北欧谄媚瑞典皇家学院，比如大江健三郎。但跟托尔斯泰相比，这样的作家像一台性能良好的日产汽车。而一些中国作家像奔走呼号的美国州参议员，像退居二线开美容院的妓女，像传销队伍的上线，像一手在官场上抓挠，另一手在文坛(是"坛"不是"学")抓挠的彩票迷，像企图上春节晚会的京漂歌手，如果不算官场、婚姻、评奖评职称、打针吃药的痛苦，他们没痛苦，连遣词造句的痛苦也没有。文学不过是他们抱在怀里不撒手的、不知从谁家冲下来的洪水中的门板。

地球上的俄国穿越了托尔斯泰的俄国，罗蒙诺索夫、门捷列夫、列宾、柴可夫斯基、勃列日涅夫和普京的俄国继续向前走，带着真实的日出与日落，怀抱贝加尔湖和连绵不断的乌拉尔山脉。托尔斯泰的俄国在纸上，每次打开都真实得不容置疑，巨大而嘈杂。那里的人们毫不理会这个世界，继续着自己艰难然而值得活下去的生活。

雅斯纳雅·波良纳——多么富有音乐性。像一首诗的开头，像歌曲的手风琴间奏，这是托尔斯泰的家，他待了一辈子的地方。如今像一枚小小的邮票，上面镌刻着列夫·托尔斯泰的铜版肖像。他穿着农民的粗布衬衫，胡须如同风中的树枝或河里的浪涛，胡须中的鼻子象征着不屈服，眼睛明亮，为俄罗斯和人类流过许多泪水。这双眼睛严厉地、怀疑地、温良地望着远方。在这张脸上，别的什么也看不到。

花瓣 · 眼睑 · 歌

二十世纪最优秀的抒情诗人里尔克自撰的墓志铭是一首诗：

在如此众多的眼睑下，

独自超然地安眠，

也是一种喜悦……

在德语中，"眼睑"与"花瓣"是同义词。花瓣的造型又的确近于美女垂下的眼帘。因而，诗人可以在众多的花瓣下安眠。在发音上，德语的"眼睑"与"歌声"同音。作为诗，这个墓志铭极美，的确是"一种喜悦"。

由此可窥里尔克作为抒情诗人的绝妙本领，亦可感叹纯美的作品无法移译。

里尔克死在自己喜爱终生的玫瑰花上，但不是花瓣，而是花刺。花刺扎破他的手指后，化脓转为败血症。里尔克于一九二六年十二月殁于瑞士的巴尔蒙特疗养院。

在他的生与死中，玫瑰似乎是一个神秘的信使。

里尔克同他伟大的同乡卡夫卡同生于布拉格。在摩尔德河边，在里尔克死去三年后，昆德拉诞生。

玫瑰与葡萄酒，是里尔克诗中经常出现的意象。玫瑰无疑象征女人，而葡萄酒也是女人(后者是罗丹的说法)。但玫瑰是爱情，葡萄酒是情欲。

像许多大师一样，里尔克的一生，身旁总有美女缭绕。十七岁时，他与瓦蕾莉相恋三年，手撰情书一百多封。从相片看，瓦蕾莉之美更近于女神。里尔克第二本诗集《家神的供品》即由瓦蕾莉亲手装订。他后来的女朋友有名女人莎乐美(俄国将军之女、弗洛伊德的学生)、女雕塑家克拉拉(后为里尔克之妻)等。

对于死的看法，里尔克不无诗意地宣称："当我们站在生命的正中央时，死也正站在我们的正中央，不断地哭泣。"

他又说："死神从种种事物的间隙中凝视我们，像从厚木板中探出头来的一根锈铁钉。"

如果里尔克说得对，那么死神的确站在锈铁钉一般的玫瑰花刺上凝视过诗人。那时候，诗人刚刚出版了耗时十年的诗歌《多伊诺的悲歌》，的确站在了生命的正中央，奈何？一切都被里尔克说中了，包括死神的行踪。

然而女人们依然"如水晶般深奥，在深邃的黑暗里沉默着"。在女人面前，里尔克"感觉自己像圣诞节的雪，正熊熊燃烧"。当死神终于介入其间时，里尔克绝望了，他回到古堡写下遗书，这种感受或许如他在一首诗题中所表达的那样：

"无法再将感情移入等待玫瑰花开时的期待与憧憬。"

鲁迅的"不"

鲁迅提升了汉语言的杀伤力。此语言工于抒情状景，铺陈奥妙道理。工于言不及义，温柔敦厚。工于谎言与碑文。工于诏书、奏本、文告、对偶，以及描述鬼怪神异。鲁迅从前朝的词语里挑出带刃的、带刺的作兵器，使之工于见血。他自称笔下文字为匕首与投枪。然也，既能远掷夺命，又能给对方贴身安上一刀。

鲁迅摆脱了文人的窘迫。虽然"文章憎命达"，但憎不了鲁迅经济状况之宽裕。以往乃至今天的文人，若不做官经商当教授，或在体制内领饷，都和孔乙己差不太多。鲁迅强，用一管金不换的小毛笔收获银两，则不必向大势力折腰，不必说昧心的话。住租界、看电影、养活全家。

鲁迅不昏。他无论见流亡学生，见文豪肖伯纳，见官员，见各种趾高气扬的学者和天才都不昏头，诙谐不改、清醒不改、震怒不改。他对自己的身后，对儿子的前程，对诺贝尔奖落于谁头，对

131

到底谁当左翼文坛"盟主",一概不起妄心。

鲁迅超越了狭隘的民族主义情绪。越是弱国弱民,越喜欢四处树敌,喜欢高喊热血沸腾的口号。鲁迅虽然常常生发敌意,但没有煽动过对其他国家与种族的敌意。他明白,弱在自己身上,病在自己身上,仇视别人无益。他还明白,民族主义情绪最容易被具有别样用心的人所利用,生害。

鲁迅没有计划经济观念。作为作家,作为斗士、学者或以文字谋生的人,他不企图政府提供好的待遇,"养起来"。他没在文字间期待议员、督学这些官职,以及勋章和奖。他没有发出"文学衰落了啊"这些哀叹。

鲁迅不结党。虽然他和萧红等青年作家、曹白等青年木刻家、内山完造等外企 CEO 关系很好,但不搞小圈子,也不囿于小圈子。他并非一味怒目,也讲情商。他和福建省主席陈仪这样的国民党高官是好友,和瞿秋白这样的共产党领袖也是好友。他蔑视小圈子这么一种东西,以及圈子之间的互吠。

鲁迅不搞浙派文学、绍兴味小说以及教授派杂文或旅日作家这一套,也不搞"一个学医的留学生的惊世之作"那一套。

鲁迅勤奋。用齐白石的话说,叫"不使一日闲过也"。

鲁迅善骂,但不靠骂人出名,更不靠骂名人出名。

鲁迅算计过日子的经济成本。

鲁迅有大恨。且看那些在文坛乱骂的人,多是怀着一己的小恨发泄。鲁迅有大恨大怒。他是历史上第一个如此严厉地叱骂中华民族劣根性的人。他恨世道昏黑、生民愚昧，"用一双泪眼看着手术台上生息渐绝的母亲"（池田大作）。这个母亲是中华民族。他恨得上下求索，恨得言如厉鬼。这一种人间大恨，在其他人身上特别是现今人身上已经非常少见了。

鲁迅懂得尺度。他骂三千年历史，但未骂过上海滩的闻人如黄金荣、杜月笙、哈同等人。

鲁迅看不到希望。当时的中国，是一个"在手术台上生息渐绝的母亲"，无论在国力上、外交上、国民素质上，鲁迅都没有看到这位母亲有康复的可能，进而有强壮的可能。鲁迅临终前不声不响躺了许多天，头脑清醒，时不时看一幅红衣女人的木刻作品。他一定想过，中国完了！中国就这么完了？中国怎么会不完呢……可惜他没看到今日中国。

鲁迅不养生。他在赌气的时候甚至薄待自己的身体。他对中医药有不公允的见解。他死于自身的肺病，而非诊治医生下毒。

鲁迅不喜欢猫、狗。不谈论戏曲、音乐。偶涉戏曲，也是讥讽。

鲁迅不知道他在1936年10月19日5时30分辞世之后，作品并未"速朽"，年年重印，经六十九年遍布中国城市乡村。

外国女孩

春节去加德满都

我在兰桂坊认识一位贝蒂小姐。

兰桂坊只适合做两件事——跳舞与饮啤，做其他的事都唐突，诸如说话。当舞蹈和酒上升到一定纯度，言语是一种冒犯。在兰桂坊，什么不做也显得可耻，如不饮酒不跳舞。众人的目光如质问：为什么不待在家里？此际，不饮不舞如穿衬裤入浴池泡澡，太严谨。

因此，我和贝小姐说的话不多。嘈杂，只能像水手一样大声喊——能大声说的，必然是最表层的话语。知道她是加拿大人，会中文，现为摄影记者，喜旅游。

分手时，她发出一个邀请：

"春节到加德满都去。你去不去？"

这个邀请太幽默了，我笑着回复：去，是一个美妙的建议。

后来才知道,我的表现是一个错误,甚至是一个谎言。

这是发生在圣诞节之前的事情。进了新年,我收到寄自印度大吉岭的明信片,上写:

"我距尼泊尔边境只有五英里。你到了哪里?请致函加德满都橡树岭中学却金先生。贝蒂·詹妮森于大吉岭"。

我翻来覆去看了好几遍,以为是一个玩笑。仔细看过邮戳以及英文印地文之后,才知道这是真的。对我来说,这是一个严重的事件。

贝小姐离尼边境只有五英里,而我离尼泊尔任何一个方向的边境线都有几万里,确切地,从未准备往那个方向前进过。大吉岭,我难道是一个骗子吗?让贝小姐在那么远的地方等待音讯。

我把这件事的前前后后想了一遍,觉得这是一个文化的错误。我没有说我们习惯于说谎,但对待事情的态度大不同。在兰桂坊,她说尼泊尔,我以为是脱口秀,没想到这是一个认真的建议。对那些无法实现的目标,我们常视为幽默,漫而待之,把认真与荒诞混为一谈。

我只好撒第二个谎(谎言从来都是连续不断的,否则无法圆全),说有事务,未成行,致歉,祝云游快乐云云。贝小姐并不为忤,到了尼国,她每日给我寄明信片一张,叙见闻,以弥补我未能西游之憾。真是令人惭愧。

他们何其单纯,在言与信之间,从不揣度别人用心的真伪。

在这种信任之下,别人只好把谎撒下去,并在对方的包容中感受芒刺。我每天接到贝蒂的明信片时,都在心里说十遍"说真话多好! 你这个骗子,内疚吧! "

贝小姐寄自尼泊尔的最后一张明信片说,游毕回国。我松了一口气,同时对尼泊尔的美丽有了很好的了解。过了半年,贝小姐来信,问我去不去肯尼亚。我赶紧告诉她,不去肯尼亚。以为就此无事了,她又来信问:为什么?

为什么? 我们习惯在"不为什么"的情态下生活,可感而不可问。我们的文化态度是不愿说破。但念及前嫌,立即告诉她我不喜欢肯尼亚。为什么?贝小姐不仅问,还列举这个国家美不胜收之理由种种。我没法回答,因为对此一无所知,只好说,对此国之美已有认识,但足有疾,不宜奔走于东非大陆。

贝蒂回信,说等我的脚好了之后再去肯尼亚。到时候,卢加德斯瀑布进入盛水期,更加好看。

我想了好几天,想不出回信怎么跟她说。如果真话和假话掰腕子,假话永远也赢不了。

让娜

让娜是我在乌兰乌德认识的法国女人。当时我在布里亚特国立博物馆游逛。见到一件十九世纪的铜雕:一位大胡子冲天撒尿,另一位蹲着掬尿洗面。

我偷偷打开相机,拍。闪光灯没弄好,出亮,馆员上前勒令我删除,删了。我还是对铜雕流连忘返,打算偷着拍。还没操作,女馆员大喝:中国人,不好!

博物馆的人都会说这句中国话。对用词细密的俄国人来说,这么粗鲁的语气表达他们极端愤怒。我投降,微躬示歉,问她怎么知道我是中国人。她回答:"中国人门牙有豁,嗑瓜子。"

这时,身后有一位女人笑出声,她的卷发由金过渡到棕色,波浪于肩上,三十多岁,脸上有笑窝。她用中文说:"你很有趣。"

我指铜雕,模拟洗脸,说:"养颜。"

她仰面大笑,伸出手:"让娜,Jeanne,法国人,电视台文化观察员。"

我握握让娜的小手,说:"鲍尔吉,中国的蒙古人,生活观察员。"

在门口,我和她交换了 Email,她站在那里想了半天,说:"我可能下个月去中国。我是说,结束这里的考察,可以由伊尔库斯克转签沈阳,然后去法兰克福。我会拜访你,用一天的时间看你的城市,如果得到你的允许的话。"

"欢迎你。"

"谢谢! 我第一次去中国,当然第一次去沈阳。"

"进一步欢迎你,让娜。"

这么着,我认识了让娜。尔后她发邮件,真到沈阳来了。外国人爽直,说来就来。让娜变成黑发。她穿一件干草色的风衣,脖子系湖蓝纱巾。那纱巾真是小，系结微露小角。

之前我跟懂法语的朋友学了一套欢迎词，正想背诵，让娜用中文说："保罗，我只有六个小时，晚上飞北京。游览开始吧。"

"不是保罗，是鲍尔吉。那就开始吧。"

让娜没来过中国，但懂不少中国话和一些汉字。法国人——据让娜说——尊重所有异质文化。如果看到他们拼命学汉语、学缅甸语超过学自己母语，不用惊讶，这是时髦。让娜说，也是对殖民时代的赎罪。让娜实际叫"让-娜"，也可以叫"让"，英语国家称"简"。她是里昂人。

我要让"让-娜"看到一个美丽的沈阳，超过世界上任何地方。

第一步，我和让娜乘出租车来到北京街，在北站地区。下车，让娜看高耸的招商银行大楼。

"让，往地下看。"

在我们脚下，刚铺好的乌黑沥青路面嵌入金黄的银杏树叶，落叶被轧道机轧实。风吹秋叶，不规则撒在路上。昨天下过雨，黑黄两色醒目。

"呀！"让娜手按胸口，抬起脚，后退再后退，对这一超级路面珍怜不已。她摇头："我不知道世上竟有这么美的路面。上帝！"

这段路我昨天才发现。

让娜蹲下、站起拍照，舍不得在上边走。她看行人"咣咣"走

138

过来,根本不稀得看脚下,想制止又不敢。

"这样的路面有多长?"

我手指前方:"全都是。"这段路全轧沥青,路旁全栽银杏树,全落叶。

"噢。"让娜点头,"谁设计的?"

"市长。"我低声告诉她,"我们的市长毕业于伦敦圣马丁皇家美术学院,比范思哲低五届,比迪奥低七届,是一位罕见的行为艺术家。"当然这是我瞎编的。

"是的,我从这条路上看得出市长很浪漫。"

我们还有第二个地方——克俭公园,离十二线不远。克俭街的名是蒋介石在沈阳光复后起的。这是个后造的休闲公园,盆地形,四周栽树。有几节废车厢停在工厂遗留的旧铁轨上,几年前有人用它开餐厅,后起火,目前是乞丐的宿营地。

我带让娜看这几节车厢。在秋天红色的槭树的包围下,孤零零的车厢立在那里,如二战电影的外景地。当年的火烤化车厢的绿漆,淌在碎石上,更沧桑。我扭开车厢门的铁丝,费劲巴力把让娜拉进车厢。脚下是过火的硬橡胶,让娜说太像电影了,意大利风格。我们俯车窗往外看,一群穿红袄、扎绿绸子、平均年龄七十多岁的老太太在盆地扭秧歌。让娜不想走了,说这比沥青银杏路面更有历史感,沈阳到处都是艺术品。

再往后,我请让娜到我家喝会儿奶茶,吃点榛子核桃,送她蒙古音乐CD。她该去机场了,我说:"还有一景,你要看一下。"

这一景在我家门口小街,也刚轧沥青路面,新涂白黄交通标志。我领她在这条街上走,走着走着,指地下一个黄色的大字问她:"你认识吗?"

这字两米宽大,她歪头看一会儿,小声儿念出口:"让。"

"是的,Jeanne,让,就是你。"

"我?"让娜脸都白了,"怎么会是我?"

"沈阳人民喜欢你,在马路涂鸦。"

让娜倒吸一口气,一声不吭再走,又见一个"让"字。一般说,沈阳街道在学校幼儿园门口都有这个字。让娜看到这个字,抓紧我的手,她指尖冰凉,抬眼看我。她眼珠为灰色,迷惘而晶莹,说:"沈阳人喜欢我?"

我默默点头,继续走。路口,也就是我露天理发的碧桃树下,立着三角形交通警示牌,黑边黄地,又写"让"。

让娜扑入我怀,双手抓住我肩膀衣服拽,哭了。我知道玩笑开大,说:"让娜,你听我说。我是个爱开玩笑的人,地上的'让'……"

"是你写的!"

"不,不是我写的,我只是开开玩笑。"

"一定是你!沈阳人不知道我是让,也不知道我来这里,况且离你家这么近。是你!"

"让娜……"

"别说了,保罗,不,鲍尔吉,想不到你这么浪漫。"

"让是个汉字，沈阳许多街道都有这个字。"

"都是你写的！"

"嗨。"这已经不是玩笑了，我忧伤地摊开手，"我只想让你对沈阳留下一个好印象，这些字早就有。这是个玩笑。"

让娜轻轻摇头，看我，灰而晶莹的眼睛看不出她在想什么。我俩一时竟没有话说。我招手叫一辆出租车，让娜进车摇下车窗，凝视我。车启动，她看一眼地上的"让"字，含泪微笑。

冷幽默

凯瑟琳·安，来自加拿大。她来沈阳留学，研究"中国式的幽默"。有人介绍她当我的客座学生，助其学业，我婉拒。安拎着黄瓜、柿子、茄子、辣椒、小葱、大蒜来拜访我，极为诚恳。我说，咱们可做谈伴。我算快译通，帮你了解中国话，别无可授。安同意。我俩约定：一、不拜师，故不用她交学费。二、不谈政治。三、不谈不利于两国关系的话题。四、不留饭也不吃她请饭。五、不谈幽默。

第五项约定，我说这是很重要的一条。介绍人说我是幽默作家，是客套话。幽默太深奥，由于民族、语言和语境不同而扑朔迷离，不可言。我劝她多听导师讲其"中国式幽默"。行有余力，读马克·吐温英文原著和中文译本都是最好的幽默课，当然是美式幽默。海明威说："没有马克·吐温就没有美国文学。在他之前没人这么写，在他之后没人写这么好。"

安说她不知道谁是海明威但同意我的话。我说我这个人一点都不幽默，是刻板的人，但也有优点，认真。安说好。

之后，安小姐上门聊天。她第一回来时，眼中带着发现珍宝的神秘，说：我有一个发现，市场上一个人卖短裤，喊，快来买啊，带兜。我一看，裤衩里面真有一个兜，并没开玩笑。为什么？

我告诉她，这是装钱的。

装钱？安哈哈大笑，中国人把钱装进裤衩里？哈哈哈，太幽默了！

我说，不为幽默，怕偷。

怕偷就把钱装进裤衩里？手伸不进去？哈哈哈，中国人太幽默了！

第二次，安问我什么叫"注水肉"。

我说把水注射到猪肉里面。

猪得了什么病？什么水？

猪没病。猪被宰了之后，销售商把普通的水，比如自来水注射到猪肉里，压秤。

什么叫压秤？

让这块肉增加重量，多赚钱。

哈哈哈，不可能。但你的解释太奇妙了。在加拿大你可以上脱口秀节目。哈哈哈，给猪肉注射水！

我告诉她：安，我们不谈幽默，我只告诉你这个词的含义。

第三回，安问我：沈阳的公共汽车车体上有一幅广告，叫

"防撬门"。什么是防撬门？

我答：这种门撬不开，只能用钥匙开启。

为什么要撬这个门？丢掉钥匙了吗？

不是主人撬，是盗贼撬门。盗贼用工具撬开这个门，进门偷东西，盗窃财物。

什么工具？

扳手、钳子、撬棍。我没撬过，不知道用什么工具。

安问：结果，这个门没撬开，白费劲了。

对。

哈哈哈，防撬门，哪有人去撬别人家的门？太离奇了！老师，我知道你的用意，你在培养我的想象力。我知道，汉字里有多重意思。比如手纸在日语里就是书信的意思。老师，防撬门是什么意思？

我认真地说：就是撬不开的门。

哈哈哈。可是，哪有这么笨的贼？用工具撬门。哈哈哈，太幽默了。

我摆手，不信则罢，不说了。

第四回，安问我：如果有人告诉你，古阿拉伯的君主出现在鸭蛋里，你信吗？

我明白，她说的是苏丹红的事儿。苏丹是古阿拉伯君王。我告诉安，把一种学名为"苏丹红"的工业染料放进饲料里喂鸭子，它产的蛋的蛋黄像用盐腌的最好的蛋黄，红。

哈哈哈！安大笑不止，太有想象力了！老师，我越来越喜欢中国人，你们经常用这种方式幽默吗？防撬门、注水肉、红心鸭蛋，虽然它们在现实生活中不可能出现。但是，你们的报纸登这些消息让大家快乐。而且，我认为中国人的可爱正在这里，他们听到后并不笑，装成忧心忡忡的样子。哈哈哈，这正是幽默所需要的。哈哈哈……

第五回，安问我什么是假唱。

我答：首先，我要提醒你，我在解答你的疑问而不是在搞笑。我不想看到外国留学生学得油嘴滑舌，像丁广泉教的那些学生。中国文化中有庄重和诚恳的一面，你注意多学这些东西。你听好。

假唱，指歌手在演唱会上并没有真唱。是放 MD，事先在棚里录好的歌声和伴奏。

哈哈哈！安看出我对她的笑声不满，严肃：老师，我觉得不可能。如果不是马戏团的表演，谁会放录音、对口型呢？

我说会的。

她认真地问：歌手同意吗？是不是被逼迫的？

我说：没人逼，歌手愿意这么做。在一百场演唱会里面，真唱的歌手和歌唱家超不过十个。

她问：是为了节省嗓子吗？不会呀？她呆呆地想了半天，哈哈大笑，指着我：哈哈哈……

第六回，安问我，为什么电视上播放政府部门举办的文艺晚会。

我答:用文艺节目展示工作成绩。

她蒙了,用文艺展示工作成绩？如果是税务局,那怎么展示?

用歌曲、小品、舞蹈展示税收成绩。

安哈哈大笑,用舞蹈展示税收成绩?太幽默了!谁给他们作词作曲?

花钱雇人创作。

哈哈,要是法院呢？用舞蹈和歌曲展示审判?

不能这么说,是用歌曲及一切文艺形式展示他们的思想境界,检察院、土地局都可以展示。

哈哈哈,检察院、土地局?哈哈哈……老师,你就是马克·吐温! 你太幽默了!

我正色:安,你要严肃对待我们的聊天,你父母花钱让你到中国是来学习知识的,不要嘻嘻哈哈。

安答:我没花父母的钱,是自己的钱。

你自己的钱?但我并没有跟你说笑话。我会说笑话,但现在没说。

好的,老师,您息怒。比如,医院办文艺晚会展示他们的手术,电视台为什么播出呢?

医院花钱让他们播啊,这是商品。

哈哈哈,你说这是商品？他们的节目是员工演的,不是艺人,怎么会是商品? 你应该承认自己说错了。

不承认。晚会的承办单位拿一笔资金让电视台播出,这是没错的,所以叫商品。

为什么呢?

展示他们的成绩。

这难道不是他们应该做的吗? 安不做声了,她终于沉默而不再哈哈大笑了。少顷,又大笑起来,工人做工、农民耕田、士兵站岗,都用文艺节目展示? 花钱播出,哈哈……

过了一段时间,我告诉安:安,你是个开朗的人,对生活充满好奇心。然而,我要出门旅行,不能和你聊天了。和你在一起令人愉快,你的谈吐启发了我对幽默的重新理解。

安说:老师,我要郑重地感谢您。不管别人怎么说,我认为您当之无愧是一位幽默大师。您对我的提问,回答得那么巧妙,几乎不假思索却非常幽默。而您保持严肃,这就是中国式的幽默,是冷幽默。每次跟您聊天,我都忍不住哈哈大笑。老师,真的,我太佩服您了。哈哈哈……

我用大师那种悲悯的目光看着安,安笑得前仰后合,哈哈哈……

孙艳梅

有一天,在辽大跑步的哥俩儿在篮球馆前跟一女孩说话。

我刚跑完,正落汗,过去跟他们拉呱。

女孩十七八岁,身矮,相貌如县级市饭馆服务员。她一看我就说:"啊,好看的胸脯。"

我想,怎么跟日本人说话似的,笑笑未语。

夏天在辽大跑步的人多光膀子,汗大,穿不上衣裳。

她又说:"啊!六个肚子。"边说边用手指我腹部。

众人大笑,我糊涂了,哪来的活宝。

老白告诉我,这是日本留学生,叫什么什么子。

噢,怨不得。我告诉她,不能说别人六个肚子,叫六块腹肌。

腹肌——我告诉她,不是烧鸡的鸡,也不是肯德基的基,更不是手机的机。

大伙起哄,让我教她汉语。好好,我应允。跑完步的人,大都精力充沛,焉有不好为人师之理。

先起个中文名,我告诉她,你那个名字老师记不住。

好的,什么什么子说。

就叫孙艳梅吧。

好的,她谦恭地说。

为显示中华文化深不可测,我挑点难的教她。

这个中华文化呀,艳梅——(梅拉长声,显出中肯)啊,博大精深。拿老师的名来说,原野,这个野字在唐朝读墅,星垂平野(shù)阔,懂不懂?

耶!孙艳梅应和,又说:你就是袁术?

还曹操呢,我接着说。

这是野,而夜,读玉,随风潜入夜(yù),读夜就丢人了,别人说你在中国没好好念书。

耶! 孙艳梅有点害怕了。

这个这个,发轫之作,这成语听过吧?

没有。

没有我也讲。这个轫,是古代挡车轮的方木。大干部坐车上说:发轫! 车夫赶紧把轫搬开,走也。

为使艳梅思绪进一步乱套,我说,古代的少讲点,讲身边的吧。打仗懂不懂?

吵架。孙艳梅回答。

哎,对了。但我军将领管战争也叫打仗。这个仗怎么打呀? 小鬼,等等。还有打车,是招呼计程车,跟打没关系。

打车? 孙艳梅委屈地重复。

还有,打酱油,跟暴力也没关系。打酒、打油,凡液体物品之购买行为,均可称之谓打。

你们为什么不说买酒?孙艳梅以为这么说是专门欺负外国人的。

说呀,买酒,但也说打酒。

孙艳梅边翻白眼边默记,嘴里嘟囔。

还有,打扮,指化妆;打赌,是两人预先推测事情结局的誓语,也和打没关系;打盹,指人发困。

睡觉？孙艳梅问。

不是睡觉，是说人坐着欲睡未睡之混沌状态。

还有，上海人说打毛衣，是织毛衣。小孙同学呀，别着急，多虚心，好好学。

我看差不多了，搓搓手，说老师先讲到这儿，莎约那拉。我回到操场练蛙跳和俯卧撑，看见孙艳梅还孤零零地站在篮球馆前，直眼望着天空。

过了几天，孙艳梅悄悄走过操场。边走边偷着瞅我。我喊："孙艳梅！"

她撒腿就跑，跑得比我还快。我一看，师生关系已至此地，就不追了。跑出一百多米之后，她才停下，还回头看。我估计，她以后不敢从操场走了。

地铁 8 号线的莱娜

坐上地铁之后，我把护照和那张回家启事检查了一遍，放进兜里。斯图加特的地铁（轻轨）站分三层，每一层都喧闹有序。你觉得往地下盖楼真是一个好主意，盖十层八层都不妨碍城市地表之上的悠闲安宁。斯图加特在人的视野中是森林和草地，还有不太多的二三层、四五层的旧楼房，空旷寂寥，大街上半天才开过去一辆所谓汽车。这座汽车城的人都不爱开车，汽车是卖给发展中国家的商品，他们宁愿坐地铁。

这里的地铁发达到神经病的程度。1945 年,斯图加特遭到盟军惨烈轰炸,炸毁了一切可以称之为楼房的建筑物。这座城市重建时规划了五十多条地铁线路。斯图加特的人再能生孩子,外国移民再多,地铁都毫无困难,风驰电掣地把他们运到城里任何一个地方。

　　我坐地铁纯粹是闲逛,就像德国外交部邀请我在这个城市住一个月没任何任务一样。地铁开太快,我语言不通,怕坐丢了。我的计划是坐 8 号线到火焰街下,倒 52 号线回到皇帝广场。就这样,我坐在地铁上,等待报站——我听不懂火焰街的德语报站,只记得是第七站。我想我像一个上战场的士兵谛听号音,这姿态对一个地铁乘坐者而言有点可笑,我对面的姑娘已经第三次抬眼看我并微笑。

　　这个姑娘穿白长裙,套一件水红的毛衫,手里拿一本书,是小说——德国小说的封面全是浪漫男女人像。我对她回笑一下,表示我也会笑。她用德语说了一番话,我愧疚地表示听不懂。

　　她又用英语说一番,我继续愧疚,用蒙古语告诉她英语和德语对我来说是一回事。

　　她的回答吓了我一跳,她竟然用蒙古语说英语和德语不一样。这个金发碧眼的日耳曼人怎么会蒙古语?

　　她说是爱好,她正在学第七种外国语。

　　我用蒙古语问她火焰街到了吗? 她说已经过了。

那我要倒回皇帝广场怎么办？

你坐到终点再坐回来。她回答，又问，你为什么急着回皇帝广场呢？

我说我害怕。

她说像你这么健壮的人，别人怕你才对。

到了终点，我记得是柯达公司的总装厂，我下车，请教这个人——她叫莱娜——怎么坐回去，她说我们坐一会儿吧。

我们在月台的长椅默默坐着。我承认我一点也不浪漫。虽然歌德学院中国总院长阿克曼盼我在德国迸出恋情，但我不敢。在空旷的月台上，我甚至不敢看莱娜，头上开始冒汗。她问我来德国干什么？

我索性把护照和夹在里边的回家启事都给了她。启事请翻译用德文写成，大意：我是中国作家谁谁，我的人身保险号码是××，我的护照号是××。请把我送回92路公交车站或索力图独逸学院。中德友谊万古长青。最后一句是我让翻译写上的。莱娜看完把东西还给我，笑了，什么也没说。

地铁到，我上车后才敢看她一眼。我觉得她眼里有对我的眷恋或幽怨。随即我批评自己自作多情，眷恋谁不好，谁稀得眷恋你？

我顺利回到皇帝广场，出地铁坐92路公交回到索力图山上的王官，这是我的住地。回屋，我先喝水，然后掏护照，发现护照里夹了一样东西。打开，是个书签。

面对莱娜放的书签，我不知如何是好。撞上浪漫了。其实我应该立刻进城，坐第 8 号线地铁到终点与等在那里的莱娜拥抱激吻。但那是好莱坞的套路，我只能轻轻叹口气而已。中国人喜欢看电视剧里面的浪漫，自己并不浪漫。而德国人的严肃，只是一个传说。

我的造谣生涯

世上有一些喜欢"造谣"然而心肠不坏的人,我是他们中间的一员。

我最著名的谣言如下:

当办公室里的同事由于议论改革而变得庄重和略显躁动时,我伤感地告诉大家:

"口腔医院和痔瘘医院要合并了。"

人们大吃一惊,有人简直要跳起来,他们一字一句地重复我的话。

"啊?痔瘘医院要和口腔医院合并?!"

愤慨、吃惊与匪夷所思。

我面对同志们苦思的脸,默默点头,低声补充一句:"卫生局已经下文了……"

过了一会儿，有人笑，别的人跟着大笑。他们愉快地想象这两家医院合并后的情景。

有两人没笑，一位拔过牙还没有痊愈，另一位刚做过痔疮手术，来机关索支票结账。这种"合并"使他们同时感到了威胁，因而不喜欢这样的玩笑或谣言。

我造的谣言多属这种类型，而不是追杀阮玲玉那类可以见血的锋刃。

前年我还造过下面的谣言：

"人家说了，咱们国家要实行周五工作制。"不幸的是，前不久确有权威人士透露出这样的意思。谣言竟变了预言，我真没想到。这原本是我对缩短工作时间的一种向往。

造谣的人在造之前，都喜欢像我这样，把消息来源称之为模模糊糊的"人家说了"。人家是谁呢？可以说报纸，也可以说广播或文件。新闻学最看重消息来源，如果是电稿，还要标明发电地点和时间。对于援引的材料，都需指明出处。这种要求，显然不适合造谣。

譬如我说过：现在前列腺的发病率要比唐朝高出60%。又如：经常吃洋葱会使荷尔蒙增加4.1%。

这种谣言俨然学术成果。

我还说过，在电线杆子上贴"专治阳痿早泄"的那种油印广告，是一种新成立的会道门的联络暗号。

我造谣亦有两条大的原则。一曰不伤天，伤天即血口喷人；

二曰不害理，害理乃指鹿为马。这是我与造谣家们最本质的区别。

我也有同道。我的一位北京的朋友，叫王志杰。某次在1路公共汽车上，他小声对我说："里根又遇刺了。"车上的人"唰"地把头齐齐转向我们。

还有一次，他衣冠楚楚地莅临海军某宾馆，对同伴说："你准备一下，刘司令下午就到。"话被总服务台嗑瓜子的小姐听见了，整个宾馆员工没吃饭，搞了一晌午的卫生。我的朋友认为这种谣言有利于精神文明建设。

西方四月一日的愚人节也是造谣节，这种事甚合吾意。好玩的是国内许多严肃的报刊，把愚人的材料当作科技动态摘译过来，如称美洲发现蓝色血液的人。事实上，稍懂生物学的人就知道，人不可能卵生，除昆虫和鸭嘴兽外，只有鸟类才如此。人之血必是红色，这由血液中的血红细胞所决定，再无其他选择。

我造谣的题材开始向高新技术领域发展。一次与众人饮酒，我说患痔疮者应庆幸，因为不会再得脑血栓了。痔本身就是静脉血栓，流行于下，不复上行焉。

我期待着人们的笑声。

没想到在座有一位是中国医大的教授，指着我说："你讲得很有道理嘛。"

造谣不成，反变为了道理，我有些失重。

在现时的广告中，不知有多少属于这类无益亦无害的谣言，像我造过的那样。但此类谣言有画面与音响，还需交钱，不似我这般婉转自如。

莎翁说："谣言是一支凭着推测、猜疑和臆度吹响的笛子。"我自小就喜欢吹笛子，但我爸不愿给我买，他嫌吵。

低等教育

想一下，我所受到的教育基本上都是低等教育，不管它叫小学或大学。

在幼儿园，他们把地（而不是炕）烧得滚热——除了幼儿园，我再也没发现烧地之处。在夜里，我们咬紧牙关，踮着脚尖在砖地上飞跑，只为了撒一小泡尿。他们烧地就是为了我们少撒尿吗？也可能。幼儿园另一项教育是逼我们吃煮熟的胡萝卜——一碰就烂的胡萝卜甜兮兮地令人作呕。若不吃，阿姨就逼你靠墙站着。盘里放着那根胡萝卜，直到你说出那个词：吃。其他教育是教我们唱会一首歌——蓝蓝的天上白云飘，并没说为什么唱这首歌。只一首，其他的都不教了。幼儿园跟教育没关系，跟高等教育——譬如讲故事、做手工更没有关系。来到这里，是因为双职工家庭"孩子没地方放"。在这里，系鞋带是我姐教的，同时她还告诉我上厕所应该上男厕所，以及鼻涕下来的时候，要用手绢而不是用袖子擦抹。手绢不是缝在你的衣襟上吗？我低头看，手绢洁白如新，几乎没用过。

我被"放"了两年之后，进入小学，原因也是没地方"放"。上学才一个月，某日早上，进校门被吓着了——所有教师站成横排，鞠躬，脖子上吊着牌子，上有红叉——文革开始了。从那时到我"中学"毕业下乡，整整十年。我很不好意思说"中学"和"小学"这个词。它对我来说，与年龄有关，和知识无关；与桌椅有关，和书包无关；与听讲有关，和考试无关；与劳动有关，和作业无关；与打闹、冥想、军训、参观有关，和写字、计算、复习、早恋无关——和现在的中小学完全相反。在我受到的"低等教育"中，军训是一样内容：用木头步枪劈刺、扔手榴弹以及匍匐前进，后者把膝盖和胳膊肘磨得露出了棉花。我记忆很深的一件事是齐步走不许戴手套。那是零下30度的塞北，我们冻得恨不能把手剁掉。其他的教育包括挖防空洞，四米多深，防止苏联的核弹辐射。其实我们非常想看原子弹爆炸的场面，而不是躲进洞里。在纪录片里，我们的原子弹爆炸之后，无数人从掩体后面跑出来，朝天上扔帽子欢呼，见其可观。教育还有到工厂学习车工、钻工和铣工，我们借机做火药枪、匕首，但没有投枪。尔后下乡。我所在的大队成立一所"共产主义林业大学"，每天晚上在劳动之余学习果木嫁接，因为和水果相关，这种教育显得高级一些。但树上结的那些苹果，我们终于一个都没有吃到，因为"锦州那个地方出苹果，但战士们一个也没有吃"，我们也就不吃了。

　　我的大学学历由函授自考而来，人们称之为"组装"，跟"原装"相比，也不高等。按课修完学分，无其他可言。而课程，至少就中文而言，陈腐而无趣。这些课程把古代和外国文学中的精华剔除，用糟粕检验人们的考试能力。而当讲解精华的时候，譬如汉唐文章、鲁迅或莎士比亚，教师像鹦鹉一样把教材念一遍，然后指出重点。说"重点"两字的时候，学生们顿时振作，这是考试重点，教师矜持地指点一番，面带浅笑而终。

这种教育长达二十多年。在此之外，我自学了认字，为了知道小人书下方写着哪些意思，从此进入阅读。在读了大师的作品之后，我才知道什么叫作高等教育，它把心灵凿开一洞，光明源源涌入，告诉人怀疑、追索、内省以及幽默。真正高等的，是人道主义的光芒从大师的作品里传出，永远悬在人的头颅之上。

冷与白

天最冷的时候——我是说在沈阳——先是感到早上冷水浴的水"换人"了。头一分钟浇过来的是楼里的水，不算太凉。转而冷，地下的，像一伙强硬的人破门而入。水揣着针来的，听着"哗哗"的声音都响亮。承受的极限是：手指骨疼痛，停止。这时，如果往镜子里看一眼，瞥见一张惊慌的脸，像美国惊悚电影常有的镜头。傻了吧？这是我对自己说的话。

到屋外，如果鼻子先痛后酸，证明真冷了。鼻子头儿像被钳工的手拧了一下。你想，鼻子只比脸突出两厘米多，就被冻这样。在这样的天气里，我比较留心别人的鼻子，见到矮扁的，替它们庆幸。但行人多戴口罩，见不到鼻子。天最冷时跑步，我容易被冻出眼泪——不是冻哭了，冷空气刺激支气管，咳嗽憋出眼泪——泪水在眼眶里冻成小冰碴，顾盼晶莹。还有，手从皮手套里抽出，掏钥匙开门那一瞬，如针扎，证明真冷了。

老年人形容天冷，爱说"真冷喽"，好像盼望已久。我喜欢冷。一次往东走，见发电厂的大烟囱扫红漆白漆，像一条腿穿儿童连裤袜，顶端白烟滚滚。在晴朗的蓝天下，抬头见到银白的烟团，也算难得的景观。如果烟算烟囱的头发的话，它的银发飘向南方。我一想，从小到大看到的烟都往南飘，是为什么？上级有规定吗？想起来了，烟囱冒烟是烧暖气，天刮北风。烟向南，像葡萄串一样扩大。小时候在清水里捏钢笔的胆，那一串蓝也不散，斯文蜿蜒。烟团也是这样，煤好啊，经过了充分燃烧，烟白。烟团距离烟囱嘴那一段似无物，飘出去一段才变成烟。烟像烟囱放的风筝，像在海底追潜水艇的白色鲨鱼。或者说，烟是地面舒卷的叶子，一拽叶子，连烟囱也拔出来了。

那年五月，我登华山。下缆车，一步两阶跑上峰顶。至顶，身上出了不少汗，脱衣散热，绕颈赏玩四外风景。不远处，一对老夫妻对我笑，我对他们笑。在峰顶见到友善的人是幸事。他们看我大笑，我觉得不须大笑，则小笑。他们盯着我笑得前仰后合，我狐疑，观自身，见——赤裸的上体——每一寸皮肤升腾白气。胳膊、前胸、腋下和腰腹雾气缭绕，配合高天之流云，山峰绝壁，周围黑黝黝的松树背景，是挺好看。我笑，没想到自己还有这两下子，老夫妻好像看见了一个刚出锅的人,像馒头、黏豆包或发糕。我一琢磨,是山顶气温低,热气成烟。就好比说谁谁呵气成霜,也是天冷。有道是:"吹胡子瞪眼",可能指北方人冬天说话嘴角带两缕白气,吹如胡须。如此,我对老夫妻点头,感谢他们的笑声。但衣服仍不能穿,这和文不文明无关。此时穿衣,衣乃湿透,使身上为难。我当时想在身上写一副对联,左胸:蒹葭苍苍,右胸:白露为霜。这是《诗经·秦风》之一首,此地属秦,恰好。这时,一队戴红帽的旅游者上来,见了我,集体无意识大笑,边笑边指我,东倒西歪。一人说:"成仙了,成仙了。"我只好恋恋不舍地穿上了衣服。

今天早上,我路过一家朝鲜冷面馆,见一小伙拎一壶水,浇在撤下的炭炉上,水蒸气洁白如银,腾起七八米高。也没见过什么壮观场面,这已经很壮观了。一壶水、一个炉子造出这么大的烟柱,真乃"下下人有上上智"。水蒸气在夏天也升这么高,只是天不冷,看不到气的真相。冬天藏着无穷的白色,冰、雪、霜,越冷越白。

我被吓跑了

头几天,沈阳气温一天内降了10度。才进十一月,行人把寒冬腊月的衣服全换上了。我对冬天有个判断,耳朵尖被冻疼,冬天已至;鼻尖红而疼且淌水,像坏了的水龙头,寒冬至。

路边一条黑狗飞跑。天黑了,路灯照不到的地方全是黑的。我担心这是一只找不到家的小狗,希望前面骑自行车的人是它的主人。小黑狗跑得快,皮毛油亮,喂养得好。它身架长,如果是人,它属于腿短上身长那一路人。它瞪着眼睛往前跑,路人没一个招呼它,是找不到家的迷路狗。它水汪汪眼睛里的泪水马上就要流下来了。汽车轰鸣、人流汹涌都让它恐惧。狗有一肚子话要说却说不出来——迷路了、家、主人。小黑狗迈着碎步一路向西跑,我觉得它越跑离家越远。半夜跑累,不得不停下来时,会发现再也找不回家了。

　　我要拐弯了,不能陪小黑狗,也没办法把它抱回家去。不是谁都有能力养狗,养动物是把它的命搭在你的生活里荣辱与共。我拐弯去百鸟公园,给一个精神病患者送大衣。2003年,我刚到百鸟公园跑步就见过他。和我一起跑步的人(四十多岁)说从小就认识这个精神病。说,他怎么还没死呢?好像时光犯了错误,忘记带走他。他的疯是对着太阳论辩、唾沫横飞那种。这类患者同时是无家可归者,活不了太久。我今天中午跑步见到他,没袜子,露出雪白的脚杆,着单衣,袖手缩脖大步(挨冻的人小步行走)盯着地面走,想在地上找一个烧得红彤彤的火炉。那一刻,我想到给他送点衣服。

　　晚上记起这件事,天已黑了。百鸟公园没什么游人,转两圈,没见人。我沿灌木丛、墙跟儿这些避风的地方找这个精神病。见到两个搞对象的,拥抱铁紧。还见一对野合者,白肌肤在寒风中经受考验，我差点把大衣给他们盖上。这个疯子不知躲到了哪里？我想我应该在明天中午太阳最暖的时候寻他，如果我是疯子也只有在中午才出来活动。我的一位医师朋友说：我们都有精神病，发脾气、沮丧、悲伤都是发病的表现。为什么我们算得上正常人呢？因为发完脾气就好了，痊愈了，也叫一过性精神病。如果一个人发脾气三年不停，肯定成了精神病。人的精神病了，神经没病，所以还知道冷热痛痒，这是我给"我的病人"（医生口头禅）送寒衣的理由。既然我们都是此类患者，短期患者理应照顾一下长期病者，但我没找到这个人。

回家路上，我在桥洞子里发现另一个精神病（他有没有精神病谁也不知晓，只是衣衫单薄）。我把衣服送给他，一件大衣，一个毛线帽子，毛袜手套各一，还有一个护膝，是我穿剩下的。这人无喜无悲，把这一套衣服依次穿了起来，像演员穿戏服。当他穿上大衣、戴好帽子之后，把我吓跑了。这都是我的衣服，他穿上后表情依然贫寒肮脏，我觉得这就是我。如果明天我在百鸟公园再送出一套，将诞生又一个我。慢慢地，会有人传言我已沦落到桥洞子和百鸟公园的灌木丛中。

不印名片

我有一位朋友家里置了名片印刷机，欲为我免费印名片，我婉谢了。他不解，非要询问缘由。我想了一会儿，考虑是述之真情还是假话。

我说："我不交际，印名片没啥用。"

他怏怏。好心被充驴肝肺，常令人怏怏或怅怅。

我不印名片的理由在于，住边防局宿舍时，眼睛瞥见垃圾箱里有一堆撕碎的名片。垃圾箱是蓝漆涂的，常有叉车过来，一举倾泻。我记得那堆撕碎的名片周围还有鱼刺及烂柿子。

"所以我不印。"我告诉朋友。

有一天，他说进了一批撕不碎的名片纸，并从怀里掏出来给我看，使劲撕，没碎。

印吧。我印了三种名片。

1. 中国石油细菌脱硫学会会长

   法国化学键断裂公司亚太地区代理

2. 中国龙卷风研究中心执行总干事

3. 大气臭氧层非破坏性机构监督专员

这些机构当然是我杜撰的，其构成由我查《辞海》而问世，因而我不算犯罪学意义上的诈骗犯。难道我能骗臭氧、化学键或脱硫吗？不能，当然不能。

在某些场合，我把这些名片敬奉给一些衣冠楚楚的人。有时，他们也手捧着名片提问：

"石油为什么要脱硫呢？"

我沉着微笑地说："唔，这要从 Jams Last 先生的理论谈起……"

Jams Last 是一个乐队也是一位指挥家的名字，他生在德国的不来梅。

这时，别人一般不敢再问了。而我以手轻弹桌面，表示"言者无罪，闻者足戒"。

当然这都是发生在酒桌上的事。

但有一次令我大窘。那次糊里糊涂地卷入酒宴，我看周围大都是官员，便将"中国石油细菌脱硫学会会长"的名片奉给各位。

这时，有一位青年人，眼里的光芒射向我。喃喃自语："踏破铁鞋……"

完了，我知道完了。我应该分发"龙卷风"那种名片。

这个小伙冲过来跟我挥手，热切地述说自己是西北石油学院……单位是辽河油田……科研难题是……

我说："你夹口菜。"

他披肝沥胆地夹菜咀嚼，我抚额沉思。他们的科研课题是石油什么来着？我真想替他们解决这个难题，但我说："《死屋手记》上有完整的答案。"

他兴奋地记下了"死屋手记"。

后来我遇到了为我印名片的朋友，怒视之。把他瞪跑之后，我回家从箱子里翻出陀斯妥耶夫斯基的《死屋手记》，看里面说些什么。

后来我不再印什么名片了。

双腿后飘

有一年夏天,我骑我爸的飞鸽牌自行车在大街勇进。车骑得飞快,耳畔生风,衣襟像旗帜从肋下飘向后面,正体味"自由""飞翔"这些词的内涵。如果不骑车,骑得不这么快,难以接近这些词的核心。

车骤停,我并不知道它为什么停。而我,身体——先是两脚离开车镫,带动双腿——由后向前飘起来。今天回忆这一千载难逢的场景,我情愿用慢镜头(每秒二十四格)的速度在心里回放。脚和腿飘乎上扬,高度超过头顶。怎么会呢? 因为我双手攥着车把不放松,脚继续上升,形成倒立——我在自行车上倒立,何等感人! 呵呵,现在给我多少钱都做不出来。而后,我在不知不觉中撒手,"啪叽"摔在地上。

车撞到什么东西上,是什么东西当时没看,蒙了。我只是说,我在完全没准备的情况下,身体遵循自由落体的定律,完成了这个高难(雅)动作。我有时回想年轻时有没有过不朽业绩,想不出来,就用这个代替。

有趣的是,我像烂柿子一样摔在地上,却对摔的情形毫无记忆,只记得慌慌张张爬起来骑车便走。车前轮变为椭圆,一窜一窜如浮波浪。改为推着走。推也不走,螺丝什么被撞没了,最后肩扛回家。

回家,我坐炕沿上回味这一切。一方面考量用什么理由应付我爸,说自行车前轮在地震中变形? 但没发生地震。或者说遇到一个精神病患者,他原来是八级钳工,抡圆大锤毫无理由地砸扁了我的车圈及其他。另一方面,我在大脑中用定格、慢放、后退、重放的程序重温撞车一幕,觉得可用"乳燕飞"形容这一情状。忽想到,我撞到什么上了? 太粗心,竟没有看。

我步行去此处。这地方我们叫红旗剧场,又名影剧院。在十字路口,我撞到高于地面三十公分的下水井的井台。为什么在十字路口砌一个水泥井台? 这只是改革开放之前数不胜数的奥妙事情之一。我并没气愤,而想再搞一次,让身体腾空甚至说凌云飞卷,没这胆量了。

对此事,我产生四则小评论:

第一则,人完全可以做成自己认为做不到的事情,做得完美,落地甚至无痛感。

第二则,正如许多人指出的,人的身体是一个智能结构。即使没有大脑指令,也按照自主指令完成动作。中国女子体操队(我称之为女童体操队)训练达到完美境地,就是把指令性的动作变成本能性的动作,由意识进入潜意识。我是这一领域较早的实验者之一,可惜没坚持下来。坚持住,有望考入河北吴桥农民杂技团。

第三则,我十分羡慕当年目睹我用自行车撞水泥井台的行

166

人,他们太幸福了。那时,没有美国大片,没有网上聊天,没有卡拉OK,文化生活何等单调,但他们看到一个勇者在十字路口表演"自行车行进倒立"这一课目,多么无畏,多么果决,有这么一种精神何患事业不成功?

实话说,我希望有人在我眼前表演一下这一技艺,哪怕用我的自行车都可以。我没福气看到此景,当年他们却看到了。我忘记当年围观者是否鼓掌,是否擦拭眼泪。我觉得目击者应该找我签名,与我合影,包括请我吃一顿便饭。没有,他们无情。我当时没敢观察在场群众的反应,现今将此称为"舆情"。舆情应该很振奋。

第四则,我记忆中竟没有留下痛的印象。从车上摔下竟不痛,公理何在?这说明人的应激机制多么强大,在肾上腺素的干预下,人不仅机智勇敢,规避危险的能力也超强。没有骨折,没有流血。那天晚上,我偷看身上各处,连伤痕都没有,羚羊挂角,无迹可求,喜大于惊。

抽筋应对术

几年前,我去一位高官府上交际,之前经历思想斗争,简单说,害怕。害怕也得去,由于我被一件事情压迫得太久,想去说说。而此公不爱听人说话,爱钱。其实谁都如此,我尊重他的爱好。但钱少了拿不出手,他爱钱已爱到了资金的程度——姑将大批钱叫作资金。就我的资金而言，立不了这个项目，还得继续受压迫。于是脑袋里有两人打起来了，一个说，空手求人办事不道德、不真诚，是假公济私；另一个说，少花钱也能办大事，多快好省建设社会主义。斗争后，去了。敲门，就在中指骨节离大官防撬铁门只有一寸的时候，腿抽筋——掉一下书袋，叫右小腿比目鱼肌痉挛。门当然不能再敲了，呲牙，举腿勾脚扳压。我害怕他家人这会儿出来吓着，星期天在人家门口搞朝天蹬类同恐怖行为。好在扳好了，废然而退。路上想，不上领导家游说多好，不抽筋多好，不敲门多好，竟有些飘飘然。

后来我请教医生，紧张和抽筋有关系吗？医生说，当然有啊。我问什么关系，医生说不出来。此后，我翻书寻找答案，疑问是：

1. 抽筋是肌肉痉挛还是韧带痉挛？

2. 抽筋是化学形态还是物理形态？

围绕这些问题，我任人为亲，四处学习。而结论是：抽筋学至少可分成四个学派。一派肌肉痉挛，一派韧带痉挛，一派化学原因，一派物理原因。缺钙导致抽筋属化学派，游泳着凉归物理派。这两派其实是一派，缺钙着凉全抽筋。但化学派认为，着凉抽筋也是先缺钙后着凉才抽筋。再钻研，得知钙不可通过药物方式进行补充，不吸收。补钙的基本前提是骨骼承重，大脑向挖骨细胞下达指令，代谢之后从食物中吸收，由填骨细胞完成。还有人认为食品里的钙也吸收不了，如同喝了金子熬的汤，吸收不了其中精华一样——钙由胆固醇与长波紫外线在皮肤中合成而来。

我特想把这些不系统的知识写成传单贴在高官的门口，作"入门须知"。我不知有多少人在他门口抽过筋，或因抽筋败下阵来。但后来不用贴了，此人下台。他下台当然和我抽筋没关系，跟化学以及物理都没关系。

　　就抽筋而言，人处于高度紧张状态，应激激素——即肾上腺素的上升，会引发广泛的肌肉痉挛。捎带说，一位爱写性的作家认为肾上腺素是做爱用的，滑天下之稽。这种激素是人在愤怒时、紧张时，即狗急跳墙式的激动后分泌的化学激素，使人激动而不盲目。而肌肉痉挛的原因在于能量释放不出去，没出口。也就是说，我敲门前应狂奔八百米，再做五十个俯卧撑，此症自然消解。借此机会我把心得说出来，供上领导家串门的朋友参考：敲门之前，多读书、多锻炼、多补钙，进一步密切干群关系。

与卫星对视

　　对我来说，读报不是一个好习惯。在毫无精神准备的情况下，接受报上从一版到十六版的各种资讯，受不了。我每天读过报纸之后，往往陷入痴呆，类似阿尔茨海默氏痴呆症（这种病也是在报上知道的）。如果早上读报，这一整天就完了。思想的双腿被报上的事绊住了，祖国日新月异的建设步伐，永远糟糕的国际局势包括疯牛病，科技与考古的各种发现—— 让你往前并往后看，股票与避孕方法。我这人没偏嗜，因此什么都关心。明白人看到这儿已明白了，这属于强迫症，属于精神领域暴饮暴食的糖尿病。有人说报上的话都是假的——除天气预报之外，我不这样看，哪能都是假的。不过，报纸资讯太多太杂，又不像中药那样讲究配伍和方剂，要是都信，也容易产生中毒症。从药理学的话说，由于半衰期过长而发生拮抗作用。

话说某日我在报上读到，太空的卫星目前已非常之多了。这个我没在意，多就多吧。但报上又说，卫星的监视系统已能准确识别地面上二分钱硬币上的国徽麦穗，这引起了我的警惕。我首先想到了国家重要部门的安全保卫问题，想到此事有专人掌管继而释然。但又感到我的人身行动受到某种侵犯。我知道自己太不重要，与军事目标矿产资源信息高速公路比不了，但我不太喜欢置身于某人或某物的冷漠的视野内。但没办法，我们必须置身于这样的处境里。我首先注意自己走路的姿势，多年没有矫正过来的驼背的毛病在卫星的监视下业已革除，同时尽量不往天上瞅，怕卫星发现之后不好意思。当然我也有不好意思的时候。某次在四十中学做俯卧撑，力穷之际，颓然倒地，暗想这不让卫星笑话吗？但光想着这事，亦如芒刺在背，不如借一杆鸟铳把卫星击落，老这么监视着不舒服。那日，我鼓足力气对天怒视，长达十五分钟。后忽悟：哪有什么卫星，全是瞎编的，以后该干啥干啥。

云

云沉山麓

苍翠的毯子上有两道折痕,泛白,曲曲折折,这是形容草原上的车辙。这是在很高的地方——白音乌拉山顶,或干脆是飞机上——见到的情形。蒙古原来的辎重车在草地上轧不出辙印,木轮、辐条是榆木的,环敷一圈铁钉,钉帽上有锤痕。它们叫"勒勒车",牛轭,到湖边拉盐,出夏营地的时候装茶壶、皮褥子和蒙古包的零件。胶皮轱辘车是合作化之后先进生产力的代表,充气轮胎,轱辘上有花纹。雨后,胶皮大车把草地轧成坑,不再长草。

我去公社邮政所投一封信,在车辙边上走。边走边找绿茸茸的小地瓜,手指肚长,两头尖,一咬冒白浆。还有"努粒儿",汉语不知叫什么,美味的浆果。其他的,随便找到什么都成。一只野蜂的肚子撂在蚂蚁洞前,头和翅膀被分拆,肚子基本干

171

了,黑黄的道道已不新鲜。四脚蛇在窜逃,奔跑一阵,趴在地上听听。我已看见它趴在地上倾听,它想从地表的震动判断我离它多远。我跺脚,并将泥土踢到它的四面八方,把这个弱视者的声呐系统搞乱。

最热的夏天,云彩都不在人的头顶,这是奇怪的事情。如果把眼里的草原比作鱼缸的话,云像鱼一样沉到下面。它们降落在远远的地平线上,堆积山麓。降那么低,还能飘起来吗?不知道。但如果你躺在草地上,闭上眼,欲睡未睡之际,也许刚好有一朵云探手探脚掠过。不要睁眼,让它以为你睡着了,然后有很多云从这一条天路走过。

风吹过来。我不明白草原上的风是怎么吹的。比如说,我感到它们从四面吹来,风会从四个方向吹来么?这好像不符合风学的道理。风吹在脸膛和后背上,扯起衣裳。我也许应该随之旋转,像钻头那样钻入泥土。

车辙像水里的筷子那样折弯。走过一弯,见到一只白鸭。鸭子?是的,一只鸭子孤独地走在通向远方的路上。鸭子从来都是成群结队,一只鸭子,为什么往东走而不是向西?奥妙。

我放慢脚步,和鸭子并排走,看它,鸭子不紧不慢。你如果到公社,前面的路还很长噢,鸭子不管。你也要到邮政所吗?我对它晃一晃信。走出很远之后,我回头看鸭子,它还在蹒跚,路不好走。绿草里的野花在它身旁摇曳,白鸭显得很有风度。

乌云

大朵的白云何时换上了檀香木的黑衣？

乌云轮廓鲜明，比白云沉重，从天空降落到大地。雨水让乌云沉积在天空最低一层。

谁见过云彩装满了雨水飞行？这是乌云。

乌云动作快，它们在天空排兵布阵，争夺山头。乌云把一切扯平之后，渐渐稀薄。云的峰峦消失了，滚动的云轮停驻，雨水滂沱而下。

乌云仿佛是最委屈的人。雨前，乌云的翻滚让时间停滞，地上弥散腥味，院里的鸡、树上的鸟和草里的虫子集体焦虑。被乌云遮住阳光的大地笼罩黄而灰的色调，柳枝一动不动，空气不再流通，乌云的烦恼到达了顶点。时间、空气、母鸡和虫都要借助雷电的力量而获解脱，咔——雷炸响，雨水终于挣脱乌云的怀抱，飞向大地，哗、哗、哗，地界立马清凉。

最热的时候，雨水落在人脸上如温汤，雨藏在乌云里更热。乌云是雨的产房，产房里铅灰的洪炉，把雨炼成滴、熬成串、编成丝藏在云层。不这样，雨水如像湖水一样掉下来，就很不像样子。

不是每一朵云都能变成乌云。乌云是云里的矿工，是云里的马帮和船队，它们穿着海带色的雨衣在天的江岸旅行，把暴雨和冰雹送到闪电的点火处。

闪电是雷的导火索，是下雨降雹的发令官。乌云禁受不起雷电的暴喝，一哆嗦，兜在襟上的雨全都洒在了地上。雷并不知大地何处干旱何处缺水，乌云更不知道。它们只是把雨水运到自己驮不动的地方，随意卸车。

白云悠闲，它身穿里外三新的白绸衫，绸衫上下没接头，在清风里徜徉。白云轻，禁不起风吹，一吹就飘。它们越飘越高、越飘越远，在天空聚成岛，划分云屿和云礁，让天空有一些家当。

白云被乌云的阵列吓跑。白云有洁癖，一朵比另一朵更白，它们拖着用不完的被褥，在阳光下晾晒。白云只记得"富贵"二字，只爱穿戴只爱飘。

乌云不是穿黑衣的白云，乌云是在天海里沉没的轮船，它拼命往上浮，但一点点向下沉，甚至触到大地的山峰。乌云装载着雨水，没等运到既定的港口，船已经漏了。乌云的黑檀木船板被闪电击穿，雨水集体弃船。

草原上，乌云飘过来，让大地变窄。草原辽阔，是八份天空两份大地的立体图景在人视野里的映像，天的高远衬出大地的宽长。乌云低垂，包住博格达山顶的巨石，大地窄成一条，像一张兽皮铺向远方。乌云下坠，雨后坠。哗哗哗哗，不知雨和什么东西撞击而喧哗。雨滴在空中砸在另外的雨滴上，出声响。雨在草地一瞬成河，招来更多的雨声。草原的雨幕比玻璃还乌涂，看不清十米以外的景物。拴马的桩子露出半面的白茬，干牛粪在暴雨中膨松、漂走，积水变成绿褐色。就在暴雨狂倾的时候，往远看,山峰已显出翠色,背后是浅浅的蓝天。雨不知何时停歇,不知为什么停歇,也不知哪一部分雨先停。嘈杂的雨声稀疏之后,雨滴说没就没了。大地睁开眼睛,屋檐假装在下雨,越下越少。

不降水的乌云痛苦,翻滚却不降雨,像辗转产床的孕妇生不出孩子。肚子里没孩子,只有肠梗阻。乌云为下雨而高兴,那么不安、那样翻滚,终于洒雨成兵。最奇妙的是雨把乌云下没了,乌云在雨水里变浅变薄变白,没了。天空竟无一丝云。原来,雨是乌云的脚,它已经走在大地上,钻进泥土里仰面休息。生完蛋的母鸡还在,雨水降落,乌云却没了,正所谓"空不异色,色不异空"。不下雨的乌云已被天空阉割。

云的事

云是另外一回事,人看了一辈子云,最终不知所云。我小时候的大人见了什么东西先摸一摸、尝一尝,比如布匹、盐和酒。云怎么摸?虽然人人都想撕一片云擦汗或擦桌子,云太远,捞不着。人坐飞机进入云层里,舷窗外有密密的白雾,此乃云也,是最近距离的接触,但还是隔着一层玻璃。云和咱们有隔阂呀,它是天上的东西。

我过去说,云在天边,而天边的人也说云在天边,它到底在哪儿呢?假如大地上的天空如一个圆玻璃鱼缸,云都在鱼缸边上堆着呢,鱼缸当中是大地,地上有微尘的山峦与更微尘的人们。

在呼伦贝尔的鱼缸，下面是草原，四周环绕云朵。呼伦贝尔之云比外地的云幽默。我看到一朵大云的形状似一个扎嘴的口袋，口袋嘴斜着洒落一溜儿小云花，假装它装的是银币。我觉得，呼伦贝尔之云的年代过得比咱们慢，像大兴安岭的松树生长的那么慢。用口袋装银币还是上世纪初叶的事情呢，刚刚修中东铁路。呼伦贝尔的云还有炕，一字形的条云，两端有两朵云，老头老太太坐炕上喝酒。这里是牧业地区，云彩最多的骆驼云，看得出它们的跋涉感，好像是从莫力达瓦或扎兰屯来的白骆驼，这么走也没见瘦。但草原上的骆驼刚褪完毛，瘦得像毛驴一样，虽然比毛驴个大，却像毛驴一样灰。这些在吃草的骆驼没白云更像骆驼，我站在骆驼边上抬头看骆驼样的云。

飞机到海拉尔上空，我从舷窗看到地上有大大小小的黑湖。刚下过雨，草原存水积成湖啦。飞机下降，湖竟移动。啊？再看，黑的湖原来是云朵投射在草原的阴影。早先以为云在天边，不知它大小，这回知道了。大云面积有乡镇大，小云也有村子大，使草地变得黚黑。这么大的云影对地上的人来说，只不过像蛇一样从身边的草地滑过而已，可见缓慢的云在天上飞的多么快。

云的小村庄

头一回看到的哈萨克草原，是塔城的铁克力提。那里的丘陵草原跟内蒙古的牧区差不多。大块的云彩飘过，人们看到云的影子在绿草上飞跑,如黑色的马群。像内蒙古一样,这里的草原上会远远地出现一棵树,枝叶繁盛但不高大,它好像走不出草的包围,正在犹豫,在回忆一件事。这样的小树在早晨拉出长长的影子,好像一位矮个子君王从长长的地毯走来,地毯就是他的影子。

铁克力提草原到处是草的芳香。这是草、野花和被熊蜂扑散的花粉集体发出的香气。香气在鼻腔和喉咙涂了一层凉丝丝的空气的蜜,让人们想唱歌。我想起的第一首歌是——"流浪的人啊越过天山,走过了伊犁,你可曾看见阿瓦尔古丽,我要寻找的人啊就是啊你,哎呀美丽的阿瓦尔古丽。"走过新疆才知道,天山有多么雄浑辽阔,人和动物在它面前就像蠕动的蚂蚁或比蚂蚁更小的微生物。而唱歌的人越过庞大的天山,仅仅为了寻找娇小的阿瓦尔古丽吗?办么一件大事只为了两人相爱这么一件小事。在维吾尔、哈萨克人看来,翻越天山是小事,爱情才是大事而且是永恒的大事。这份感情不是人和天山比较出来的,而是旋律里唱出来的。只有越过天山的人才有这样广阔的忧伤。

草原上的小树在天边,从山坡背后站立。距离远得让它们彼此看不到,人们坐在车上可以看到。风向变了,云彩的影子往西边的草原移动,而那边有热烈的金莲花,它如油菜花一样鲜艳,但不是花田。它们按自己的意愿组合,变成小片或大片,比油菜花更野性。云彩的黑影遮住它们,金莲花似乎变白了,而绿草像被野火烧过一样黑。云影移过草地,看上去阴影没动,是金莲花和绿草从黑土里跳出来或逃出来亮出色彩。金莲花的花朵拉着前面那朵花的黄裙子嬉笑着躲避云的阴影。

一只鹰飞过去,让我感到这里是新疆的草原。我看到鹰是先看到它在草原上飞逝的黑影,如一只黑兔掠过。抬头看,一只鹰从头顶划过,它双翅宽阔,比身体宽几倍,翅尖向上挑起,如佛教徒用中指做的手印。我没见过鹰扇动翅膀,它一直在滑翔。空气对鹰来说是起伏的冰原,它从巅峰滑下来,只须滑下去就够了。鹰把人的视线引向天边,山川轮廓柔美,合抱着耀眼的蓝天。白云像洪水一样从山隘泻出。在新疆,白云包围了所有的山脚,如蒸汽火车的雾气围绕车轮那样。山显出高大,但近看并不高,只是山和云的关系好,隔一会儿拥抱一下。

世上有多少朵云?这问题真不好回答。一天之中,从铁克力提草原天空飘过多少朵云? 谁也答不上来这个提问,上帝也忘了今天早晨往天空撒了多少朵云。大云被风撕成小云,有的云被山顶的松树挂住了胳膊,有的云在山坳里睡着了。早上出门的云在晚上回家时,它们的数量、形状、长相都不一样了。我喜欢云层里的灰云。灰云仿佛让天的蓝色含一点绿色,更湿润。草原在灰云下面显出深绿,好像里面汪着水。

云彩什么时候可以变成有用一些的东西呢?像棉花一样堆在地上,人钻进去散步或谈恋爱。冬天,把云加工成热云,在夏天加工成凉云。在云里安床,放桌椅板凳,拿鼓风机吹出一条道。云的地板是白色的橡皮泥，踩上去有弹性和香味。如果云足够大，人们在地面的云里建一座小村庄，建造刷红漆和绿漆的木头房子。在那样的屋子里，人们不看电视只吃棉花糖。

云是一棵树

我见过喀纳斯的云在山谷里站着，细长洁白，好像一棵树。我过去看到的云都横着飘，没见到它们站立不动，这回见到了。

旅游者很难形容喀纳斯的景色。喀纳斯不光有一个湖，它还有神秘的、用蒙古名字命名的黑黑的山峰，有碧玉般的喀纳斯河，有秀美的白桦树和松树。我喜欢把白桦树和松树放在一起说。在喀纳斯，白桦树和松树常常会长在一起。白桦树像水仙花那样一起长出几株来，树身比白杨树更白，带着醒目的黑斑节。松树比白桦树个头矮但更壮实，一副男人的体魄。松树尖尖的树顶表示它们在古代就有英雄的门第。它们长在一起，让人想到爱情，好像白桦树更爱松树一些，它嫩黄的小叶子在风里哗哗抖动，像摇一个西班牙铃鼓，看上去让人晕眩。喀纳斯松树的树干，色泽近于红，是小伙子胳膊被烈日晒红了那种红，而不是酱牛肉的红。松树如果有眼睛的话——这只是我的想象——该是多么明亮、深沉与毫不苟且的眼睛，一眼看出十里远。

喀纳斯的云比我更了解这一切。它每天见到黄绒的大尾羊从木板房边上跑过去，看到明晃晃的油菜花的背后是明晃晃的雪山，雪山背后的天空蓝得让人睁不开眼睛，眼睛成了两只紧闭的蚌壳。云的职责是在山间横行，使雪山不那么晃眼。它在白桦树和松树间逛荡，好像拉上一道浴室的门帘。云从山顶一个跟头栽到地面却毫发无损，然后站在山谷。我在喀纳斯看见山崖突然冒出一朵云，好像云"呼"的一下爆炸了，但我没听到声音。我看到白云蹲在灰云前面，像照合影时请女士蹲下一样。白云在灰云的衬托下如蚕丝一般缠绵，我明白我在新疆为什么没见到白羊却见到了黄羊，因为云太白，羊群不愿意再白了。

喀纳斯的云可以扮演羊群和棉花糖，可以扮演山谷里的白树。喀纳斯河急急忙忙地流入布尔津河与额尔齐斯河，云在山的脚下奔流。它们尽量做出浪花的样子，虽然不像，但意思到了，可以了。云不明白，它不像一条河的原因并不是造不出浪花，而是缺少"哗哗"的水声，也缺少鱼。这些话用不着喀纳斯的云听到，它觉得自己像一条河就让它这么去想吧。

我写这篇短文是更愿意写下布尔津、额尔齐斯、喀纳斯这些蒙古语的地名，听起来多么亲切。这些名字还有伊犁、奎屯、乌鲁木齐以及青海的德令哈，它们都是蒙古语。听上去好像马蹄从河边的青草踏过，奶茶淹没了木碗的花纹。蒙古语好像云彩飘在天山的牧场上，代表着大大小小的河流和山脉，更为尊贵的名字是博格达峰，群山之宗。蒙古语适合歌唱、适合恋爱、适合为干净的河山命名。这些地名用维吾尔语、哈萨克语、塔塔尔语说出来好像是一个动人的故事的开头。它们是云，飘在巴丹木花瓣和沙枣花的香气里。

喀纳斯的云飘到河边喝水。喝完水，它们躺在草地上等待太阳出来，变成了我们所说的轻纱般的白雾。在秋天的早上，云朵在树林里奔跑，树枝留下了云的香气。夏季夜晚，白云的衣服过于耀眼，它们纷纷披上了黑斗篷。

喀纳斯的云得到了松树和白桦树的灵气，它们变成了云精，在山坡上站立、卧倒、打滚和睡觉。去过喀纳斯的人会看到，云朵不仅在天上，还在地下。人们走过青冈树林，见到远处横一条雾气荡漾的河流，走近才发现它们是云。喀纳斯的云朵摸过沙枣花，摸过巴旦木杏和核桃，它们身上带着香气并把香气留在了河谷里。早上，河谷吹来似花似果的香味，那正是云的味，可以长时间地留在你的脖子和衣服上。

喀纳斯的云会唱歌。这听起来一点不奇怪。早上和晚上，天边会传来"呲——"或者"哦——"的声音，如合唱的和声。学过音乐的人会发现这些声音来自山谷和树梢的云。它们边游荡，边歌唱。在喀纳斯，万物不会唱歌将受到大自然的嘲笑。

云中的秘密

云彩是谁的衣裳，脱到岸边被风吹走这么远？

云的衣裳像洗衣机冒出的泡，堆在山的头顶。

云不散，虽然最后散了，但在天上依存了最多的时间。从飞机上看下面的云,很薄,飞机不忍心去撞这块被单似的云。从天上看,云彩不是团,它的缝隙露出大地的黑色。云所以没被风吹破,是后面的云手抱住前云的脚,说它们搭一个梯子也行,平行的梯。云毫无目标地漂泊,听从风的摆布,身板越来越薄。飞不了多久,云的全身都变成了肋条——天上常有梯田形、洗衣板形、台阶形的云,那是云的肋部,脑袋和手都累没了。

云是衣衫,虽然不知道这是谁的衣衫。姑且算是星座的衣衫,洗澡脱在岸边,被漫出河岸的水冲跑了。不要说天上没有河,我过去也这么想。自从 2011 年 6 月 22 日北京下了大暴雨之后,我觉得一切地方都可能突然出现一条河,从地铁站口涌进站里,从高架桥悬下瀑布。谁知道,北京的"天"上,竟会有这么多的水,几百上千吨。水开始并不遵从重力定力,在云的一个什么地方待命。后来出发,按重力定律一倾而泻,没让牛顿惊讶,但北京人民都惊讶。远望北京机场如洞庭湖一样波光潋滟,这时,水面实应划出一只又一只小船,赤卫队长韩英(机场旅客中找到这样的人不难)站船头唱:洪——湖唔唔水呀啊啊,浪呀么浪打浪啊呵。机场如果不是泡着一架架呆鸟似的大飞机,这里多么像红区,像鄂豫皖边区老革命根据地。旅客们在候机楼合唱——太阳一区(读区,不要读出)闪呀么闪金光呀啊。(男合)清早噢——,(女合)船安儿——,(众合)去呀么去撒网,晚上昂昂船儿鱼满舱,昂昂昂……昂……多好!跑道修得平,水上波纹细腻,如宋代古画的水波纹。

天有天的庄稼,云是天的大豆高粱。天有天的河川,云是河川。地上的人仰面看云,想到云像棉花堆、像羊群、像城堡。在天人的眼里,云有五色,分成红黄绿青蓝。此中奥秘,不足与人类视网膜道也,各有各的乐趣。从一堆乱糟糟的云里,天人看到小麦青青,看到云里的森林苍郁高古。云的河水有轻柔也有泛滥,鱼虾乱蹦。天上的矿是铅灰低重的云层,矿工是天堂疲惫的飞鸟。你以为小鸟飞来飞去在天上玩吗?不能这么说,它们是天上的劳动人民。

鸟儿在天的春天叼来种子播种,看护小苗生长,长成穗,灌浆,成熟。秋天的黄昏,老鸹从天际低飞,它们背负粮食,只不过人眼看不清天上粮食的模样。人眼睛分不清的东西太多了,分不清光线里的红外线和紫外线,而昆虫一眼就看得清清楚楚。红外线红,紫外线紫,如此而已,人类怎么了?

在天边,大雁驮着成捆的麦子,运到南方。燕子驮着小把的油菜,运到另一个地方。云的河流开埠,大船装满了粮食、丝绸和矿石,运到云的第一和第二世界做买卖。云上的矿可提炼水晶,提炼翡翠。玉在天上是最平凡的东西,像鹅卵石一样。地上有什么天上就有什么,五谷稼穑,堆在天堂。

你去问开飞机的飞行员在天上有过多少奇遇?烫金的云彩凭空奔忙,紫色的云彩搭一个玫瑰色的拱门。云彩有云的手语,它与其他的云对话,谈风向、风速和爱情。飞行员都是守口如瓶的人,他们为了自身安全决不透露天上的事情,不说出他们看到了碧绿的雨滴、云里的动物大战——它们的名字全带"豸"字边，但念不出读音。飞行员独处时会陷入冥想，会欲言又止，他们又想起天上的奇遇。没人对飞行员严刑拷打，逼他们说出天上的事情。

雨

雨, 晚上好

从蒙古高原回到沈阳, 仰视楼房, 人感觉行走在峡谷里, 一条灯红酒绿的峡谷。灯与灯群弥漫遥远, 人如隐身海底, 坐观天上星星游行。在街上走, 迎面于所有的灯的闪烁。夜之都市是一处由灯装饰的财富盆地, 而楼房不过是一座座华表而已。

雨至, 雨随天光消退而密集, 在街灯全亮之后整体降临。这场雨气质沉静, 在街灯的灯盏下不留身影, 甚至看不到"丝"。路面一片片反光, 巴掌大的水洼光影摇晃。

今天是正月初十, 头一回遭逢正月的雨水, 正式的、不疾不徐的春雨刷新了过年者的记忆。有人对"正"字误读, 实为误解。正黄旗读"整", 旗帜完全满幅之态。正月读"郑", 不偏不倚, 正阳之月。如同西历一月为首月, 即元月。而"争月", 是京津一带的土音。

雨下正月,点滴都不偏斜,满地的草木比过节的人都高兴。人常说什么事多少年一遇,斯雨五十年一遇,1956 年沈阳的正月曾来过一回。

雨中没人放鞭炮。好雨早来,比商号开张值得庆贺。雨把富人区穷人区、楼房街道冲刷一遍,耐心之至。而万木仰面于雨,连喝带洗,回忆起春天的味道。雨落土里,八方争夺,泥泞是土跟土打了起来,谁都不松手,为野草争一份口粮。

夜里看雨,如同白昼观风,无迹可寻。敞开窗,听一听雨的话语。雨本无言,遇到枯叶和铁皮屋顶才有问候商量。春雨是数不清的投胎者直奔大地而来,甫出三月,转世化为初蕾青苗,经历天上人间。

次日晴好,天地一新。报纸上股评说:"大盘在十多分钟的横盘后,再次跳水,成交量明显放大。不到二十分钟,纳斯达克指数跌落五十多点,至此,全天下跌已经超过一百点。"

超过一百点会怎样?雨不知其然,我也不知。青草在辽大主楼地角长出一线,叶子蓬张,像哄抢从天下扔下的好东西,也就是阳光吧。

雨中穿越森林

大雨把石子路面砸得啪啪响。进森林里,这声音变成细密的沙沙声。树用每一片叶子承接雨水,水从叶子流向细枝和粗枝,顺树干淌入地面。地面晃动树根似的溪流,匆忙拐弯、汇合,藏进低洼的草丛。

雷声不那么响亮,树叶吸收了它的咳嗽声,闪电只露半截,另一半被树的身影遮挡。我想起一个警告,说树招引雷击,招雷的往往是孤零零的树,而不是整个森林。对森林里的树来说,雷太少了。

雨下得更大,森林之外的草坪仿佛罩上白雾,雨打树叶的声音却变小,大片的水从树干流下来,水在黑色的树干上闪光。

我站在林地,听雨水一串串落在帽子上。我索性脱下衣服,在树叶滤过的雨水里洗澡,然后洗衣服,拧干穿上。衣服很快又湿了。雨更大的时候,我在衣兜里摸到了水,知道这样,往兜里放一条小金鱼都好。

后来,树叶们兜不住水,树木间拉起一道白色的雨雾。我觉得树木开始走动。好多树在雨中穿行。它们低着头,打着树冠的伞。

小鸟此时在哪儿呢? 每天早晨,我在离森林四五百米的房子里听到鸟儿们发出喧嚣的鸣唱,每只鸟都想用高音压倒其他鸟的鸣唱。它们在雨中噤声了。我想象它们在枝上缩着头,雨顺羽毛流到树枝上,细小的鸟爪变得更新鲜。鸟像我一样盼着雨结束,它不明白下雨有什么用处,像下错了地方。雨让虫子们钻回洞里。

雨一点点小了,树冠间透出光亮,雷声在更远处滚动,地面出现更多的溪流。雨停下的时候,我感觉森林里树比原来看上去多了,树皮像皮革那么厚重。它们站在水里,水渐渐发亮,映散越发清晰的天光。鸟啼在空气中滑落。过一会儿,有鸟应和,包括粗伧的嘎嘎声。鸟互相传话,说雨停了。

这时候,树的上空是清新的蓝天,天好像比下雨前薄了一些,像脱掉了几件衣服。我本来从铁桥那边跑到林中躲雨,我住的符登堡公爵修的旧王宫已经很近。我改变了主意,穿着这身湿衣服继续往熊湖的方向走,这个湖在森林的深处。

空气多么好,青蛙在水洼间纵跳,腿长得像一把折叠的剪刀。小路上,又爬满橙色的肥虫子,我在国内没见过这么肥的虫子。回头看,身后的路上也爬满了虫子,好像我领着它们去朝圣。

路上陆续出现在林中散步的德国人,他们像我一样,被雨挡在森林里。被雨淋过,他们似乎很高兴,脸上带着幸运的笑容。但他们不管路上的虫子,啪啪走过去,踩死许多虫子。他们从不看脚下,只抬着头朝前走。鸟的鸣唱声越来越大,像歌颂雨下的好或停的好。不经意间抬头,见到大约十分之一彩虹,像它的小腿。整个森林变得湿漉漉,我觉得仅仅留在树叶上的水,就有几百吨。

玻璃上的雨水

想走进屋里来的雨水被玻璃挡在外面,它们把手按在玻璃上,没等看清屋里的情形,身体已经滑下。更多的雨从它们头顶降落又滑下,好像一队攀登城堡的兵士从城头被推下来。

落雨的玻璃如同一幅画——如果窗外有青山、有一片不太高的杨树或被雨淋湿的干草垛,雨借着玻璃修改了这些画面,线条消失了,变成色块,成为法国画家修拉的笔触。杨树在雨水的玻璃里变得模糊,模糊才好。它们的枝叶不再向上生长,而化为绿色的草窝。雨水仿佛要劈开这些树,树们用尽气力复原,最后变成草草涂抹的油画的草稿。在我的窗外,高挑的蒙古栎树的树冠被雨水修改成一朵挂在木杆上风吹不走的绿云,它竭力往地上甩掉雨水。它并不知道,雨水是甩不掉的,就像被雨水淋湿的衣服怎么拧也拧不干。隔着雨水的玻璃看,树脚下蔷薇花的树墙仿佛在跳跃。雨水像擦黑板一样擦掉一朵朵蔷薇花,雨水刚淌下去,花又冒出头来。我才知道,雨在玻璃上爬上爬下,是为了重新画一幅蒙古栎树和蔷薇树的画。雨见到修拉的画之后认为这才是画。雨觉得绘画的要素有三个,第一个是笔触,第二和第三个要素是笔触与笔触。笔触是充分的水分与毫不犹豫,是不断修改。雨从开始下到结束一直没停止在玻璃上修改它的画。雨用第二笔覆盖第一笔,然后用第三笔覆盖第二笔。雨不想让人看清楚它刚才在画什么。作为艺术家的雨,除了笔触,不懂其他。如果你跟它讲构图,它会说构图都是用上而下的直线,线条像木梳齿一样,像垂下的手指一样,像雨一样。

另外一些雨不搞艺术,它们比较务实。这些雨从天空看到我所居住的这间房子，看到房子上的窗子。它们要进屋转一转，看看屋里的摆设，到沙发上坐一下，到床上躺一会儿。它们从空中冲下来，瞄准了窗子但被玻璃挡住，流行的话叫被截访。雨不知道什么叫玻璃，它们视玻璃为无物。当大批的雨滴冲到玻璃上流淌化为水溜时，更多的雨冲过来。雨也很倔，它们又被挡住，从窗台滑下。雨认为这是不够猛烈的结果，继续冲击窗子，玻璃发出"噼噼啪啪"的声响。所有的雨到底也没弄懂什么叫"玻璃"，它们只觉得那扇窗户是一个怪物。它们发现，许许多多的窗台都是怪物，雨水进不去那里的屋子。

从云朵里冲出来的雨滴在天空遇到了无数同伴。它们冲进风里，朝大地飞行。湿淋淋的大地一派苍郁，混浊泛白的河流在黑黑的土地上弯曲着流淌，浅绿的麦穗在风里吃力地抬起头又垂下。风如马队一排排踏过麦田，留下凹凸不平的麦浪的坑。鸟儿全藏了起来，站在某一片树叶下面等待雨歇。远处的灰云缓缓下沉，仿佛低于地平线。一部分没有抱团的云散开了，在河面薄薄地飘荡。雨在俯冲，无数雨滴撞在别的雨上，碎成新雨接着俯冲。雨落得太快，没办法在人的视网膜上成像。如果人眼达到鸟眼的分辨率，雨是一颗颗亮晶晶的圆球在空中飞。雨并非在"下"，而在风的推动下飞行。如果光线充足，雨滴像水银的颗粒向地面灌注。雨滴在飞行中保持流线的形态，圆脑袋，有一个小尾巴。如果分辨率更高，可看出雨滴在空气中拉成片儿，又聚合一体。雨滴在风里动荡、摇摆。雨跟雨汇合，又被风吹散。雨像梳子,像笤帚,像大片的水被筛成小水滴。雨往大地俯冲,在风和其他雨滴的推动撞击下一点点接近大地。大地在雨的视野里越发清晰。雨滴将要降临地面,它们看到树林张开枝叶的手臂拥抱雨。树的面孔挂满雨滴,雨滴从树叶流到树丫再顺树干流到地面。这些水流的流淌声被树叶上的沙沙声所遮蔽。树张开手臂,企图把所有的雨水都抱过来,把自己变成漏斗,让雨水流到根上。雨飘在河流的上空,河水下面的泥沙在水面翻滚。没有哪条河流在下雨时是清澈的。雨滴的脚步刚刚踩上水面,就被河水放大为圆圈儿。圆圈儿似乎可以放得无限大,但被别的圆圈儿顶破。对河来说,下雨如同天上撒铜钱,圆圆的铜钱一瞬间沉入河底。即使下雨,河水也没停止流淌,其实它可以停下来避一避雨,雨增加了它们奔流的体积。下在河里的雨如同下在传送带上,河把这些雨水带到没下雨的地方。雨把乡村的土路变得泥泞,被风刮断的树枝躺在草里。所有的野花都低下了头。被雨水打乱的花瓣贴在背上,如浇湿的衣领。脚步敏捷的雨滴准确地落在电线上,有的雨滴直接落进下水道井盖的圆孔,有的雨让旗帜贴近了旗杆。

往屋子里冲锋的雨依然被玻璃挡回来,它们还没来得及摸一下玻璃就掉在窗台上。雨集合更多人马往屋里冲,到沙发上坐一坐,到床上躺一躺,但全体从玻璃上垂直落下。从屋里往外看,雨像壁虎一样趴在玻璃上,如一幅画,朦胧的树像在雨里行走。

没有人在春雨里哭泣

雨点瞄着每株青草落下来,因为风吹的原因,它落在别的草上。别的雨点又落在别的草上。春雨落在什么东西都没生长的、傻傻的土地上,土地开始复苏,想起了去年的事情。雨水排着燕子的队形,以燕子的轻盈钻入大地。这时候,还听不到沙沙的声响,树叶太小,演奏不出沙沙的音乐。春雨是今年第一次下雨,边下边回忆。有些地方下过了,有些地方还干着。春雨扯动风的透明的帆,把雨水洒到它应该去的一切地方。

走进春天里的人是一些旧人。他们带着冬天的表情,穿着老式的衣服在街上走。春天本不想把珍贵的、最新的雨洒在这些旧人身上,他们不开花、不长青草也不会在云顶歌唱,但雨水躲不开他们——雨水洒在他们的肩头、鞋和伞上。人们抱怨雨,其实,这实在是便宜了他们这些不开花不长青草和不结苹果的人。

春雨殷勤,清洗桃花和杏花,花朵们觉得春雨太多情了。花刚从娘肚子钻出来,比任何东西都新鲜,无须清洗。不!这是春雨说的话,它认为在雨水的清洗下,桃花才有这样的娇美。世上的事就是这样,谁想干什么事你只能让它干,拦是拦不住的。春天的雨水下一阵儿,会愣上一会儿神。它们虽然在下雨,但并不知这里是哪里。树木们有的浅绿,有的深绿。树叶有圆芽,也有尖芽。即使地上的青草绿的也不一样。有的绿得已经像韭菜、有的刚刚返青。灌木绿得像一条条毯子,有些高高的树才冒嫩芽。性急的桃花繁密而落,杏花疏落却持久,仿佛要一直开下去。春雨对此景似曾相识,仿佛在哪里见过。它去过的地方太多,记不住哪个地方叫什么省什么县什么乡,根本记不住。省长县长乡长能记住就可以了。春雨继续下起来,无须雷声滚滚,也照样下,春雨不搞这些排场。它下雨便下雨,不来浓云密布那一套,那都是夏天搞的事情。春雨非不能也,而不为也。打雷谁不会?打雷干吗?春雨静静地、细密地、清凉地、疏落地、晶亮地、飘洒地下着,下着。不大也不小,它们趴在玻璃上往屋里看,看屋里需不需要雨水,看到人或坐或卧,过着他们称之为生活的日子。春雨的水珠看到屋子里没有水,也没有花朵和青草。

春雨飘落的时候伴随歌声,合唱,小调式乐曲,6/8 拍子,类似塔吉克音乐。可惜人耳听不到。春雨的歌声低于 20 赫兹。旋律有如《霍夫曼的故事》里的"船歌",连贯的旋律拆开重新缝在一起,走两步就有一个起始句。开始,发展下去,终结又可以开始。船歌是拿波里船夫唱的情歌小调,荡漾,节奏一直在荡漾。这些船夫上岸后不会走路了,因为大地不荡漾。春雨早就明白这些,这不算啥。春雨时疾时徐、或快或慢地在空气里荡漾。它并不着急落地。那么早落地干吗?不如按 6/8 的节奏荡漾。塔吉克人没见过海,但也懂得在歌声里荡漾。6/8 不是给腿的节奏,节奏在腰上。欲进又退,忽而转身,说的不是腿,而是腰。腰的动作表现在肩上。如果舞者头戴黑羔皮帽子,上唇留着浓黑带尖的胡子就更好了。

　　春雨忽然下起来,青草和花都不意外,但人意外。他们慌张奔跑,在屋檐和树下避雨。雨持续下着,直到人们从屋檐和树底下走出。雨很想洗刷这些人,让他们像桃花一样绯红,或像杏花一样明亮。雨打在人的衣服上,渗入纺织物变得沉重,脸色却不像桃花那样鲜艳而单薄。他们的脸上爬满了水珠,这与趴在玻璃上往屋里看的水珠是同伙。水珠温柔地俯在人的脸上,想为他们取暖却取到了他们的脸。这些脸啊,比树木更加坚硬。脸上隐藏与泄露着人生的所有消息。雨水摸摸他们的鼻梁,摸摸他们的面颊,他们的眼睛不让摸,眯着。这些人慌乱奔走,像从山顶滚下的石块,奔向四方。春雨中找不到一个流泪的人。人身上有 4000 到 5000 毫升的血液,大约只有 20 到 30 毫升的泪。泪的正用是清洗眼珠,而为悲伤流出是意外。他们的心灵撕裂了泪水的小小的蓄水池。春雨不许人们流泪,雨水清洗人的额头、鼻梁和面颊,洗去许多年前的泪痕。春雨不知人需要什么,如果需要雨水就给他们雨水,需要清凉给他们清凉,需要温柔给他们温柔。春雨拍打行人的肩头和后背,他们挥动胳膊时双手抓到了雨。雨最想洗一洗人的眼睛,让他们看一看——桃花开了。一棵接一棵的桃树站立路边,枝丫相接,举起繁密的桃花。桃花在雨水里依然盛开,有一些湿红。有的花瓣落在泥里,如撕碎的信笺。如琴弦一般的青草在桃树下齐齐探出头,像儿童长得很快的头发。你们看到鸟儿多了吗?它们在枝头大叫,让雨大下或立刻停下来。如果行人脚下踩上了泥巴应该高兴,这是春天到来的证据。冻土竟然变得泥泞,就像所有的树都打了骨朵。不开花的杨树也打了骨朵。鸟儿满世界大喊的话语你听到了吗?春天,春天,鸟儿天天说这两句话。

铁皮屋顶上的雨

雨的脚步不齐,永远先后落在铁皮屋顶上。铁皮屋顶是我家窗下的一百多米长的自行车棚的棚顶,里面有二十多辆自行车,一半没了鞍座与轱辘。

自行车棚顶上的铁皮涂绿漆,感觉它特招雨,也许云彩下雨正是因为相中了这个铁皮车棚。

听雨声,雨滴的体积不一样,声音就不一样。大雨滴穿着皮靴,小雨滴连袜子都没有,人字形的铁皮上的雨滴打滑梯滑到边缘,变成水溜儿。

雨滴落在芭蕉叶、茄子叶、石子和鸡窝上的声音不一样。有一年,我在太行山顶峰的下石壕村住过一宿。开门睡觉,雨声响了一夜。我听到从瓦上流进猪食槽里的雨水如撒尿。而雨落在南窗下的豆角叶和北窗下的烟草叶子上的声音完全不同,像两场雨水。豆角叶上的雨声是流行乐队的沙锤,沙啦沙啦沙啦,成了背景。烟草叶上的雨滴噗噗响,像手击鼓。或许说,烟草里有尼古丁,雨滴的声音就沉闷?没准儿。再细辨,雨落石板是更加短暂的清脆声，几乎听不到。我听一会儿南窗，听一会北窗，忽然想，主人为什么不把豆角和烟草种在一起呢？就为了让人来回跑吗？

从家里的窗户向自行车棚瞭望，雨小而大，缓而急。离铁皮屋顶一尺的地方，雨露出白亮的身影。转而急骤，成了白鞭，一尺多长，落地迸碎。瞧一会儿，觉得这些雨成了屋顶长出来的白箭。这块不知什么年头铺盖、什么年头刷绿油漆的铁皮屋顶清洁鲜艳，像铺好地毯等待贵宾。贵宾是谁呢？是后面更大的雨。小雨的雨柱细小，落在屋顶上，像撒沙子。不常吃六味地黄丸的人的耳朵听不出这么细腻的雨声。雨大之后，什么丸也不必吃了，满耳哗哗。雨滴落在铁皮屋顶上发出金石之音。自行车棚这个共鸣箱太大了，比钢琴大几千倍，比小提琴大一万倍，它本来可以装一千辆自行车但只装了二十多辆，其中一半是没有盗窃价值的废车。里面的好自行车也就值二十元钱，在销赃市场卖十元钱，现被车主用码头用的粗铁链子锁着。豪雨见到这一块发声的屋顶喜不自胜，它们跺脚、蹦高、劈叉。雨没想到它竟可以发出这么大的金属声音。以前下过的雨，下在别处特别是沙漠上的雨全白瞎了，是哑雨。"好雨知时节，当春乃发生。"应该是"发声"吧？古代雕版工是不是把字刻错了？

风吹来，风像扫帚把空中的雨截住甩在地下。铁皮屋顶的响声轻重不一，重的如泼水。泼一桶水，"哗——"地流下来。自行车棚里的老鼠可能躲在角落里诅咒这场雨。雨在屋顶上没完没了,让酷爱安静的老鼠没法耐受。我想象它们拖着尾巴从东到西,寻找声音小点的区域,没有。

我听一会儿雨,忍不住向外面瞧一会儿,铁皮屋顶如此鲜艳,不能比它更鲜艳了。都说计划经济时的中国贫穷,这要看什么事。拿援助阿尔巴尼亚和往我家楼下铁皮屋顶刷油漆这两件事来说,很阔绰。如果阔绰这个词不高雅,可改为放达。哪个富裕国家往公用自行车棚的铁皮上刷过油漆? 没有的,况且里边只有二十多辆车和三十多只老鼠。铁皮值不少钱,制成炉筒子、小撮子能卖多少钱? 计划经济并非一无是处,让人在雨中目睹鲜艳的绿和听取不一样的雨声。

如果把铁皮屋顶的雨声收录下来,做成一首歌的背景也蛮好。它是混杂的、无序以及无边际的声音,能听出声源中心的雨声和从远处传来的雨声,层次感依次展开。我考虑,这一段录音可以当作念诵佛经的背景,可以做一小段竹笛独奏的背景。做电影的话,可以考虑一人拎刀找仇人雪恨,他在鹅卵石路上疾走。人乱发、刀雪亮,铁皮屋顶的雨声表达他复仇的心情有多么急切,七上八下,心律不齐。

雨还在下,天暗下来,绿棚顶变黑。铁皮屋顶上的小雨妖们在继续跳舞。我忽然想听到雹子打到屋顶上是什么音效? 飞沙走石,多好。可惜没听过。有一回天下雹子,我在外面,没听到雹子落在铁皮屋顶上的轰鸣,雹子白下了。

雨从窗台进屋，找水喝

那些想进屋的雨趴在玻璃上。它们像小鸟一样飞过来，以为玻璃是透明的空间。雨水像沙子那样从玻璃上滑下来。透过雨水的玻璃向外看，景物是模糊的，像一幅油画还没画完，用笔粗犷。

雨中的房子如同一艘密封的船，屋顶得到比地面更多的雨水击打出来的白花。白花旋开旋灭，每滴水都想踩在前一滴雨的脚印上。

从模糊的布满雨的足迹的玻璃往外看，窗前的花朵像在奔跑——它们一晃而过，留下动态的影像。这些两尺多高的秫秸花开着茶碗大的粉花和红花。它们的花容淋漓不清，如同开着摩托车低头在雨里疾驰。透过雨的玻璃看花如看印象派绘画，不知塞尚看没看过。我看白瞎了，他看才有用。雨中，让一个红胡子戴窄檐礼帽的人站窗外，塞尚隔着玻璃为他画肖像，画出来全是印象派。色彩像从画布淌下来，脸被冲刷过。如梵高那样的荷兰式的眼睛如两只纽扣一样无神。从玻璃看出去，远山的山峰边缘被修改成锯齿式，其实这样也不错。云层越来越低，下面的云层明显被压得垮下来，好像再压就会有什么东西漏下来。什么东西会漏下来？云里除了大堆的、被分成小滴下落的水之外还有什么？

雨滴从玻璃上滑下来软着陆。它们从木头窗户的缝隙钻进来,积在刷着绿油漆的窗台上。进屋的雨水很羞涩,不像它在天空那么奔放。它们知道这是别人的房子,产权七十年。雨水静悄悄地爬,它要打量屋里有什么。实际上没啥。红砖铺地,有两张钢管焊的床。一张睡人(我),另一张放我的跑步装备。墙上贴一幅伟大的财神爷的画像。他坐在元宝堆上,玉面红唇。岁数——中国年画上的神看不出岁数,光滑无褶的脸似乎超不过三十岁(人家三十岁就当神了,大学生三十岁还没找到工作呢),但脸上蓄有八十岁老者才有的漆黑的五绺长髯。神,八十岁或八百岁都有三十岁的面庞,这是修行的结果。凡间的人由于缺钱,三十岁就像四十岁了。财神爷怀里抱着玉如意,微笑远瞻,对堆在他脚下的金元宝甚至不看一眼。这是乡税务局厨师张贴的画,我正住在他的屋子里。但雨水分不清税务所和工商所(在隔壁),它们静悄悄地从窗户缝进屋,在窗台集合成一小片水。财神爷的丰仪把它们震慑得手脚没地方放,雨哪见过这么好看的神灵。管钱的,明白不?况且,屋里还有一个学生上课的桌子,有两个桌洞,里边放着我的炸蚕豆和赛弗尔特的《世界美如斯》,桌上有西红柿和柿子椒。雨,是这些东西让你们不敢下来吗?雨水聚成团、摊开,顺窗台沿流下来。流过白灰的墙,流到墙根那只猫饮水的蓝碗边上。猫是厨师养的,黄得像南瓜,像毛线团一样趴在椅子上睡觉。我每天给它换水。

雨进屋是为了喝水。雨奔波,雨在风里凌乱,雨不知跑了多远的地方才来到这里。像人一样,雨在长途跋涉之后第一个需求是喝水。它们渴了。有人不解，说雨还喝水么？雨怎么不喝水呢？喝不到水的雨最后都干渴死掉了，死后在地上留一小片痕迹。有人以为雨如果喝水就在雨里喝，这怎么能行？这不成人吃人了吗？哪滴雨也不愿被其他的雨吃掉。它们自由地飞翔、奔跑。雨滴虽然小，小到常常有人比喻"像雨滴一样小"，但它是世上唯一的雨滴。它落在河里、落在花朵上、落在一坨牛粪上，都是宿命。雨最爱自由，爱自由就要忍受一切境遇。

窗外的雨说停就停了，牧区的雨下不到做一顿饭的时光。税务所院子里的彩钢瓦比下雨前更加鲜红，好像重新刷了油漆。天蓝得也好像刷了油漆，是给瓦刷漆的同一个人刷的漆。天上的漆蔚蓝如洗，简直像天空一样蓝，白云——刚才不知在哪里藏着——慢悠悠飘过来，飘到彩钢瓦上方不动了，等人夸它们是一座山峰。喜鹊成群飞过来。第一只落在彩钢瓦的最南沿，后面的喜鹊挨着落下，几乎排成了一排。（第五、第六只喜鹊之间有空隙），它们在等待什么？它们灵活的脖子扭来扭去，像等着看戏。院子里空无一物，商贩们每月 30 日来办税。此刻，院子只有我和猫，有两畦子花，秋葜花开得最高，串红第二高，老鸹花贴着地面开点小黄花。秋葜花的大粉花刚从雨里苏醒过来，粉脸略显苍白。电线上落下一串麻雀，电线被它们蹬得颤颤悠悠。麻雀与西面的喜鹊对视，但数量没有喜鹊多，它们好像有事来此谈判。

进到屋里的雨水聚在碗边，地面有篮球那么大的地方湿了。天晴之后，雨想回也回不去了，留在了屋里。

雨的灵巧的手

雨是世间的伙计，它们忙，它们比钟点工还忙，降落地面就忙着擦洗东西。雨有洁癖，它们看"这个名字叫地球的小星星"（阿赫玛托娃语）太脏了，到处是尘土。雨在阴沉天气里挽起袖子擦一切东西。裂痕斑驳的榆树里藏着尘土，雨用灵巧的小手擦榆树的老皮，擦每一片树叶，包括树叶的锯齿，让榆树像被榆树的妈刚生出来那么新鲜。不光一棵榆树，雨擦洗了所有的榆树。假如地球上长满了榆树，雨就累坏了，要下十二个月的雨才能把所有的榆树洗成婴儿。

雨把马车擦干净，让马车上驾辕的两根圆木显出花纹，轼板像刚刚安上去的。雨耐心，把车轱辘的大螺丝擦出纹路。马车虽然不像马车它妈新生出来的，但拉新嫁娘去婆家没问题。

雨擦亮了泥土间的小石子。看，小石子也有花纹，青色的、像鸽子蛋似的小石子竟然有褐色的云纹。大自然无一样东西不美。它降生之初都美，后被尘埃湮没，雨把它们的美交还给它们。雨在擦拭花朵的时候，手格外轻。尽管如此，花朵脸上还是留下委屈的泪。花朵太娇嫩了，况且雨的手有点凉。

雨水跑步来到世间，它们怕太阳出来之前还有什么东西没擦干净。阳光如一位检察官，会显露一切污垢。雨去过的地方，为什么还有污垢呢? 比如说,雨没把絮鸟窝的细树枝擦干净,鸟还能在这里下蛋吗? ——雨的多动症越发强烈,它们下了一遍又一遍。雨后,没有哪一块泥土是干的,它们下了又下,察看前一拨儿雨走过的每一行脚印。当泥土吐出湿润的呼吸时,雨说这回下透了。

雨不偏私,土地上每一种生灵都需要水分和清洁。谁也不知道在哪里长着一株草,它可能长在沟渠里,长在屋脊上,长在没人经过的废井里。雨走遍大地,找到每株草、每个石子和沙粒,让它们沐浴并灌溉它们。石子虽然长不出绿叶子,但也需灌溉一下,没准能长出两片绿叶,这样的石子分外好看。

雨有多么灵巧的小手,它们擦干净路灯,把柳条编的簸箕洗得如一个工艺品;井台的青石像一块块皮冻;老柳树被雨洗黑了,像黑檀木那么黑,一抱粗的树干抽出嫩绿的细枝。

小鸟对雨水沉默着。虽然鸟的羽毛防水,但它们不愿在雨里飞翔,身子太沉。鸟看到雨珠从这片叶子上翻身滚到另一片叶子上,觉得很好笑。这么多树叶,你滚得过来吗? 就在鸟儿打个盹的时候,树叶都被洗干净了,纹络清晰。

雨可能惹祸了,它把落叶松落下的松针洗成了褐色,远看不知道这是什么东西。翠绿的松针不让雨洗,它们把雨水导到指尖,变成摇摇欲坠的雨滴。嫌雨多事的还有蜘蛛,它的网上挂满了雨的钻石,但没法果腹。蛛网用不着清扫,蜘蛛认为雨水没文化。

砖房的红砖像刚出炉一样新鲜,砖的孔眼里吸满了水。这间房子如果过一下秤,肯定比原来沉了。牛栏新鲜,被洗过的牛粪露出没消化的草叶子。雨不懂,牛粪也不用擦洗。

雨所做的最可爱的事情是清洗小河,雨降下的水珠还没来得及扩展就被河水冲走了。雨看到雨后的小河不清澈,执意去洗一洗河水,但河水像怕胳肢一样不让雨洗它的身体。河水按住雨的小手,把这些手按到水里,雨伸过来更多的手。灰白的空气里,雨伸过来密密麻麻的小手。

雨滴耐心地穿过深秋

雨滴耐心地穿过深秋。

雨滴从红瓦的阶梯慢慢滴下来,落在美人蕉的叶子上,流入开累了的花心里,汇成一眼泉。

雨滴跳在石板上,分身无数,为寂静留下一声"啪"。

雨滴比时钟更有耐心,尽管没发条,走步的声音比钟表的针更温柔,在屋檐下、窗台上,在被雨水冲击出水洞的青砖上留下水音的脚步声。时间在雨滴里没有表针,只有嘀嗒。清脆的声音之间,时间被雨滴融化了一小节。被融化的时间永远不能复原,就像雨滴不能转过身回到天空。

秋天盛满繁华之后的空旷,秋天被收走的不光是庄稼和草,山瘦了,大地减肥,空中的大雁日见稀少。

说秋月丰收,这仅仅是人的丰收,大地空旷了,像送行人散尽的车站月台。

让秋天显出空旷还由于天际辽远,飞鸟就算成万只飞过也不会拥挤。云彩在秋天明显减少,比庄稼少得还快,仿佛说,云和草木稼穑配套而来,一朵云看守一处山坡。庄稼进场,青草转黄,云也歇息去了。你看秋空飘着些小片的云,像鱼的肋条,它们是云国的儿童。

浓云的队伍开到海的天边对峙波涛,波涛如山危立,是一座座青玉的悬崖,顷刻倒塌,复现峥嵘。

雨滴是天空最小的信使,它的信是昼夜不息的滴水之音。在人听到雨滴的单调时,其实每一声都不一样。雨滴的重量不一样,风的吹拂不一样,落地声音也不同。雨滴落在鸡冠花上,像落在金丝绒上哑默无声。雨滴落在电线上,穿成白项链,排队跳下地面。

秋雨清洗忙了一年的大地。大地奉献了自己的所有之后,没给自己留一棵庄稼。春雨是禾苗喝的水,夏雨是果实喝的水,秋天是大地喝的水。土壤喝得很慢,所以秋雨缠绵。人困惑秋天为何下雨,这是狭隘的想法。天不光照料人,还要照料大地与河流。古人造字,最早把天写作"一",它是广大、无法形容的一片天际;尔后造出两腿迈进的"人"字。把天的意思放在"人"字肩上曰"大",而"大"之上的无限之"一",变成现在的"天"字。天在人与大之上,要管好多事。

天没仓库，不存什物或私房钱。天之所有无非是风雨雷电，是云彩，是每天都路过的客人——飞鸟。天无偏私，要风给风，要雨给雨。风转了一圈又回到空中，雨入大地江河，蒸发为云，步回天庭。这就像老百姓说的，钱啊，越花越有。像慈悲人把自己的好东西送给别人，别人回报他更好的东西。

深秋的雨，不再有青草和花的味道，也没有玉米胡子和青蛙噪鸣的气息。秋雨明净，尽管有一点冷。雨落进河流，河床丰满了一些。河流飘过枫叶的火焰，飘过大雁的身影。天空的大雁，脖子比人们看到的还要长，攥着脚蹼，翅膀拍打云彩，往南方飞去。河流在秋天忘记了波浪。

雨滴是透明的甲虫，从天空与屋檐爬向白露的、立秋的、寒露的大地，它们钻进大地的怀抱，一起过冬。

雪

雪的前奏

雪在天地间不疾不徐地漫扬,仿佛预示一件事情的发生。

雪的静谧与悠然,像积蓄,像酝酿,甚至像读秒。我常在路上停下来,仰面看这些雪,等待后面的事情。雪化在脸上,像蝴蝶一样扑出一小片鲜润。这时最好有歌剧唱段从街道传来,如黑人女高音普莱丝唱的柳儿的咏叹调,凄婉而辉煌,以锻金般的细美铺洒在我们身边。这时,转身仰望,飞雪自穹庐间片片扑落。这样,雪之华美沉醉就有了一个因缘或依托。1926年4月5日,托斯卡尼尼在米兰斯卡拉歌剧院指挥《图兰朵》的首演,在第三幕柳儿唱毕殉情之后,托氏放下指挥棒,转过身对观众说:"普契尼写到这里,伟大作曲家的心脏停止了跳动。"说着,托斯卡尼尼眼里含满了眼泪。

跟雪比,雨更像一件事情的结束,是终场与尽兴或满意而归。包括雨滴刷刷入地的声音。而雪是一种开始。我奇怪它怎么没有一点声音。我俯身查看落在黑衣上的雪片，看到它们真是六角的晶体，每个角带着晶莹的冰翼。原来它们是张着这种晶翼降落人间的。在体温的感化下，它们缓缓缩成一滴水。而树，白杨树裂纹的身躯，在逆风的一面也落满了雪绒。那么，街道上为什么不响起一首女高音的歌声呢？"金矿"苏莎兰唱的蝴蝶夫人——"夜暮已近，你好好爱我"。

我看到了一个小女孩，裹着绿巾绿帽，露出的脸蛋胖如苹果，更红如苹果，与她帽顶的红缨浑然一色。我从她外凸的脸蛋看出，她在笑。我为这孩子的胖而喜，为其面庞之红而喜。倘若是我的女儿，必为她起名为年画，譬如鲍尔吉·杨柳青·年画。红红绿绿的年画在毛茸茸的雪里蹒跚，向学校走去。

雪就这么下着？

就这么下着。

入夜，把小窗打开，飞入的雪花滑过台灯的橘色光区时，像一粒粒金屑，落在稿纸上，似水痕。纸干了之后，摸一下如宣纸那么窸窣，可惜我不会操作国画，弄一枝老梅也好。

在雪的绵密的前奏下，我不知会发生什么事情。事实上，生活每时每刻发生着许许多多的事情。但愿都是一些好事，我觉得这是雪想要说的一句话。

冰雪那达慕

我所见到的最广阔的雪,是在呼伦贝尔。从海拉尔出发,沿途的草原被厚厚的白雪覆盖。厚,说可以看出白雪的体积感。远方的山峦变矮,雪原上的树变矮,那些松树、蒙古栎树树干短了一截,灌木仿佛在雪里匍匐前进。被雪埋没膝部的松树,在离地很近的地方就开枝了。气象学把降雪也叫降水,我看到厚厚的、洁白的水贮藏在草原。明年春天,这些雪变矮、变薄,露出黑黑的泥土,然后钻出绿草和野花。大自然的轮回,在呼伦贝尔这么鲜明。这么广阔的雪,开车行走仍然望不到边的雪,乍一看,感到死寂,觉得南极北极也不过如此。想到这些雪是老天爷刻意为草原储备的,无须水库和水桶,为鲜花和青草储备了成千上万吨的水。这么一想,心里觉得妥当多了。车再走,雪原上出现蒙古包,感到寂静里的生机。

如果你愿意,可以把雪原上的蒙古包看作是摆放在大自然中的装置艺术。雪原上,蒙古包的红门刷着云子图案的绿油漆,包顶冒出炊烟。白毡、黑毡的蒙古包前立着高高的苏力德。间或见到牧民出行,他们身穿鲜艳的皮制蒙古袍,红缎子、绿缎子、蓝缎子面的蒙古袍穿在他们身上,成了白雪上的奇葩。牧民们骑在马上,马蹚着没膝的雪往前,马脖子绷着劲儿向前耸动。牧民戴着蓬松的皮帽子在马上交谈,让人觉得他们很骄傲。在冰雪里不缩头缩脑的人仿佛都有坚毅的品格,但穿得要足够厚。

牧民们的红脸膛带着点浅浅的笑容,这样的笑容好像是夏天的大笑的余裕,或者说笑容藏在牧民脸上的皱纹里不出来了,像藏在红萝卜和松树里的笑。

冰雪那达慕主会场位于鄂温克自治旗,参赛选手和观众的服装让我非常好奇。巴尔虎人的缎面皮制蒙古袍上罩一件清朝样式的裘皮马褂,毛朝外,有猞猁皮或貂皮。人穿了这么多衣服,胳膊向外扎,贴不拢身上。场地上有几位工作人员来回跑,也穿蒙古袍外罩马褂,他们跑的时候直着腿,膝盖不打弯。其中的原因我完全体会到了——呼伦贝特制的厚棉裤让人腿回不了弯,走路全像升旗卫队士兵的正步走。身穿艳丽蒙古袍的人直着腿跑过来跑过去,冰雪那达慕大会马上就要开始了。

大会开始,最先入场的是马队。你看到马队从远处疾驰而来,心就要往上提一下——这些马并没因为厚雪而放慢速度,雪团在它们蹄下纷飞。马骄傲地扬起头颅,鬃毛如矢,而骑手们身穿红缎子、绿缎子、蓝缎子的蒙古袍,风把狐狸皮帽子的毛吹成花朵。雪原和马队的上方是蓝得耀眼的天空。如果没有蓝天和刺目的阳光,无从显示蒙古袍的鲜艳。天地人在这里组合生动,尽管有雪,尽管冷,美照样大块绽放。

马队太好看了,可惜转瞬即逝。马从雪地驰过,你觉得它们踏碎的不是积雪,而是各种各样的堡垒。马的宽蹄、滚圆的腱子肉和高高的头颅,让你觉得"勇敢"这个词是从马这儿来的。马无所畏惧,无往不可驱驰却神色宁静。

在金帐汗营地，呼伦贝尔草原各个旗的牧民们载歌载舞入场，祭火大典开始。白雪上，红色、橘红色、橘色的火苗熊熊燃烧，这是上午。原来，我们以为火焰在明亮的阳光下显示不出颜色。这里的火颜色鲜明，火的红焰如一面绸子在风中招展。牧民们手拉手围着火堆笨拙地旋转起舞，看上去天真。然而在一望无尽的雪原上见到飞升的大火，你觉得雪原的死寂被驱走了，茫茫大地所缺的东西一下子出现了，那就是火。牧民对火舞蹈，火对着人舞蹈得更欢快。节节上升的火苗像在跳鄂尔多斯抖肩舞、跳哲里木的筷子舞、跳锡林郭勒的博克舞。红焰从白雪里升起，融化于蓝天，牧民们穿着红缎子、绿缎子、蓝缎子面的蒙古袍直着腿跳舞。火已经看到了牧民们纯朴的笑脸，一定会给他们带来吉祥。

苏醒

沈阳下第一场雪的时候，已经是 11 月末了。人们换上羽绒服，小心翼翼地在冰雪路面上滑行，一如狐步。这时，草们——包括散草和草坪里优雅的洋草，都埋在大雪里。再见到你们，要到明年春天了，我对草说。

有时候，阳光也有充分的幽默感。今天，也就是雪后的第三天，阳光大力而出，何止于暖意融融，它们鼓足了马力倾泻在雪上。仿佛太阳不想过冬天了，冬天没意思。雪只好大忙，一层层塌陷着,安排小沟小渠把水流出去。屋檐嘀嘀嗒嗒。大街变为醒目的黑色,人们抱怨,深一脚浅一脚地踩在肮脏的冰激凌式的雪泥里,上班或干其他什么。

我看到了最美的景象——

草们苏醒过来。它们刚要被冻死,就被阳光大佬抢救过来。或者说,它们在雪被窝里才做了一个梦,被刺眼的阳光吵醒了。我看到,草的腰身比夏天还挺拔,叶片湿漉漉的,好像孩子们破涕为笑时睫毛挂的泪花。

大雪刚来,土地原本没有冻透,还在呼吸,为草暖脚,往它们脸上吹气。那么雪一融化,就像在游戏中你把一个藏着许多孩子的被单突然掀开,他们笑着喧哗而出,大摇大摆地走在屋檐下面、砖垛旁和高尚的草坪上。

原来,我一直感受到草的谦卑。草在此刻却傲慢而美丽,像身上挂着许多珠宝跳舞的康巴汉子。

最主要的——我觉得草们,至少是我家屋檐下的草——像我一样愚蠢,它们以为春天来了。它们仪态的娇羞与慵倦,和春天时分一模一样。我指着手上的日历表告诉它们,有没有搞错,还没到12月,怎么会是春天? 草,要不怎么说它们是草呢,根本不理我,以为春天到了。

你听到河水的声音了吗?

你看到大雁的身影了吗?

我还是很感动。我觉得我对自己的生命的看法没有像草那样珍惜与天真。能活就活,每天或者说每个小时都旺盛着。死根本不会是生的敌人。那几天,沈阳真是美丽极了,在未化的白雪之间,一丛丛草叶像水洼一样捧着鲜绿。而我,骑自行车吹着口哨检阅了所有的草,穿行在它们的梦境里面。

春雪的夜

雪下了一天。作为春雪,一天的时间够长了。节气已经过了惊蛰和春分,下雪有点近于严肃。但老天爷的事咱们最好别议论,下就下吧。除了雨雪冰雹,天上下不来别的东西。下雪也是为了万物好。

我站在窗边盼雪停是为了跑步,心里对雪说:你跑完我跑。人未尝不可以在雪里跑,但肩头落着雪花,跑起来太像一条狗。穿黑衣像黑狗,穿黄衣像黄狗。这两种运动服正好我有,不能跑。

雪停了,在夜里十一点。这里——汤岗子——让人想起俄裔旅法画家夏加尔笔下的俄罗斯乡村的春夜。汤岗子有一些苏联样式的楼房,楼顶悬挂雪后异常皎洁的月亮,有点像俄国。白天,这里走着从俄罗斯来治风湿病的患者,更像俄国。

雪地跑不快,眼睛却有机会四处看。雪在春夜多美,美到松树以针叶攥住雪不放手。松枝上形成一个个雪球,像这棵松树把雪球递给边上的松树,而边上的松树同样送来雪团。松树们高过两层楼房,剪影似戴斗笠披大氅的古代人。摩西领以色列人出埃及,是否在野地互相递雪团充饥呢?埃及不下雪。

道路两旁,曲柳的枝条在空中交集。夏天,曲柳结的小红果如碎花构成的拱棚。眼下枝头结的都是白雪,雪在枝上铺了一个白毡,路面仍积了很深的雪。哪些雪趴在树枝的白毡上,哪些雪落在地上卧底,它们早已安排得清清楚楚。

路灯橘红的光照在雪上,雪在白里透出暖色。不好说是橘色,也不好说是红色,如同罩上一层灯笼似的纱,而雪在纱里仍然晶莹。春雪踩上去松软,仿佛它们降下来就是准备融化的。道路下面有一个输送温泉的管子,热气把路面的雪融为黑色。

近十二点,路面陆陆续续来了一帮人。他们男女一组,各自扫雪。他们是邻近村里的农民,是夫妻,承包了道路扫雪的任务,按面积收报酬。我在农村干过两年活儿,对劳动者的架势很熟悉。但眼前这些农民干起活来东倒西歪,一看就知道好多年不干活了。他们的地被征用,人得了征地款后无事干,连扫雪都不会了。

我在汤岗子的林中道上转圈跑,看湖上、草里、灌木都落满了雪,没落雪的只有天上橙黄的月亮。雪安静,落时无声,落下安眠,不出一丝声响。扫雪的农民回家了,在这儿活动的生物只剩我一人。我停下来,放轻脚步走。想起节气已过春分,可能这是春天最后一场雪了。而雪比谁都清楚它们是春天最后的结晶者,它们安静地把头靠在树枝上静寐。也许从明天早上开始,它们就化了。你可以把雪之融化想象成雪的死亡——虽然构成雪的水分不会死，但雪确实不存在了——所以，雪们集体安静地享受春夜，等待融化。

然而雪在这里安静下来，它下面的大地已经复苏了，有的草绿了，虫子在土里蠕动。雪和草的根须交流，和虫子小声谈天气。雪在复苏的大地上搭起了蓬松的帐篷。

我立定，看罢月亮看星星。我感到有一颗星星与其他星星不一样，它在不断地眨眼。我几次擦眼睛、挤眼睛看这颗星星，它真的在眨眼，而它周围的星星均淡定。这是怎么回事呢？我说这颗星眨眼是它在飘移、晃动、隐而复现。它动感情了？因为春天最后一场雪会在明天融化？这恐怕说不通。我挪移脚步，这颗星也稳定了。哦，夜色里有一根看不清的树枝在风中微摇，挡住了我视线中的星星的身影。而我希望世上真有一颗（哪怕只一颗）星星眨眼，让生活有点惊喜。

睡觉吧，春雪们，你们拱着背睡吧，我也去睡了，让月亮醒着。很久以来，夜里不睡觉的只有月亮。

每片雪花都在找一个人

初雪来，下两三场，甚至下了四五场之后，我们才见到可以称为下雪的雪。河水灌满河床才叫一条河，大雪才叫雪。大地下满大雪，房檐堆砌毛茸茸、没有裁齐的边痕，屋顶、水塔、煤堆都胖了,地上有了深深浅浅、东倒西歪的脚印。汽车盖子留下猫的梅花式的足迹。大雪造成吱吱叫的足音,雪人在屋前矗着,小孩或小狗在雪地撒泡尿,留下黄酥的渣滓洞。大雪给所有的屋顶刷上白漆,虽然马路的积雪化为黑泥,城市的楼顶仍保持着童话的洁白。在装了彩灯的楼顶边上,风吹雪,红色橙色的火焰飘舞。岁末降临的大雪,像带着许多的心事,每一片雪花都像找一个人,或者带来上天写给每一个人的信。薄白的信函如此之多,超过了人的总数。这里面包含投给故人的信,投给孔子孟子,或世人逝世的祖父母。无人认领的信最终融化,俟待来年。一人在一年中的劳碌积累、储备流失,都由雪花来阐释,以其丰厚、以其飞散,讲解天道轮回。雨与雪是一回事,有与无也是一回事。富贵即使不如浮云,也如积雪,在轮回中代谢新陈。

雪不是一天化的

雪不是一天化的。春节过后,雪有步骤地减少。大街的、马路牙子掖着的、树坑里的雪如按计划撤退的士兵,一块块消失,空气湿润。西墙和北墙角的雪比煤还黑,用铁锹掏一下,才见白心。环卫工把雪掏出撒在大街上,像撒盐。我忽然想起,冬天一直有雪,地面被雪覆盖了两个多月,麻雀到哪里觅食呢?

我从不清楚城里的麻雀靠吃什么活着,草和草籽被雪覆盖了,它们吃什么呢?飞行消耗的热量比行走更大,没看到哪一只麻雀在天空像慢镜头一样飞，也没看哪只麻雀饿得一头栽下来。实话说，鸟栽下来，人也注意不到。

麻雀一定掌握好多秘密，比如在大型超市的门前，有儿童撒落的面包屑，或者它们熟知沈阳市皇姑区有多少卖粮食的门市。鸟们了解鸟的秘密。人不妨养成这样一个习惯，在外衣兜儿扎个小眼，临出门抓一把小米放兜里，边走边撒。大街上——即使是雪地——隐隐约约看得到莹黄的小米粒。商店门口，这位白发西装的男人走过，身后有一点小米；那个烫发时髦的女人走过，小米落在脚印上。

雪化了，我看天空的麻雀越来越少，属实说连一只麻雀都没看到。我希望立刻有人纠正我，说麻雀数量并没少，它们飞到了乡村的田野。天道厚朴，给一虫一鸟留出了生路。

都说人乃万物之灵，灵在哪儿？人会造火箭，会给心脏搭桥，会作曲，这一类机巧的事情是万物之灵的例子，可火箭与曲都不是我们造的，是别人。搭桥也是别人搭的。应当说——极少的人是万物之灵，多数人像泥土一样平凡。如果人真的那么灵，能不知道大雪遍地，麻雀是怎样活下来的吗？

人不知道的事太多了。据说月亮圆的时候释放了许多能量，人却察觉不到。惊蛰这一天，小虫身体像被引爆了一样，腾地翻过身，人也没察觉。冬至与夏至这两天，是天地的大事情，人跟没事一样。人觉得股市楼市才是大事。

巴赫的音乐里藏有多少秘密？我们感觉得到却说不出。耳听旋律与织体环环相扣如流水一般流走了,啥也没听出来。我读巴赫的乐谱,想找一些蛛丝马迹,找不出来。听,它们是铜墙铁壁,听不出头绪。巴赫的音乐像 DNA 的图谱一样严密。我甚至怀疑世上是否有过约翰·塞巴斯蒂安·巴赫这个人。如果没这个人,这些音乐是从哪儿来的呢? 他的《帕蒂塔》("德国组曲")、他的小提琴与人声的奏鸣曲是从哪儿来的?巴赫的后人今天在哪里?能跟他们合影留念吗? 这里面的秘密比麻雀在雪天觅食还复杂。

早春的雪化了,水淌进树坑,夜里又结冰。树坑里的冰片不透明,像宣纸一样白。结着气泡的圆,一踩就破了。冰比煎饼还薄,在早春。

春天伊始,土地暴露了不知多少秘密,每株草冒芽都泄露了一个秘密。老榆树像炭那么黑,身上结碗大的疙瘩。它们头顶飘着轻软的细枝,像秃子显摆刚长出的头发,这是柳树的秘密。人坐在墙边晒太阳,突然见到一只甲虫往树上爬,真吓人一跳。在花没开、树没绿的早春,它是从哪里来的? 冬天里没这个甲虫,春天还没到。会不会有人从海南捉来这只虫,装进口袋,坐飞机飞回东北,偷偷放在这棵树上呢?

残雪是大地褴褛的衣裳

快到春分了,田野上一块一块的残雪好像大地的黑棉袄露出的棉絮。我小时候还能看到这样的棉袄。人们的棉袄没有罩衣,而棉袄的黑市布磨破了,钻出来白棉絮。这是很可惜的,但人没办法——如果没钱买罩衣就是没办法,打过补丁的棉袄比开花棉袄更显寒伧,打补丁的罩衣反而好看。

　　大地不穷,否则长不出那么丰饶的锦绣庄稼。然而秋天的大地看上去可怜,它被秋风杀过,草木有些死了,活着的草木守着死去的衰草等待霜降。那时候,地平线突兀出现,如一把铡刀,铡草、铡河流,只有几朵流云侥幸逃脱,飘得很高很远。春天里,贫穷的大地日见松软,下过雪而雪化之后,泥土开始丰隆,鸟儿在天空上多起来。昨天去尚柏的路上,见一片暗红的桃树刷着一米高的白灰,像一排穿白袜子的人等待上场踢球。桃树的脚下是未化的、边缘不整齐的白雪。这真是太好了,好像白雪在往树上爬,爬一米高就停下来。也像树干的白灰化了,流到地面上。这情景黄昏看上去格外好,万物模糊了,但树干和地上的白依然坚定。黄昏的光线在宽阔的蒲河大道上列队行进,两旁的树木行注目礼。黄昏把光线先涂在柏油路面上,黑色的路面接近于青铜的质感——如果可以多加一些纯净的金色。但夕阳下山了,让柏油路化为青铜器的梦想半途而废。夕阳不知作废过世上多少梦想。眼下,树枝几乎变成金色的枝状烛台,池塘的水收纳了不知来自何方的橘红的汤汁,准备把水草染成金色。屋檐椽头的裂缝如挂满指针的钟表,夕阳的光线钻入裂缝里,椽头准备变成铜。但太阳落山了,太阳每天都搞这么一出戏,让万物轮回。而残雪在夕阳里仍然保持着白,它不需要涂金。

春雪是雪的队伍中的最后一批客人。冬天的雪在北方的大地上要待几个月，春雪在大地只待几天。它飘飞的时候角翼蓬张，比冬雪的绒多，像山羊比绵羊绒多。雪趴在春天的大地上，附耳告诉大地许多事情，谁也不知道这是什么事情。然后，雪就化了，失去了机密的白雪再在大地上拱腰待着显得不合时宜。它们随时在化但谁也看不到雪是怎样化的。没人搬个小板凳坐在雪边上看它化，就像没人坐板凳上看麦苗生长。人最没耐心，猫最有耐心但不干这事，除非麦苗能长出肉来。阳光让大地的白雪衣衫越来越少，黑土的肌腱暴露的越来越多。每到这时候我就想乐，这不算幸灾乐祸吧。我看到大地拽自己的前襟则露出后背，窘迫。白雪的大氅本是大地的最爱，原来打算穿这件衣服度过三伏天的。在阳光下，大氅的布片越来越少，渐渐成了网眼服。每到这时候我就想变成一只鸟，从高空看大地是怎样的鹑衣百结，棉花套子披在大地身上，殊难蔽体，多好。鸟儿不太费劲就飞出十几里，看十几里的大地在残雪里团缩。雪的斑点在凹地闪光，隆起之处全是黑土。鸟儿鼻子里灌满雪化之后的湿润空气，七分雪味，三分土味。空气打不透鸟儿的羽毛，鸟儿像司令官一样边飞边观察大地上的围棋大战，黑子环绕白子，白子封锁黑子。大地富裕，这么多白雪愿意为它而落，为它的子孙，为了它的墒。帝王虽然尊贵，苍天为他下过一片雪么？

　　看早春去荒野最为适宜。所谓荒凉只是表象，树渐渐蜕去冬日的褐斑，在透明的空气里轮廓清晰。被环卫工人堆在柏油路边上的雪被春风飕成黑色的石片，如盆景的假山那样瘦透。这哪是雪啊，它们真会搞笑。

夜幕降临，残雪如海洋上的一块块浮冰，雪块在月光下闪着白光。这时候我又想变成鸟儿，飞到更高的地方俯瞰大地，把这些残雪看成星星。这样，大地终于有了星星，恢复了它原有的美丽。这景象正是我窗外的景象，夜色趴在土块的高处，积雪躲进凹兜处避风。盯着看上一会儿，雪像动起来，像海上的浮冰那样动荡。楼房则如一条船，我不费吹灰之力坐在船舱里航行。积雪在鸟儿眼里变成星星，一道道的树木如同黑黝黝的河流，像流过月亮的河。鸟的飞行停不下来，到处都有残雪。如果一直向北飞，残雪恢复为丰腴的雪原。呼伦贝尔的雪五月才化。

大地穿碎了多少件白雪的衣衫？春天把白色的厚冰变成黑色的冰激凌，褴褛了白雪的衣衫。地上的枯草更加凌乱，根部长出一寸绿，雪水打湿的枯草转为褐黄。残雪要在春暖之前逃离大地，它们是奔走的白鹅，笨重地越过沟坎，逃向北方。残雪的白鹅翻山越岭，出不了一星期就会被阳光捕获，拔了毛，在春风里风干。

凤凰号探测器报告：火星下雪了……

下雪，像说火星离我们很近。雪花从哪里下到了火星上？哪一颗星辰洒的水滴落在火星上变成了雪？雪到火星上还化吗？

凤凰号探测器没说这是火星第几次下雪,如果这不是第一次降雪,火星上会不会有像喜马拉雅那样的雪山?如果这些雪化了,河流会像毛细血管一样布满火星。

河流?如果火星上有河流,我们想看到河流里的鱼和水草。火星鱼的长相不像地球的鱼,不一定长着梭子头、大嘴。它们的鳍应像翅膀那么宽阔,头和尾巴上长着眼睛。火星上的船帆像扇子一样打开。行船时,火星人也唱歌,看落日满江(可以看得到太阳吗?如果没有落日,就辜负了满江的波光)。火星如果转得慢,河道会比地球的河道直;转得快,庄稼和树都长不高,苹果比牛顿看到的掉得更早。

合众社岁末消息:凤凰号探测器报告,火星下雪了。我拿着这张《参考消息》,看完不知该存放在哪里。

火星,金木水火的火,上面没火。况且,我们说的火——由白变红的火焰——在外层空间可能是另外的形态。水可能也是另外的样子。我觉得火星是一个高级的地方。不高级的地方不会下雪。被雪包裹的火星如同一个茧,却是一个星。比土星洁白,比水星凝聚,比金星明亮,比木星遥远,比天狼星寒冷,比大熊星座脚印更深。

火星竟会下雪,真是想不到。雪——虽然并非人类施力降落,虽然雪也不属于人类——但我们习惯了由雪想到人类。如同说,有人类的地方才有雪,尽管北极没人类只有雪。从此,我们开始帖念火星上的雪人,火星上的树的雾凇和火星上的圣诞老人。如果火星上没有雪橇,地球人理应送过去。灯笼谁送?雪地的夜晚,拎灯笼走路才有趣,脚底吱嘎吱嘎响。如果不送灯笼,胡萝卜和煤块一定送上去,它们是雪人的鼻子和眼睛。更应送地球上的雪,洒在火星的雪上,它们互相观察、问讯、拥抱,彼此打听比人类更关心的事情。地球的雪可能比火星的雪先化或不化,把它堆在一起,标明:"地球雪"。

至于地球——雷曼兄弟公司破产、美国拿出七千亿美元救市、奶粉里面有肾结石的原料、老李耳鸣又犯了……地球上有无数的事情发生,火星只做一件事:下雪。

凤凰号探测器还发现了什么?监测录像每天在美国国土局大屏幕上二十四小时播放,是什么?他们不告诉我们。火星上的雪是不是细腻?抓一把慢慢从指缝淌出水。雪速多少?地球的雪飘得很慢,沉思的慢板。火星雪的化学成分是水吗?有没有金属?

火星下雪了,从此,火星好像成了我们的亲戚。夜晚出家门的时候,朝天上亲戚那个方位看上一眼。既然火星已经下雪,就没有什么不可能。有水,就有生命体与智慧生命体,最好别像地球人类这么奸诈,别这么闹。在这个小城,十字路口有两个人打架,揪着对方脖领子。在红旗剧场,有人踢了乞丐一脚。我想告诉他们:别闹了,火星下雪了。

我用短信把这个消息发给朋友,不怕他们笑话。短信是:"火星下雪了,我们庆祝吧。"即使不庆祝,先把地球上的事放在一边,想:火星下雪了,心里异样的清新,还有一些缠绵。

雪落在雪里

雪地上的羽毛

去年冬天，我起早遇上一场大雪。街上没人，雪已经停了。我像狗一样在无痕的雪地留下脚印，还真舍不得踩这么细腻、柔情的雪。很想雇个人背着我走，但背我的人也要留下脚印。就这么蹚吧，暴殄天物了。

我小心走着，准备上大道跑步，见天上打旋落下一样东西，似落非落，像不太愿意落。啥东西？雪后无风，所以此物才慢悠悠落下来。我希望是钱，一百元、五十元都行，十元也行，五元就不要落了。但颜色不对，不红不绿不灰，怎么会是钱呢？这件东西在我的仰视下几乎贴着我鼻尖落下，躺在雪地上。我定睛看，是一根白色的鸽了羽毛。羽毛没有雪白的，算乳白吧。

早上，一根鸽子的羽毛拦住你，静卧雪上，这简直是最好的礼物，比钱好。我捡起羽毛，看上面有无玄机，比如几个模模糊糊的字迹:原野快要发财了。但没有,鸽子不会写字。我突然想起羽毛的主人,它应是一只白鸽,现在何处?天上空空如也。泰戈尔说得真对,飞过天空的鸟不会留下痕迹,留一泡粪也会落在地上,而不能留在空中。鸽子飞走了,那么,鸽子送我这根羽毛干什么?我头发越发少了,但不宜贴鸽子毛充数。即使我把这根羽毛粘在胳膊上,也没人相信我是鸽子。

我拿着这根羽毛走路,既然捡到了一样东西,我希望继续捡到其他东西,比如一封待寄的信。把羽毛粘在信上,表示十万火急,但大清早捡不到信。事实上,我在中午和晚上也从来没捡到过信,信在邮电局的信筒里。我突然想到,羽毛不是来找我,它找的是白雪。

我把羽毛放在雪上,白的羽毛白的雪,很圣洁。如果带照相机就好了,拍下来挺美。雪地的阴影微微有一点蓝,羽毛的竖纹衬托在雪的颗粒中,显出优雅。如果这是灰鸽子的羽毛,跟雪就不怎么默契了。白鸽子很懂事,而且懂美术,啄一根羽毛降落之,装点美景。我觉得这个鸽子挺讲义气。

我正看——新浪微博把我归纳到"吃饱没事"的作家行列,而其他作家是怀疑型、半怀疑型和诗意型。归纳得真对,只有吃饱没事的人才盯着雪地的鸽子毛出神。身旁一人问我:看啥呢?

我没法回答看啥,便胡乱指指羽毛。

这人说:你把鸽子埋雪里啦?

我说没有。

那你看羽毛干啥? 他又问。

我反问他:不看羽毛我看啥? 看你呀? 我直视他,他上下看我,我俩对视。他叹口气走了。

我们俩这么说话都不讲理,因为这个事里面没理,只有一根鸽子羽毛。我撤退,拜拜羽毛。我街口拐弯,无意回头看。你猜怎么了? 那个人正撅着屁股刨雪,他相信羽毛下面的雪里一定有一只等他红烧的鸽子。

嗨——,我一喊,他撒腿跑了,骂我:你是个大骗子!

是,我在心里说,我是骗子。如今你不能在大街盯着一件近乎虚无的东西看,你看了而别人没看出其中的利益,你就骗了他。

我开始跑步,希望天上再落下一根鸽子的羽毛,或落下两根、三根羽毛,我把这事看得比吃饭喝粥都重要。

雪落在雪里……

雪落在雪里,算是回到了故乡。

雪从几百或几千米的空中旋转、飞扬,降落到它一无所知的地方,因为身边有雪,它觉得回到了故乡。

雪本来是水,它的前生与后生都是水。风把它变成了雪,披上盔甲和角翼,在天空慢慢飞行。雪比水蓬松,留不住雨水的悬崖峭壁也挂着毛茸茸的雪花。雪喜欢与松针结伴,那是扎帐篷的好地方,松针让雪变成大朵的棉花。天暖时分,松针上的雪化为冰凌,透明的冰碴里针叶青葱,宛如琉璃。天再暖,冰吝惜地淌为水,一滴一滴从松枝流下,流进松树灰红色鱼鳞般的树皮里,与松香汇合。雪落在松树上,极尽享乐。

白狗背上落了雪,白狗回头舔这些白来的雪花,沾一舌头凉水。雪落多了,狗身多了一层毛。白狗觉得这是走运的开始,老天可以为白狗下一场白雪,世上还有什么事不可能发生呢?雪花落在白马身上,使它的黑瞳更像水晶。没有哪匹白马比雪还白,雪在白马背上像洒了盐。雪使白猫流露肮脏的气质,雪让乌鸦啼声嘹亮。乌鸦站在树桩上看雪,以为雪是大地冒出的气泡,或许要地震。乌鸦受不了在雪地上行走踩空的失落感,它觉得这是欺骗,每一个在雪地上行走的生灵都觉得受到了欺骗,一脚踩一个窟窿,脚印深不可测。

雪填满了树洞,这些树洞张着白色的大嘴,填满雪。灌木戴上白色的绒帽。雪落在河床的卵石上,凹凸不平。石头们——砾石和山岩盖上了被子,雪堆在了它们的鼻尖。雪从树梢划过,树梢眼花缭乱,伸出枝杈却抓不到一片雪。雪习惯于下下停停,雪迟疑,不知是否继续下。雪让乡村的屋脊变得浑圆,草垛变成巨大的刺猬。老天爷下雪比下雨累,道理像打太极拳比做广播体操累。下雨是做操,下雪要用内力,使之不疾而徐,纷纷扬扬。老天不懂野马分鬃,白鹤亮翅根本下不了雪,最多下点儿霜。

雪花死心眼。前面的雪花落在什么地方,它一定追着这片雪也落在哪个地方，或许比前一朵雪花还早一点落在了那里。那里有什么？咱们看不出所以然，看不清雪片和雪片的区别在哪里，雪知道雪和雪长得不一样。雪花千片万片穿过窗户，落在窗下。它们争先恐后降落，就是为了落在我的窗前吗？下雪的夜晚，我愿意眺望夜空，希望看到星星，但每次都看不到。雪花遮挡了视线，直接说，大雪让人睁不开眼睛。当然，你可以认为是星星化为雪的碎屑飘落而下。仿佛天空有人拿一把钢锉，锉星星的毛刺，雪花因此飘下来。我在雪霁的次夜观星，见到的星星都变得小了一些，且圆润。我想不能再锉了，再锉咱们就没星星了。星星虽然对咱们没有直接的用途，但毕竟陪伴咱们过了一生，星星使黑而虚无的夜空有了灵性。

雪让夜里有了更多的光，大地仿佛照亮了天空。月光洒下来，雪地把光成倍地反射给月亮，让月亮吃惊。雪地使星星黯然，少了而且远了。如果站在其他星球观望雪后的地球，它通体晶莹，可能比月亮还亮，外星人可以管咱们叫地亮。有人借着雪的反光读书，我不清楚能不能看清字，首先他不能是花眼。但雪夜可以看清一只兔子笨拙地奔跑，把雪粉踢在空中。雪在夜里静卧，使它的白更加矜持。这时候，觉出月亮与雪静静对视，彼此目光清凉。

雪让空气清新，雪的身上有千里迢迢的、清冽的气味，这气味仿佛用双手捧住了你的脸。雪的气息如白桦树一样干净。跟雨比，雪的气息更纯洁。人在雪地里咳嗽，是震荡肺腑，让雪的清新进入血液深处。雪的气息比雨更富于幻想，好像有什么事情就要发生。是圣诞老人要来了吗？

雪落在雪里。雪和雪挤在一起仰望星空，它们的衣裙窸窣作响。雪的冰翼支出一座小宫殿，宫殿下面还是宫殿。雪轻灵，压不破其他雪的房子。空中，雪伸手抓不到其他的雪，终于在陆地连结一体。水滴或雨滴没想到风把它们变成雪之后，竟有了宫殿。它们看着自己的衣服不禁惊讶，这是从哪儿来的衣服？银光闪闪。

阳光照过来，上层的雪化为水滴流入下面的宫殿。透过冰翼，雪看到阳光橘红。雪在树枝上融化，湿漉漉的树枝比铁块还黑。雪在屋顶看到了山的风景，披雪的山峦矮胖美，覆雪的鸟巢好像大鸟蛋。雪水从屋檐滑下，结成冰凌。它们抓着上面冰凌的手，不愿滴下。冰凌像一排木梳，梳理春风。雪在雪的眼睛里越化越少，它们不知道那些雪去了哪里。雪看到树枝苞尖变硬，风从南方吹来。"因为雪，抱回的柴火滴落水珠。"（博纳富瓦）

为孩子降落的雪

雪在初冬落地松散，不像春雪那样晶莹。春天，雪用冰翼支撑小小宫殿，彼此相通。在阳光下，像带着泪痕的孩子的眼睛。春雪易化，好像说它容易感动。冬雪厚重，用乐谱的意大利文表达，它是 adagio，舒缓的节奏；春雪是 allegretto，有一点活泼；

cadenza，装饰性的，适合炫技。

一个孩子站在院里仰望天空。

孩子比大人更关心天，大人关心的是天气。天空辽阔，孩子盼望它能落下一些东西。这些东西表明天是什么，天上有什么。雪花落下，孩子欣喜，不由仰面看它从什么地方飞来。

飞旋的雪花像一只手均匀撒下，眼睛盯不住任何一片。雪片手拉手跳呼啦圈舞，像冬天的呼吸，像故意模糊人的视线。雪落在孩子脸上，光润好比新洗的苹果。孩子眯眼，想从降雪的上方找出一个孔洞。

雪在地上积半尺深，天空是否少了同样的雪绒？雪这么轻都会掉下来，还有什么掉不下来呢？他想，星星什么时候掉下来，太阳和月亮什么时候访问人间？

雪让万物变成同一样东西，不同处只在起伏。房脊毛茸茸的，电线杆的瓷壶也有雪，像人用手捧放上去。

孩子喜悦，穿着臃肿的大衣原地转圈，抬头看雪。

没有人告诉他这一切的答案，科学还没有打扰他们。就像没有人告诉他们童年幸福，孩子已经感到幸福。

太阳在冰上取暖

雪后的寂寞无可言说。

如果站在山坡上俯瞰一座小城，街道上雪已消融，露出泛亮的黑色,而房顶的雪依旧安然如故。远看,错落着一张张信笺,这是冬天给小城的第一份白皮书。

雪地上,小孩子的穿戴臃肿到了既不能举手,也不能垂放在肋下的程度,其鲜艳别致却如花瓣纷繁开放。当一个孩子赤手捧一只雪球向你展示的时候,他的笑脸纯真粲然,他的双手也被冻得红润光洁。孩子手上的雪球已融化了一半,显出黑色,掌心上存着一汪雪水,有些混浊,透过它仍看得清皮肤的纹路。

孩子站在雪地,为手里捧着的雪而微笑。这的确值得欢笑,游戏的另一方是上帝。孩子通过雪与上帝建立了联系。

在冬日的阳光上,最上层的雪化了,又在夜晚冻成冰壳,罩在马路上。这时的行人双眼直视举步之处,许多人因此改掉了喜于马路遍览女人的习惯。如果哪个人脚底一滑,手臂总要在空中挥舞几下,绝不甘心趴下。倘是向后摔倒,胳膊向后划如仰泳者。向前倒属自由泳式。我看到一位女性右脚一滑,双臂向右上方平伸,我心里热乎乎的,这不是舞蹈"敬爱的毛主席"吗?君不见,当唱到"我们有多少知心的话儿(深沉有力地)要对您讲(昂——昂)"之时,双手攥拳向右上方松开前送,头亦微摆,表示舞者有向日葵的属性。

在雪路上行走,摔跤富有传染性。比如离你不远的行者以迅雷不及掩耳之势摔在地上,你往往也照此姿势摔在地上。预防导致不平衡。

最好的雪景是帕斯捷尔纳克写的"马路湿漉，房顶融雪 /
太阳在冰上取暖"。

微融的冰所反射的阳光，是橘红色的，在南国看不到。

雪来洗万物

雪来了。站在窗边看，大雪像为这面窗户而降。雪片在玻璃
外面如粉如绒，迅急时如白线，挂满窗。看一会儿，心想雪花娇
嫩、轻盈、洁净，这么珍贵的东西怎能随便下又下这么多呢？透
过雪幕瞭望，雪覆盖土地房舍。在牧区，山峦被雪包裹起来一个
一个放在了天边。

雪飘落不止，看着有些心疼——我知道这么说有点不像
话，但确乎这么想过——应该拿一个盆把雪端进屋藏起来，或
用镜框镶上。这显然办不到，只有人间的艺术品才能够挂起来。
雪是上帝的产品，不让挂。之后，我产生第二个想法：雪浴。

大雪下到足够厚，最好在阳光普照之际开始沐浴。捧雪把
前胸后背、胳膊大腿搓一遍。雪何止冷冽，还杀菌去污排毒养颜
活血化瘀固本清源，这是我想的，不知对不对。汉语里，雪作为
动词有洗濯之意，雪恨雪耻。我等何不雪体？使雪没有白下。我
把身上搓得像胡萝卜一样红，认为身上有了 β－胡萝卜素，并
唱"红萝卜的胳膊白萝卜的腿"这首电视剧插曲以助浴兴。

头一回雪浴，在门口小树林。我把衣服脱去，抓一把雪刚

搓，没想攒成疙瘩了，改为捧雪搓。雪敷身上要么融化，要么下滑，不像水那么扎实。浴雪的姿势也没找到"范儿"。坐下太凉，站着不敌寒风，总之不得法。我正在团团转，抬眼见边上已围了一群人，他们惊诧，讥笑，指指点点，迫使我草草收兵。回到家沏一杯姜糖桂圆红枣茶准备总结得失，刚好电视上演一位老师的示范动作——我老师即北极熊从积雪的山坡上滚下，起立抖擞皮毛，漂亮。我受到启发。滚，身上沾雪均匀，又不招风，别人从远处看不见，好。要不老师怎么会那么白胖从容呢？第二年新雪出笼，落地薄，未浴。一场真正的大雪下了一宿之后，我喜不自胜，骑车赴北陵公园后面——此地除喂松鼠的大妈之外，闲人罕至。雪地上苍松古木森森然，每棵树均挂牌矗立，树龄最小的也有二百四十七岁。脱衣，我先蹦跳热身，慢慢侧卧雪上，滚——屏闭眼目口鼻，我以为滚出十米身上将裹一层厚厚的雪毡，直到滚不动，但没有。有的是——屁股右侧环跳穴被碎啤酒瓶割伤，好在雪凉，连血都没出。滚完用搓澡巾横搓竖抹，雪意顺四通八达的经络奔走呼喊，澄澈晶莹。搓完的感觉呢？没啥感觉。穿上衣服，身上像小电磁炉一般发烫。这时候，肚皮上放个鸳鸯火锅也能滚沸。说话间，雪花纷至。抬头见蓝天横来一片云层，像用手拽过来的。该云层边移动边降雪，像有人在里边操纵。老天爷看到人间雪浴，来点新雪奖励。四川人爱说"对头"，此事对头。雪落，平伸胳膊，瞬间开放七八朵白花，转瞬缩身为水，神奇。我不禁哼起了小曲，咦——呀呀，啊——呀呀。我边搓边琢磨给国家体育总局写一封信,建议全民雪浴,优胜者购房贷款利率降低30%,出入公园公厕不花一分钱。咦呀呀,啊——呀呀……

搓洗过,我自忖如冰糖葫芦一般澄澈,很自负。

雪浴,除北极熊,麻雀和喜鹊也开展这项活动。我去辽大校园跑步,雪天常见到韩国留学生穿短裤和羽绒上衣漫步,或握雪团攻打追击。有一回在书中读到,旧日的日本军人逢雪必浴,浴前做操、唱歌。日本歌呜呜咽咽,怎么适合雪浴呢? 还听说日本人雪天爱在露天的温泉泡澡。体育医学指出运动至少给人带来三种好处。一、提高心肌收缩及摄氧能力;二、调节神经活性;三、增加成就感。雪浴比较对应第三条,浴过生出几分舍我其谁的豪强心态。人以为肌肤近雪凉得很。其实没啥,冷一点而已。人之根深蒂固的观念,除了别摸电门、得痔疮别吃辣椒、顶头上司不可冒犯之外,没几样是不可推翻的定论。"摸着石头过河",即说河里只要有石头,石头只要摸得着,就可以过嘛。跟大风大浪比起来,雪浴只算捣糨糊。当然这个糨糊对身体和心灵有好处,属于健康环保型。

投身这项活动注意事项有三:一、挑人少之地搓洗,免被认为是智障。我被指认过一回,围观群众打110把警察都招来了。二、穿厚靴、戴手套,手脚皮下脂肪少,不抗冻。三、搓的时候下手要狠,越犹疑越难受。

飞机八月窗飘雪

头些年,我坐飞机爱选靠窗位置。苍茫云海与我只有一臂之隔。我成了喀喇昆仑山顶的气象员,对云彩指指点点,颔首示意。我觉得飞机的舷窗好像小了点,是不是可以改成四十八吋电视机那么大呢? 坐窗边,早先仙人在天上看到的奇景都被乘机人看到。当然,是机长先看到。机长的窗户大,全视野,他往那一坐明察秋毫。飞到哪个地方,手拉哪个杆,按哪个钮,按几下,他心里全有数。

我见过夕阳低于飞机,徐徐落山。地球表面的人认为它已落山了,而我看到它继续下坠,像一颗燃烧的铁球掉进海里,迸起万道金光,光芒射到离地面九千公尺高的飞机的铝翅膀上。所谓云朵只挡住人的视线,根本挡不住太阳。太阳落山时打开一把扇子,绘满奇幻的金光。我在飞机上俯瞰大海,海水蔚蓝无浪。如果海水颜色更浅一点,它就是另一个蓝天。我把海当成天不要紧,飞行员不误判就好了。海水看不到边际,把地球改为水球也很恰当。海水把云挤到了天边,它们成了不重要的泡沫。大海仿佛与天空一样大,没有东西南北,没有高山草原。海天相连处透光,覆盖弧形的穹顶。

天上有什么? 只有云。雨和雪都来自云。滚滚云朵如白牦牛渡河,不见首尾。云朵缠绕飞机的肚子、翅膀和脖子,摸摸这只钢铁大鸟是不是真实材料。飞机的翅膀如两把大镰刀收割天上的白云,割下的白云像麦子一样倒在天上却掉不到地面。飞机把一层白云割为两层。但留不下大理石一般整齐的云的广场。

去德国那次,飞越一千多公里长的兴都库什山脉。它是青藏高原的印度河和帕米尔高原的阿姆河的分水岭。山岭荒凉崎岖,我觉得这些峰峦之间正回荡着塔吉克人的5号乐曲。山头黑色的肩上披着白雪,如羊皮坎肩。那也美,荒凉崎岖之美。

八月的一天,我在飞机舷窗外见到了雪花。雪花大如香菜叶,落到地面可以拆分十几片。雪的斜线徐徐飞过,落在舷窗上,急速拉成牛毛细的水线,这是八月雪。天上的雪片往哪儿落?只有云朵接着它。云上能积成茫茫的雪野吗?云兜点小雪还成,雪多就驮不住了。它落下去,落到地面之前被风吹成雨丝。我们的飞机像一头白熊在雪花里穿行,身旁全是白蝴蝶,我觉得把飞机拍下来蛮雄浑,它看上去非常勇敢。

天上看到的农田最美,小巧玲珑,匠心十足。从天上看工厂与开发区都不好看,一片疮痍。大地原本生长庄稼,畜养众生。工业化有什么好?得利的是人,而非自然。我猜想世界经历过许多次工业化,每一次都以毁灭世界而告终。世界耐心地从头再来,在荒砾上育出细菌和蕨类植物,生出水和植物,然后有人(不管是猴变的还是啥变的)直立行走。人掌握工具之后,开始发展。他们的发展插上科学的翅膀之后就刹不住闸了,地球启动自毁装置,像小孩推倒了火柴棍搭的房子。地球上,单单是土已有多么珍贵,这是地球生物孕化多少年积攒的可以长粮食的根基。单单是水就有多么珍贵,没人能造出一滴水。祸害耕地和河流的到底是一些什么人呢? 刑法上不设立毁地毁水的罪名,是一个大漏洞。把这两种劣迹从国土资源法和水利法中抽出来列入刑法定罪,人才老实。毁地毁水的后果比贪污受贿严重得多。

　　六月落雪、七月落雪、八月落雪,天空对大地多么温情,不忍看河水断流,不忍看草原上矿坑密布。天空撒下雪花,是想为干涸的河床添点水,覆盖大地的疮疤。天等不及了,八月就开始落雪。

马

马如白莲花

起雾的时候，鸿嘎鲁湖像被棉花包裹起来了。草地边缘出现鹅卵石时，前面就是湖水。湖水藏在雾里，好像还没到露脸的时候。雾气消散，从湖心开始，那里露出凫水的白鸟，涟漪层层荡过来，在雾里清路。雾散尽，我见到湖边有一匹白马。

白马从雾里出现，近乎神话，它悠闲地用鼻子嗅湖边的石子，蹄子踏进水里。我觉得，刚才散去的白雾聚成了这匹马，它是雾变的神灵。马最让人赞许的是安静，它似乎没有惊讶的事情。低头的一刻，它颈上的长鬃几乎要垂到地面。

它是牧民散放的马，会自己走回家。我走近马，它抬起头看我。马的眼神仿佛让我先说话，我不知说什么，说"马，你好"，显得不着边际，说"多好的马呀"，虚伪。马见我不说话，继续低头嗅水浸过的石子。马默默，我也只好默默。人对真正想说话的对象,比如山,比如树,比如马,都说不上话来。等我走到高坡的时候,马已经徜徉在白桦树林的边上。它用嘴在草尖上划过,像吹口琴,我估计是吸吮草尖上的露水。马的身影消失在白桦树林,一个眼睁睁的童话蒸发了。那些带黑斑的白桦树如同马的亲戚,是马群,一起走了。

牧民香加台的孩子盎嘎(盎嘎,蒙古语的意思是孩子)十二三岁,他给马编小辫。香加台有一匹白马、一匹带亚麻色鬃毛的枣红马。盎嘎给枣红马编六个小辫,垂在颈上如同欧洲古代的英雄。盎嘎把枣红马头顶的鬃发编成一个粗榔头,像一锭金顶在头上。我管这匹马叫"秦始皇",盎嘎说"始"字不好听,像大粪,他管这匹马叫"火盆"。

火盆走起路来筋肉在皮里窜动,面颊爬满粗隆的血管。一天傍晚,才下过雨,草尖反射夕阳的光,盎嘎骑这匹枣红马奔向西边草场,白马并排跑。

两匹马奔向落日,让我看了感动。落日的边缘如融化一般蠕动,把地平线的云彩烧没了,只剩下玫瑰色的澄空。马匹和盎嘎成了落日前面的剪影,他们好像要跑进夕阳之中。最终,马站下来,风吹起它的鬃发,像孩子挥动衣衫。

盎嘎牵着两匹马回来时,天空出现稀稀落落的星斗,夜色还没有完全包拢草原,天空一派纯净的深蓝。马儿走近了,白马走在黑乎乎的榛柴垛边上站住脚,如同一朵白莲花。马竟然会像白莲花? 我奇怪于这样的景象。大自然的秘密时时刻刻在暴露,露出旋即收回。我走近他们——火盆、白马和盎嘎,他们变得平凡,各是各,只有盎嘎手上多了一朵白野菊花。

月光下的白马

我住在牧民香加台的家里。那天晚上到公社听四胡演奏的比赛,回来快深夜两点了。刚要推门,听马厩传来沙沙声。子夜的月亮转到了天空的右边,正好照在马厩里,白马低着头嚼夜草。

月亮比前半夜更亮。亮这话也不对,像更白。两寸高的小草都拖着一根清晰的影子, 屋檐下压酸菜的青石变为奶白色,砖房的水泥缝像罩在房子外的渔网。

马抬起头,见我没有丝毫惊讶,大眼睛依然安静,鼻梁有一条菱形的青斑,它的脸庞和脖颈的血管粗隆。

马站着睡觉,我从小就对此感到奇怪,到现在也没人告诉我这是为什么。我此刻惊讶的是,月光下的马像从另一个世界来的动物。人类民间故事里有狼和羊的故事,有熊和老虎的故事,狐狸的故事最多,这一点狐狸自己都不知道。民间故事却很少说到马,《西游记》也没让唐僧的白龙马参与到太多不着调的事情当中。"默默"这个词最适合于马。

香加台的白马抬起头,看着马厩外边的花池子,披一脸的月色。三色堇的花瓣开累了,仰到后背;一株弯腰的向日葵,花蕊被人捋去了一半,露出带瓜籽的半个脸。马看着它们,没什么表情,像在回忆自己的一生。

马的眼睛没有猫的警觉、狗的好奇,也没有猪的糊涂。对半夜有人参观马厩,马好像比人更宽容。从眼神看,马离人间的事情很远,离故事也远。而猫狗的惊慌哀怨、忠勇依赖证明它们就在人中间。

马缓慢地嚼草,好像早晚会嚼出一个金戒指来。我想,把"功课"这个词送给马蛮贴切。马嚼草与蚕食桑叶一样,仿佛从中可以构思出一部歌剧来。故事的旋律怎样与人物旋律相吻合,乐队与人声怎样对位,这些事需要彻夜不眠地思考,需要嚼干草。我从小在我爸"不要狼吞虎咽"的规劝中长大,几年前终于得了胃病。我觉得我爸的规劝像在空中飞了几十年的石子,最后落了地。我之狼吞虎咽、之不咀嚼、之消化液不足,让胃承担了负累。如今我看马慢嚼、看小猫每顿只吃几口饭、看公鸡一粒一粒地啄食,觉得它们都比我高明,虽然它们的爸什么也没说。

香加台每天早上骑这匹白马出去飞奔,像办公事,实际什么事也没办。他说马想跑一跑,马不跑就要得病了。香加台的马从毯子似的山坡跑下来,尾巴拉成直线,它的两个前蹄子像在跨越栅栏。马飞奔,像我们做操那么简便。

马跑完,香加台牵着它遛一段路,落落汗。蒙古人从马背上跨下来,双脚着地就显出了笨。他们走得不轻捷、不巧妙。没有马,他们走路沉重得不像样子。

月光下的白马嗅我的手,我摸了摸它的鼻梁,它密密的睫毛挡不住黑眼睛里的光亮。我忽然想起在锡林郭勒草原,一匹飞驰的白马背上有个小孩,敞开的红衣襟掠到后腰。马在一尺多高的绿草里飞奔,小孩像泥巴沾在马背上。那匹马好像又回到了眼前,在月光下如此安静。

马灯

那年我到坝后,干什么去已经忘了,但脑子里挂记着那盏马灯。我们住在大车店的一铺大炕上,睡二十多人,都是马车夫。白天,我和马车夫老杜套上我们的马车,拉东西。把东西从这个地方拉到那个地方,好像拉过羊圈里的粪。那羊圈真是世上最好的羊圈,起出二十多公分厚的羊粪,下面还有粪,黑羊粪蛋一层一层地偷偷发酵,甚至发烫,像一片一片的毡子,我简直爱不释手,并沉醉于羊粪发酵发出的奇特气味中。晚上,我们住大车店。

大车店没拉电,客房挂一盏马灯,马厩挂一盏马灯。晚上,车夫们掰脚丫子,亮肚子,讲猥亵笑话。马灯的光芒没等照到车夫脸上就缩在半空中,他们的脸埋在黑暗中,但露着白牙。不刷牙的车夫,这时也被马灯照出洁白的牙齿。苇子编的炕席已经黄了,炕席的窟窿里露出炕的黑土。脏脏得看不出颜色的被褥全在马灯的光晕之外。房梁上,悬挂着一尺左右,像暖瓶一样的马灯。灯的玻璃罩里面的灯芯燃烧煤油。花生米大小的火苗发出刺目的白光,马灯周围融洽一团橘黄的光芒,仿佛它是个放射黄光的灯。马灯的玻璃罩像电吹风的风筒,罩子四周是交叉的铁丝护具。装煤油的铁盒是灯的底座,可装二两油。

蛾子在屋顶缭绕,它们靠近灯,但灯罩喷出的热气流把它们拒之灯外。不久,车夫们响起鼾声,这声音好像是故意发出的极为奇怪的声音。你让一位清醒的人打鼾,他发不出梦境里的声音,他忘记了梦中的发声方法。有人像唱呼麦一样同时发出两三个声音,有低音、泛音和琶音,有许多休止符使之断断续续。有人在豪放地呼气之后,吸气却有纤细的弱音,好像他嗓子里勒着一根欲断的琴弦,而且是琵琶的弦,仿佛弹出最后一响就断了,但始终没断。打呼噜的人大都张着嘴,但闭着眼。他们张嘴的样子如同渴望被解救出来。我半夜解手回屋,背手踱步,在马灯的光亮下观察过这些打鼾的车夫,洞开的嘴还可以寓意失望,吃惊和无知。他们是够无知的,把这个村的羊粪拉到另一个村的地里。其实,我看到那个村也有羊圈。那时候,农村里的一切都归公社所有,拉哪个羊圈的粪都一样。就像一家人,把这个碗里的饭拨到那个碗里一样。车夫们睡姿奇特,如果在他们脸上和身上喷上一些道具血,这就是个大屠杀现场或者先烈就义图。有人仰卧,此乃胸口中弹;有人趴着,背后中弹;有人侧卧并保留攀登的姿势,证明他气绝最晚,想从死人堆爬出去报信但没成功。

即使不解手,我也希望半夜醒来到外面看看夜景。夏夜的风带着故乡性,它从虫鸣、树林、河面吹来,昆虫在夜里大摇大摆地爬,爬一会儿,抬头看看天上的星星。月亮瘫痪在一堆云的烂棉花套子里。我看到夜越深,天色越清亮。接壤黑黢黢的土地的天际发白。可见"天黑"一词不准,天在夜里不算黑,有星星互相照亮,是地黑了。被树林和草叶遮盖的地更黑,这正是昆虫和动物盼望的情景。在黑黑的土地上,它们瞪着亮晶晶的眼睛彼此大笑。夜风裹着庄稼、青草和树林里腐殖质散发的气味,既潮湿又丰富。我回屋,见马厩里的马灯照着马。木马槽好像成了黑石槽,离马灯最近那匹马大张着眼睛往夜色里看。灯光照亮它狭长的半面脸颊,光晕在它鼻梁上铺了一条平直的路。马在夜色里看到了什么?风吹了一夜却没有吹淡夜色。那些跟跄着接连村庄的星星就像马灯。喝醉了的大车店老板手拎马灯,如拎一瓶酒。他走两步路,站下想一想,打一个嗝。青蛙拼命喊叫,告诉他回家的路,但他听不懂。夏夜,马灯是村庄开放的花,彻夜不熄。马灯的提梁使它像一个壶,但没有茶水,只有光明。马灯聚合了半工业化社会的制作工艺,在电到来前,它是有性格、有故事的照明体,是移来移去的火,是用玻璃罩子防风的火苗之灯。它比蜡烛更接近工业化,但很快又变成了文物。马灯照过的模糊的房间,现在被电灯照得一览无余,上厕所也不必出门了。

小马蹚水

　　草原上多数河流都浅,卵石、草和水蛇在水里很清楚。河水慢慢地流,近乎不流。摘一片树叶扔上去,才看出水的移动。河也许在午睡、做梦或回忆往事。

马群跑过来,水花像银子泼向空中。一匹小马驹在岸边犹豫,不敢下水。它不知水是什么,害怕。小马往河东边跑,转回来往西边跑,望着对岸的马群焦急。它的母亲并不像我想的那样,在对岸伫望,没有。马群中看不出哪一匹是它的母亲。

小马慢慢下水,腿抖,侧身横行,有几次差点滑倒。接着,它跑起来,抵岸,追远去的马群。

不期然,想起彭子岗说过的话:"我们有困难,但我们有理想。"困难和理想在人的左手和右手上,只是理想无形,使人们以为它不存在。

挽套的马铃

两匹马的马车从风雪里跑过来。风把雪从地面刮到天上。远处没有路,四外都没路,只有雪团。风雪里出现一挂马车让人奇怪,两匹马从雪团里一点点露来,好像演员刚刚上场,不需要路。

一匹雪青马从脖颈洒下黑鬃。它是小马,它站定后,眨着长长的白睫毛——睫毛上结满霜,我越发觉得它是一匹小马。儿童从风雪里跑回家就是这样的表情,只不过儿童的脸蛋更红。小雪青马鼻子里"咻咻"地喷白气,从鼻孔分成两溜,消散在风里,它的鼻孔也结了毛茸茸的白霜。我想小马可能在笑呢,可是怎样才能从马的脸上发现它的笑容呢?它的眼角并没向上拉起来,也没露出牙齿。眯眼和露牙只是人类发笑的模式,动物(也许包括植物,但不包括花朵)都在心里笑呢。笑的时候,马低下头去,但地上并没有草。马在笑,为一件马认为可笑的事情发笑。马会因为什么事发笑?风雪刮过,树没了,更可笑的是山也没了。马想起这件事就想笑,它见到低矮的山杨树在风里张牙舞爪,然后消失,而山杨树背后的远山溜得更快,近处和远处只剩下纸屑一样的雪片在风中旋转,雪片似乎不愿意落地,发疯似的旋转。刚刚落地,又被卷起。

小雪青马的背上挂着水珠,毛成绺。尽管你愿意把这些水珠看成马的汗珠,但它是融化的雪。雪花如一条白毯子盖在马背上,这些毯子全都化成水与马的汗混合在一起。雪花落在马的前额上化为水,落在它的脖颈上化为水,流在挽套的铜铃上,铃声清脆。

雪青马的伙伴是一匹栗子色的马,它的蹄子雪白,好像站在雪里。马的脖颈有白花斑,好像绣上几只白蝴蝶,但看不到翅膀。栗色马也有浓密的白睫毛,因此也是小马。它尖尖的耳朵竖得笔直,似乎在等待听到远方传来的金丝鸟的啼鸣,耳里的绒毛也结了白霜。这两匹马并排站着,它们发达的、弓形的颈部浑如浮雕,它们不眨眼、白睫毛可以挡住连下一天一夜的大雪。我们却睁不开眼睛,风打在脸上如同针扎。

我和宾图毕力格去布里亚特人的毡房,我登上马车,坐在拱形的黑毡子制的车篷里。这是宾图毕力格的马车,他在车篷的门帘上缝了一小片胶制水晶片,像玻璃一样。我看见两匹小马颠颠并排跑,我看不见前面有路,小马好像也不看路,不东张西望。小马跑着,布里亚特人的毡房在它们的内心地图上早有标记。也许,这两匹马在奔跑中需要商量一下布里亚特人所住的位置,用喷嚏商量。雪青马打一个喷嚏并摇晃一次挽套的铜铃意思是一直走就到了,栗色马打两个喷嚏表示要在大柳树旁边向右拐弯,是不是这样? 最知道布里亚特人毡房位置的是宾图毕力格,他被风吹得转过脸,像用鼻子闻车篷的黑毡子的膻味,他痛苦地闭着眼睛。我感到自己不道德,却也不能为了道德坐在马车外面和他一起闻黑毡子味。

　　车篷里有两件羊皮大衣,我铺一件盖一件。我躺在羊皮里,伸直腿,想象我是一具死尸,宾图毕力格正把这具尸体拉到冰湖里掩埋——把冰凿个洞、把我像栽葱一样放进去,饥饿的鱼儿围着我跳舞。这么想,我心情好多了,不觉得他挨冻有多么痛苦,至少他不至于被喂鱼。

　　我们走了很长时间,时间在风雪里过得比较慢。车篷顶上积累了一层白雪,这就是时间。两匹小马挽套的铜铃一直在响。每匹马的挽套上系着十几只铜铃,哗哗响着。两个挽套的铜铃哗哗响,像铃鼓那样响。仿佛车篷外面有两个印度女人在跳舞。在她们身旁,蛇站立着吐出信子迅速收回,一尺多高的火苗模仿蛇与印度女人的样子跳舞，向上舒展并朝左右伸缩肩膀。这样想，我似乎嗅到了天竺香的气味，里面有令人头晕的矿物质。这样一来，更容易忘记宾图毕力格在风雪里赶车。

宾图毕力格既然不看路，为什么还要坐外面呢？我建议他坐进来，马车即便不去布里亚特人的毡房也没关系，宾图毕力格哈哈大笑，说没有马车夫的马车在风雪里行走很不好看。我说没人看啊。他说马虽然不回头看，但马会瞧不起他。

两小时后，我们到达布里亚特人的毡房，主人头上戴着尖尖的灰帽子，他们的女人穿的绿缎子蒙古袍上有滚边大翻领，他们的脸上带着谦恭的笑容，邀请我们进入毡房。两匹小马愉快地摇头，铜铃哗哗响，布里亚特男主人把两件羽绒服盖在马背上，卸下鞍具，牵着两匹马在风雪里遛一遛，让它们落汗。

马群在傍晚飞翔

群马聚到一起飞奔的时候变成了鹰，变成气势汹涌的洪水，幻化为杂色的流云。

马群跑过去，没有什么东西能阻拦它们，四蹄践踏卷起的旋风让大地发抖，震动从远处传过来，如同敲击大地的心脏。大地因为马蹄的敲击找回了古代的记忆，被深雪和鲜血覆盖的大地得到了马群的问候，如同春雷的问候，尔后青草茂盛。

原来，我以为马就是马，而马群跑过，我才知它们是大群的鹰从天际贴着地皮飞来。鹰可以没翅膀而代之以铁铸的四蹄降临草原。马群跑过来，是旋风扫地，是低回在泥土上的鹰群。

马群带来了太多飞舞的东西。马鬃纷飞，仿佛从火炭般的马身上烧起了火苗。马在奔跑中骨骼隆突，肌肉在汗流光亮的皮毛后面窜动。马群上空尘土飞扬，仿佛龙卷风在移动。奔跑的马进入极速时，它们的蹄子好像前伸的枪或铁戟，这就是它们的翅膀。它们贴着地面飞翔，比鸟还快。置身于马群里的单匹马欲罢不能，被裹挟着飞行，长戟的阵列撕裂晨雾。

马群纷飞，它们在那么快的速度中相互穿插、避让，从不冲撞，更没有马在马群中跌倒。鸟群在天空也没有鸟被撞到地上。动物的智慧——动物身体里神经学意义的智慧比人高明，它们有力量、灵巧，还美。动物不用灯光、道具、服装、化妆和音乐照样创造震慑人心的美。

马群飞过，对人来说不过是几十秒的时间，人几乎什么也看不清楚，它们已经跑远或者说飞走了。

马群去了哪里？以马的力量、马的速度、马的耐力来说，它们好像一直跑到南方的海边才会停下来。我见过埋头吃草的马群，但没见过奔跑的马群是怎样停下来的。是谁让它们停下来？是什么让它们停下来？

马群在草原徜徉吃草，十分安静。马安静的时候，能看清它一下一下眨眼。吃草的马安静，马群在奔跑时如同一片云。云也奔跑，云峥嵘，云甚至发出雷鸣，但云也是安静的，这和马相同。

云更多时候穿着阿拉伯式的丝制长衫在天边漫步，悠然禅意，与吃草的马群相同。

草原辽阔，晴空如澄明的玻璃盅扣在长满鲜花的青草盘子上，它叫作大地，又叫草原。羊群、牛群和马群虽然成群，在草原上也只是星散的点缀。马低头吃草，好像闻到了自己蹄子上的草香，风吹开马颈上的鬃毛。马的安静不妨碍它飞奔，马的雄心在天边。

在草原，每天都见到几次马群的飞翔，它们从山冈飞到河边。恍惚间，它们好像从白云边上飞过来，要飞越西拉木伦河。它们可能被《嘎达梅林》的歌词感动了——"南方飞来的小鸿雁啊，不落长江不呀不起飞……"马群要变成鸿雁，排成方阵在天空飞翔，它们渴望从高空俯瞰大地。马想知道大地是什么，为什么生长青草和鲜花，为什么流过河水，为什么跑不到尽头？

马站在山坡上吃草，马群飞翔。它们背上的积雪融化了，马的眼睛张大在雪幕里。马群在傍晚飞翔，掠走了夕阳。它们最后总是停在河岸，鸟群也如此。它们并未饮水，而在瞭望天地间的苍茫。

狗

小狗睡觉

我每天跑步经过市场，亲切接见红塑料大盆里的黄褐色的螃蟹、待宰的公鸡、胡萝卜和大蒜，有一窝小狗吸引了我。

小狗挤在柳条编的大扁筐里，它们把下巴放在兄弟姐妹们的脊背上，像鲜黄带黑斑的黏豆包粘在了一起，黑斑是豆馅挤到了皮外面。我不知道还有哪些生灵比这些小狗睡得更香，它们的黑鼻子和花鼻子以及没有皱纹的脸上写着温暖、香甜。

小狗在市场上睡觉，自己不知道来这里要被卖掉。它们压根听不懂"卖"这个词。卖，是人类的发明，动物们从来没卖过其他东西。狗没有卖过猫，猫没卖过麻雀，麻雀没卖过驼背的甲壳虫。动物和昆虫也没卖过感情、眼泪和金融衍生品。小狗太困了，不知是什么让它们这么困。边上铁笼里的公鸡在刀下发出啼鸣，仿佛申诉打鸣的公鸡不应该被宰。而宰鸡的男人背剪公鸡双翅,横刀抹鸡脖子,放血,那一圈土地颜色深黑。笼子里的鸡慌慌张张地啄米,不知看没看到同类赴刑的一幕或多幕。

小狗睡着,仿佛鼻子上有一个天堂。科学家说,哺乳类动物都要睡眠,那么感谢上帝让它们睡眠。睡吧,在睡眠中编织你们的梦境,哪管梦见自己变成拿刀抹那个男人脖子的公鸡。

家里养了小猫后,我差不多一下子理解了所有小狗的表情。原来怕狗,如耗子那么大的狗都让我恐惧。后来知道,小狗在街上怔怔地看人,它们几乎认为所有人都是好人,这是从狗的眼神里发出的信号。狗的眼神纯真、信任,热切地盼望你与它打滚、追逐或互相咬鼻子。狗不知道主人因为它有病而把它抛到街头;狗不知道主人搂着它叫它儿子的时候连自己亲爹都不管;狗不知道世上有狗医院、狗香波、狗照相馆。人发明了"狗"这个词之后自己当人去了。

人在教科书上说人是高级动物,为了佐证这一点,说人有思想、有情感、有爱心。人间的历史书包括法国史、丝绸史、医药史以及一切史,却见不到人编出一部人类残暴史和欺骗史。人管自己叫人已够恭维,管自己叫动物也没什么不可以,然而管自己叫高级动物有点说冒了,没有得到所有动物们的同意。如果仅仅以屠杀动物或吃动物就管自己叫高级动物,那么狼早就高级了。

小狗在泥土那么黑的筐里睡觉,像彼此搭伴泅渡一条河,梦的河。狗像展览脸上幼稚的斑点,像证明筐有催眠的魔法。而它们的母亲,在一个未知的地方落寞地想它们,一群没有名字、无处寻找的儿女,用眼神问每一个过路的人。

狗市游

一天,朋友约我去狗市观狗。有人说"不养狗的人不善良",朋友听了不安,觉得担着"不善良"这么个名不好,就去买——现在善良也可以买到了。

那天有风,狗市空中飘着狗毛和复杂的臭味。这是说,臭味并非一狗之臭,而由几百条毛色价格品种面貌不同的狗合伙散发。空气中的狗毛颜色不一,是绒毛。狗们春天脱毛,即换季。

参观开始。有生以来未见之狗,在此少长咸集。其大其小,嘴脸品性各不相同。狗与狗的差别,比人与人的差别(在外观上)大得多。有些根本不像狗了,像猫像狮像驴,他们还说是狗。

穿行在狗中,连看带问,渐入狗境。狗的个性,乃至狗的灵魂开始凸现。一条苏格兰牧羊犬蹲在塑料桶上,比人高大,凝视远方,像英雄一样怀念往事,或许怀念北威尔士的风土狗情。此犬鼻梁修长,耳郭削挺,毛如流苏一般披挂而下,俨然一位北欧十七世纪的部族首领。

我把狗的形象"看进去"之后,再看人反不适应,特别是那些卖狗的人,觉得他们和狗不般配。第一,人着装不得体。狗均无衣,皮毛或光滑短簇,如鹿狗;或雍容披纷,如约克夏犬,无不出自天然。而人在躯体之外包裹一层衣服,如露半截胳膊的 T 恤,显出没道理。第二,人表情不自然。狗的表情均本真,即使皱着鼻子大叫,也本真。大多数的狗都比较宁静,不轻易流露内心的想法。而人,包括卖狗的人,带着假笑诱导人们买狗。看一眼人,再看一眼狗,觉得人的表情太花哨,不必要地眉飞色舞,不必要地眨眼、飞眼或挤眼。第三,人言语太多。狗们朴讷,表现出对整个世界的接纳。既然如此,不复他想。而人,比比画画,说出许多连狗都不知道的狗的事情。而狗的表情则是:干卿底事?眯眼听着,不予理会。

狗看多了, 朋友丧失了购买的信心——不知买哪一只好。我们在狗的气味中离开,回到大街上。这时,迎面走来一位女人,红发高翘,眼大嘴小。朋友 J 说:哎呀! 她长得太像博美啦! 博美乃德国狗,毛蓬然,面如狐。大伙说,真像真像。然而对她穿裙子站着走路感到遗憾。一会儿,又过来一位卖雪糕的男人,他皱纹集中在脑门颧骨周边,朋友又说:哎呀! 像沙皮狗不? 在这条街上,依次看到了许多与喜乐蒂、吉娃娃、黑贝和各种串儿相貌相似的人。但谁也不像土狗。好容易——经过打车、逛超市、吃饭之后——才忘记那些狗,而看人也像人了。

想起书上说的,日本德川幕府时,政府用国库之资养了十万条狗,并规定人如果用不礼貌的口气(不使用敬辞)对狗讲话,视同犯罪,因为德川家康属狗,认为自己前生是狗。在狗市,人们也尊敬狗,特别是价格贵的狗,就差没用"您"和它们攀谈了。

不许管狗叫狗

　　我见过一位不许管狗叫狗的人。他是警犬驯导员,姓刘,面色平静。

　　"狗的视力……"一次我向他发问。

　　"犬。"他纠正我。

　　"是的。"我问,"犬有没有彩色视力?"我听说,狗——当然是犬的视神经缺少管状与锥状细胞之一种,不能分辨色彩。看世界如国画家一样,"墨分五色"。还有一个外国人声称狗看周遭是带红色的灰白,仿佛他有犬目。

　　刘驯导员沉吟一下,说:"犬的嗅觉是最好的。"他显然不愿说犬的缺点。

　　"那它们的视觉……"

　　"犬主要依靠嗅觉。"刘说。

　　那就说嗅觉吧。"狗……"

　　"犬。"他再次纠正我。

　　"是的,犬。"我说,"人类基本不能用嗅觉识别事情的性质。"

　　"对。"他坚定地回答。

　　"比如我们无法用嗅觉识别谁是经理,谁是足球教练,也嗅不出来谁是倪萍、赵忠祥。"

　　"对。"

"我们要靠视力及推理判断。"

"是的。"

"但狗,不,犬能够将气味记忆存盘,像 DNA 指纹图一样,绝不重复。"

刘点头。

"可是,"我的疑惑还没有解决,"环境的因素,比如化妆品、经过化学洗涤剂漂染的衣物、食物、从空气中飘来的工业污染、卖油条、炸臭豆腐的气味,会不会干扰犬对嫌疑人的识别呢?比如他昨夜在 KTV 包房玩了一宿,抽烟喝酒洗浴等等。"

"犬的嗅觉是不能怀疑的。"刘严肃地回答。

"我没怀疑。我说的是犬的鼻子这么敏感,是否容易被环境污染所——怎么说呢——伤害?"

"是的。"他有些伤感,"现在的环境太糟糕了。"

"不适合狗生存。"

他瞥了我一眼。

"妨碍犬的精巧的嗅觉。"我又说。

他默默点点头。过了一会儿,他说:"我跟你说吧。你知道用警犬追捕嫌疑人最怕啥?"

"嫌疑人往鞋上倒酒,然后把鞋脱掉?"我回答。

他摇摇头。"最怕月经期的女人。"

我不解其意。

"有一次,我们追捕嫌疑人。快追上了,犬越来越兴奋。突然，它停下了，朝桥上暴跳狂叫。一个女人骑车在上边走。我一看，完了。

"咋完了？"

"肯定是经期妇女。狗对血液气味最敏感。一遇见这个，就完了。"

"怎么完了？"

他用手比画，说不出来。

"把原来的气味忘了？"

"对！"他痛惜地说，"把原来的记忆覆盖了。"

我一听，也挺遗憾。但你也不能不让妇女来月经啊？

"血的气味太强烈了，传得特别远。"刘接着说。

强烈？可见人类的鼻子低能拙劣，无异于形同虚设。人们不可能知道谁在月经期，或做其他什么。

"那犬更不能到屠宰厂附近破案。"

他移动坐姿，不予回答。凡是对犬不利的话他都不说，且不爱听。

后来我想，我们的鼻子看来只是粗略地辨别香臭，如稚儿读连环画。犬鼻是读哲学概论、微积分、大百科全书的。咱们，鼻盲而已。但鼻子太灵之后，每天对几千种气味进行分析，也够恼人的。倘若参加万人集会，其味无异于万众呐喊，太可怕了。我突然有点怜悯狗，当然是犬。

犬的彩色照片的告示，在楼前贴了十多天，直到被风刮得支离破碎。我瞅一眼，就联想到，这空气中其实有多少我们并不知道的神秘气味啊。

享狗福

牧区的狗享福，不牧羊，不守家护院。福气最大之处是在草原上飞奔作耍。

牧区没有深墙大院，夏天连屋门也不关，冬天关门为挡风，没听说谁偷东西。偷东西？为什么偷别人东西呢？所以没人偷。在早，狗协助主人牧羊。羊儿们现在舍饲圈养，狗愈清闲，叫啊，跳啊，天天过年。如果主人开一处餐饮店——买一个蒙古包，架上桌子板凳，杀羊、灌血肠、蒸荞面窝窝、摆黄油奶豆腐搞市场经济，狗更乐。

狗喜欢人多，喜欢大人小孩、穿好看衣服的女人来串门（狗未见收钱过程，以为白吃白喝）。狗喜欢奥迪、三菱越野吉普停在家门口，壮观，捎带嗅嗅汽油味。还喜欢汽车放的音乐——《美丽的草原我的家》《雕花的马鞍》，也喜欢内蒙古广播合唱团的混声合唱和呼格吉勒图的呼麦演唱。骨头有的是（游客为什么不吃骨头？这些好心人舍不得吃），吃的事儿根本不用考虑。

我在蒙古包前看到一对狗。大狗身上灰毛，脑袋是黑的，像戴面罩、端卡拉什尼科夫冲锋枪的阿拉伯暗杀匠。它瞅瞅这个人，瞅瞅那个人，跑几步，站住。小狗是它崽子，鹿色。小家伙从各种角度冲向大狗,足球术语叫"恶意撞人"。大狗踉跄,迟钝地看看它,目光温柔。两只狗有时一起追摩托车,车离它们好几百米远呢,它们的眼睛没有纵深焦距。

蒙古包响起歌声,主人手捧哈达和银杯劝酒,狗罩着耳朵听。

> 大家找一找金戒指,
> 不知金戒指在谁兜里。
> 大家请把手伸出来,
> 看金戒指在谁手里。
> 大家相互连起手臂,
> 跳舞吧,唱歌吧,
> 别把想说的话憋在心里。

这是一首布里亚特的宴会歌。两个青年女子缭绕演唱,狗谛听,想金戒指到底在谁手里。

我路过这里等车,见狗嬉游,生羡慕心。在这儿当一只狗算了,虽然沙尘大点,卫生差点。在牧区当一只狗,无论什么毛色,都是前世修来的福气。

吉娃娃

我跑步的朋友张延华是爱狗者。他有各种狗,掌握狗的价

258

格和交配方面的信息。那天,他把一只"吉娃娃"带到辽大操场。吉娃娃是袖珍狗,产于遍布仙人掌的墨西哥,比猫还小一些。在锻炼的莽汉之中,加入这么一个像松鼠、像鹿,又像猫的动物,严肃热烈的体育气氛被冲淡。

这是早晨,太阳刚刚升起,操场上的人做着各种动作,跑圈、跳绳、踢球、倒立,所有的人全在出汗。这些事跟上班、卖菜、下馆子比,当然显得奇怪。吉娃娃在其中,忽奔跑、忽蹦高、忽看引体向上的人,目不转睛如记数。大家笑了,锻炼的气也泄了,说小狗模仿咱们呢,像讽刺,戏剧中的丑角不就以夸张的动作讽刺人生的乖张吗?吉娃娃看大伙不练了,便在众人的围观下哆嗦,耳朵像树叶一样——它的意思是让人抱。大伙轮流抱狗,大发赞美之词,狗得意。据说狗能晓人语——吉娃娃通的乃是汉语,带沈阳口音。这狗得意之后,并不傲慢地大吠或撒尿,而显谦逊。我在电视上看到的墨西哥人也是谦逊的,虽然他们戴着宽檐帽跳舞;女子跳舞时掀动的大裙子,里边能装七八个人。吉娃娃谦逊时假装吃草,表示有羊的温顺,还认真地听人谈话——谈话的内容是关于它的各种资讯,比如交配一次需二千元,这个价格跟赖昌星与歌星好合的费用相抵;还有狗要吃狗食,用狗香波,服狗维生素 A、B、C、D、E⋯⋯吉娃娃闻之摆尾,意思是知道、同意、圈阅、照✕✕意思办理。我感到做一条狗之好是人所享受不到的。没有一个人在早晨被一堆人围着赞美,赞美他的方方面面,包括私生活。在辽大锻炼的人,多数下岗,更没什么可赞美的事。

快上课了，学生们穿越操场去教室。几乎每一个女学生见到吉娃娃都发出韩国歌迷式的惊叫。女学生虽第一次见到吉娃娃，但一见如友："哎——呀！""哇——塞！"声调里的娇嗔，一听就是赞美狗的。如果用这语调爱戴一个人，这人——用港台的用语——会疯掉。这是晕眩之余的心声。吉娃娃当然懂这个，嗅女学生的鞋，表示"彼此彼此"。女学生蹲下，说"……耶"，语尾助词全是"耶"。不然不像夸这么好的一只狗。吉娃娃得到最好的赞美后，总是昂头，睁着大眼睛与人对视。我觉得眼里话语最多的是狗与马。狗的眼里总有湿漉漉的情意，还有缠绵与期待。狗眼多情，但绝无人眼多情时的风骚。狗的话语挤在眼睛里，这些话仿佛与委屈有关。上帝不让狗说话真不公平。狗在凝视之余，开口"汪汪"，然后对自己"汪汪"的空洞感到失望。因此狗叫完，嗓子眼常有呜咽的余音，意谓无言以对，徒唤奈何。

吉娃娃那天在操场做了一圈大秀之后，钻进张延华怀里。它的脑袋从运动服领口露出来，看大伙，作别。小黑鼻子下边是拉锁，像钻入睡袋一样。

流浪狗

流浪狗无数次在人群中寻找自己主人的脸，它看到了一万张脸也许更多，其中没有它的主人。人们管它叫流浪狗，它觉得它只是狗而已。流浪是什么？是找不到自己的家，还是找不到自己的主人？它不懂。狗坚信家就在它寻找的路途中，主人是它看到的第一万零一张脸。是的，狗从不怀疑会找到自己的主人和家。

狗和人一样，每天要做的第一件事是填饱肚子。食物在哪里？食物不在装狗粮的碟子里，食物在路上。流浪狗吃到的残羹冷炙，全要仰仗人。在人类扔掉的垃圾里有狗的食物。这件事不好说，也许有，也许没有。当你看见一只狗在路边的墙根晒太阳时，它可能吃饱了，至少不太饿。如果你看到的狗东奔西跑，连路边的石子也要嗅上一嗅时，多半快饿昏了。

我不知道流浪狗脑子里想得更多的是寻找主人，还是寻找食物，也许一起想。在它脑子挂着一根晾衣绳，上面飘落着两件破衣衫。一件叫主人，一件叫食物。它找得到食物——虽然肮脏不堪，但可以果腹，而找主人却没这么幸运。它的主人在人的眼光看来也许尊贵，也许不尊贵，却难找。主人不在垃圾箱里，不在路边装碎骨头的塑料袋里，他们在哪里呢？在流浪狗的记忆里，它的家——当然首先是它主人的家——是一间不大的屋子，厨房连着卧室，煤气灶和排油烟机放在朝北的阳台上。冬天，阳台的玻璃挂着厚厚的白霜。晚上，男主人坐在沙发上，边喝啤酒，边看电视。狗趴在他脚下听他谩骂在电视里踢足球的人。这家的孩子一边假装写作业，一边玩手机游戏。隔一会儿，传来女主人的谩骂。每到周末，这家人会买来烤鸡架和朝鲜冷面,放在餐桌上,如同圣诞大餐。人嚼不碎的鸡骨头是上帝为狗准备的礼物。上帝没把人的牙齿设计得可以嚼碎一切东西。如果人连橡胶都能嚼得稀烂咽进肚子,老鼠吃什么呢?流浪狗觉得它的家正是被称为天堂的地方,而它的三个主人是三个天使,男主人是天使长。虽然,天使长因为工作辛苦,收入少而常常摔啤酒瓶子,狗认为瓶子是应该碎的,因为它不结实。女主人头发三十岁就白了,染成红色,她骂人可以连骂一小时,这是指她右手掐腰的时候。如果掐腰的手换一下,可以接着再骂一小时。狗听这些骂声骂语简直入了迷,多么流畅,伴以各种各样的表情手势。狗不明白,男主人和小孩听到她的骂为什么不翩翩起舞呢?难道这家人一言不发才好吗?狗觉得骂声、哭声、笑声和狗叫一样,是活力的表现,是提前表达生活即将出现各种各样难以预料的事。最难预料的事竟然是狗丢了。是人丢了狗,还是狗丢了人,这事太复杂,狗已经想不起来了,好像这是它上辈子的事。

雪下了一天一夜,狗爪子完全陷进了雪里。被大雪伪装的街道好像很整洁,狗知道这是假的,用不了几天,街道就会变成脏泥汤子。但雪地里见不到什么垃圾。人,加了衣帽看不出谁是谁。人只露出他身体的二十分之一,一点点脸,狗越发分不清谁是主人。如果没有雪,狗记得在卖熟食的铁皮车下面,在回民熟食的露天柜台下面有一些碎骨头,但雪覆盖了一切,雪真是一个伪君子。狗在雪里吃力地跑,它看到别的狗在雪里的溲迹,那是黄色的洞孔。无论黑狗黄狗,雪地上的狗尿都呈黄色,好像它们喝过啤酒。麻雀也没有食物了。原来,卖粮食的摊床边上的树顶落满了麻雀,人一走,麻雀就落地啄地上撒落的粮食。大雪盖住了这些粮食。狗已经几天没吃东西,除了雪,没有东西可吃。它越来越不抗冷,因为胃里没有食物。这只狗跑的时候三条腿落地,另一只被汽车轧瘸了。它跑起来不快。它觉得用不着快,可能就在下一刻,它的主人像上帝一样降临在它面前,蹲下,抱起它。狗用脸在主人衣服上蹭,泪水沾满了主人的脏衣服。

它不知道,它的主人因为它腿瘸,永远遗弃了它。

鱼

鱼

　　人的身体有正面与背面，对鱼来说，是左面右面。鱼的侧面显示出它的工艺之美——鱼鳞一片覆盖另一片的美，只有鸟羽堪相媲美。它的古典主义的手法让人感到上帝的审美意识始终留在古罗马时期，并没追随人类进步。鱼鳞之美跟数学相关，跟矩阵相关，当然跟功能更相关。上帝比任何人都讲实用主义。

　　鱼像雕刻工艺品。几百枚云母片对称粘在鱼身上，叫鱼鳞。每一片鱼鳞如一片贝壳，比人的指甲更圆，是鱼的铠甲。

　　鱼在水里漫步，却没有脚。它始终在沉思，水让鱼沉默并成为习惯。

　　鱼生而有水，比牛羊生而有土还要幸运。水没有天空大地之分，内外都是水。水不用深耕，水没有四季，鱼在水里不用做窝也做不成一个窝。透明的水让所有水生动物变成了一家。

鱼在汉字里跟"余"谐音,古代没出现过产能过剩,余裕就好,满仓满囤都好。鱼跟余沾了光,成为年画的题材。光屁股童子怀抱大红鲤鱼约等于江山永固,还显出美,比抱肥猪好看。鱼没有四肢,无论怎样肥都看不出累赘。鱼其实很肥嘛,没见过瘦骨嶙峋的鱼。天生肥的东西还有藕与白玉兰。江湖之大,怎么能瘦了一条鱼?水比土地更富有,对万物慷慨。

池塘的鱼群居,也起哄,为一片面包而厮抢。上帝没让鱼长出手和脚来,它们用嘴顶着这片面包走,而不能像足球流氓那样连打带踹。不知面包后来去了哪里,鱼群红的脊、黑的脊在石头上开花。

鱼有一个静默的世界,它不知道残花落地的微音,也不知道鸟用滑稽的声音预告黎明。鱼的力量拧在尾巴上面。没人见过鱼在河里辞世的情景。

姓于的人不承认"于"跟"鱼"有什么联系,但起名爱跟水发生联系。谁都知道鱼的氧气在水里,离开水鱼就憋死了。中国的于姓人氏,带着无数涉及江海的名字,他们心里还是挂念着鱼,尽管也吃鱼。

鱼和鸟一样,一生自由,空气和水赋予它们自由。海洋里的鱼多么自由啊,一生是游不完的旅途。从水里遥望天色,太阳仅仅是一片模糊的光团,下面渊深无际。鱼游海里,恰如鱼在天空飞翔。鱼之余不在别处,在自由。

水是鱼的大地和天空

鱼并不知道这个世界上还有山峰和草地,它们更不知道什么叫楼房和道路。假如跟鱼说世上的情形,它会觉得那是远古的事情,不可信。

鱼不知道什么叫空气。如果它暴露在空气中,会觉得空气可怕,跟窒息是一回事。

鱼毕生所知只有水。较真说,鱼并不知道水的存在。对鱼来说水并不存在,好像人类察觉不出空气的存在。

水是从鱼身边流过去的那些东西。到底是什么东西,鱼也说不清。水是鱼的山峰与草地。鱼卵孵化成小鱼就开始游动,没在大鱼身上吃过奶。水早把小鱼跟父母冲散,从此,它的父母是水。水是鱼的衣服,是鱼的树林、天空和大地。水吸收了天空的光线,变为翠绿。我小时候在红山水库游泳,在水下尽量睁大眼睛看周围,眼睛其实只睁开一道小缝——水体绿无边际,像无边的玻璃瓶子堆在一起,只见得到一米左右的东西,看不清远方。不知道早上的霞光照进水里,鱼看了什么感受。(我应该坐车再去一趟红山水库,日出时潜水看看水里是什么样子。)霞光照在水上,像千万条金蛇拍打尾巴,想钻进水里却钻不进去。并不是什么东西都能钻进水里。风吹不进水里,火不能在水里燃烧,人能进水是偏得了。霞光像红菜汤洒了,在水面扩展。霞光的金红被水浪一波一波推到岸上,水用不了这么多金红,送给土地。从水里仰望天空，红彤彤的太阳如烧红的铁球在岸边滚动，仿佛要滚进水里。水皮儿红得像钢水。鱼看到，太阳的红只在光芒里，它本身如一个蛋黄。看一会儿，蛋黄变为炽白。太阳表面没有山峦的阴影，更没有玉兔和吴刚。

鱼儿逆流而游。如果鱼讨巧，搭顺风车，顺流游动，那么，世界上早没有鱼这种物种了。水流是鱼的砧板，是铁锤，无情地锻造鱼的筋骨。鱼像顶风奔跑的马拉松运动员，到后来他只会顶风奔跑。那些顺流而游的鱼被冲到岸边，被摔在石头上死掉了。

我喜欢小鱼甚于大鱼。我看路边有人卖罐头瓶里的小鱼。那些鱼从头到尾只有瓜子皮那么大，精巧活泼地游，仿佛小小的罐头瓶是一个偌大的池塘。它们昂首游到上面，再悠然潜下，自由，非常自由。小鱼半透明，虽然我还说不上它们的名字。它们的身躯里面显露一根脊椎，能看出医学所说第一胸椎、第二胸椎、第三胸椎。以及第一腰椎和最末腰椎。这多好，看它就像看到它的 CT。它的肉——它好像没有肉——也半透明，略微有一点肠子。小鱼不多吃，太多肠子没用处。它们游着，比人游泳容易。八段锦有一式，曰摇头摆尾，鱼摇摇头、摆摆尾就往前走，简洁，没多余动作。卖鱼人看我入迷，拿出另一个瓶子，里边的小鱼更小，只有芝麻大，也看得清脊椎和更小的黑点——肠子。这些芝麻鱼的泳姿是蹦，一蹦一厘米高，这是很大的力量啊。水的阻力大，人在水里能凭空蹦自己身高三倍的高度吗？反正我不能。

上一世纪七十年代初,我家下放到红山水库边上的昭乌达盟五七干校,那段时光真是好啊。乡村大道上,常见人拎着鱼走路。有人一手拎一条鱼,老远就看得清两条鱼在人手下银光闪闪。有人背一条鱼,手扣鱼鳃,也是银光闪闪。有一天晚上,我和干校的大人在一个地方堵鱼。夜黑,无月无风。一帮人在水深处往岸边拉挂网,把鱼撵到岸边。这地方是水库泄洪处,鱼多。他们在齐腰深的水里形成半圆,黑黢黢地看不清脸。我们在岸边捡鱼,把水里的鱼抱出来。笑话——这是我替鱼说的话——人在水里根本抓不住鱼,宋词词牌《摸鱼儿》简直是胡说。鱼鳞外边有一层黏液,比油还滑。鱼在水里有劲,扑棱一下跑了。七八斤的大鱼在水里能把人打倒。鱼像老虎一样用尾巴打人。结果,我们没抓到什么鱼,鱼不愿出水。岸上的老百姓乐坏了,五七战士办蠢事让他们很开心。在浅滩抓鱼要用抄网,五七战士没听说过世上还有抄网。

鱼一辈子都在游,洄游溯流。水是鱼的天空,它们像鸟儿那样在水里飞,翅膀是短短的鳍。鱼像柳树的树叶,在河里海里簌簌飘飞。

鱼与水及氧和呼吸系统之关系

"鱼儿离不开水呀,瓜儿离不开秧",这个歌我小时候估计唱了一千多遍。当时科普不发达,并不明白鱼儿为什么离不开水。问过好多人，他们一律不耐烦，说"不知道"。这里边牵扯一个奥妙，即鱼、瓜之离不开什么与人离不开什么相关涉。说不好不仅不科普反成反动话。后来，我们全家挥师五七干校，离鱼更近了。红山水库有的是鱼。五七战士的工作是撒网打鱼。鳞光乱颤的鱼兜上来倾泻甲板，蹦不了几下就死了。我以为它们被吓死或晒死了。一人说，憋死了。我以为是笑话，跟着笑了。到了空气特多的地方，反而憋死了，好像讽刺余裕的坏处。那人生气——他是民乐队指挥，说："小兔崽子，这有什么可乐的？混账！"我不敢乐了。原来世上好多事都是真的，而非笑话。比如星星会死亡，死后变为白矮星——这是钱德拉塞卡所言。比如古希腊人在广场上裸体掷铁饼，为胜者雕像。多好，我真喜欢古希腊。

再说鱼的事。我从鱼身上学到一个道理，这个道理是什么呢？节俭。陆地上有那么多氧气，人家跑到水里去吸氧，用鳃。而咱们，显见偏得，氧气多得是，大口呼吸。我在水中练过吸氧，因为没有鳃，吸的全是水，而分解不出其中的氧。因此，我多次向家里养的红黑金鱼敬礼，当然是注目礼。我觉着它们是一些科学家，在水里用鳃的丝状物就把溶解在水中的氧给吸了，多神奇。但比较之下，还是人合算，直接吸氧，没那么多麻烦。过去一人老说不快乐，说不管怎么着，我就是不快乐。我听了挺气愤，你也不差氧气，有啥不快乐的。我告诫这个人，回家多呼吸。这人听了大为震惊，不敢提不快乐的事。我觉得自己说得很对，咱们有空气、有阳光(太阳作为自行燃烧的发光体被咱们摊上是挺庆幸的事),还有水,用领导的话说,叫"基础挺好"。我一想到这个就快乐。小时候,我和同学练过憋气,看谁憋得时间长。我最长达到一分钟,而尿盔(我同学之绰号)达到一分钟零几秒。后得知,人如果缺氧到三分钟,大脑组织将乱套,乱套即坏死。我又庆幸,幸亏那时候没达到三分钟。原来以为毅力不行,现在才知是上帝拯救咱们,才没给你毅力,看你年轻轻的憋死不好。我对氧气产生了兴趣之后,知道空气不算啥,不全是氧气,还有杂质。在新鲜空气中,氧含量约占21%,二氧化碳占0.04%左右。这说的是新鲜空气,周围有树林和草地。现在就一般城市而言,问题不在于空气含氧量是否减少,而在于有害气体增多。人之呼吸,即喘气,不是肺需要氧气,是血不可或缺。氧在血里溶解,运到各处。"凡有井水饮处,皆能歌柳词",氧与柳词相当。人头一口气是把气吸入肺泡里,初级。肺泡与血液交换气体,是中级。血液与细胞交换,才到达终点。呼吸当然不仅仅是吸(成气球了),还有吐。人吐出去的,实为血液与细胞所不需要的废气——4%二氧化碳,16%氧气。人不可能吸入所有氧气,没那么大能耐,其余的还是空气。有人在呼吸空气之余,还吸纯氧,特别在下围棋的时候。我羡慕,但没吸过。一次上藏区,车上备氧气袋,跟枕头似的。我想吸但没好意思,途中人人都吸过,管事的人动员:吸,大家吸啊! 不吸也浪费。吸的时候把一个管塞进鼻孔里,我想可算吸一回氧了,不知啥滋味。吸,但跟没吸一样,觉不出来。我想跟管事那人说,氧呢,这里面有氧吗?没敢说,怕人家笑咱们无知,连氧都觉不出来,愚昧。虽愚昧,我也吸过一回氧了,挺好。用邹静之的话说,叫多好。

我最恨那些钓鱼的人,他们竟敢把这事叫娱乐。这事如果叫娱乐,把人捅死也是娱乐。杜甫诗"稚子敲针作钓钩",是无知的表现;包拯诗"精钢不作钩",是良知的表现。当初大家都唱"鱼儿离不开水呀",尔后还是把鱼钓出水,咋这么没记性?上帝当初造鱼的时候,不知人竟有钓鱼恶习。知道这个,上帝肯定给鱼造两套呼吸系统,陆上水里各一套,而且把鱼唇造成甲壳质的,让人钓不上来。我纳闷,人是不是闲的,为什么钓鱼呢?在水边互相扇嘴巴子玩不是更有趣吗?

群鱼尾巴如莲花

我赶到慈恩寺的时候,大殿的檐上有三只麻雀并排站立,站在灰色的小瓦边沿,瓦下面涂"卍"字的椽头的粉彩已剥落。麻雀挺胸站立,像等待。

寺前有石砌的水池,池底撒一层白的黄的硬币,几条鲤鱼静置水中,不上不下,好像它们是水底放的鱼风筝。鱼像把水忘记了,飘在空气中。

现在是早晨五点多,两三个香客上完香走了。香的烟雾缭绕着,如草书,笔画升到两尺高就不见了。功德箱前摆着绣花的红垫子,等人来跪。

　　往前看,一排青山被大殿遮住,从两侧露出,好像大殿的肩膀,肩膀上浮着白雾。寺里静,风为什么不来吹檐下的铃铛呢?说着,铃铛响起来,两三声。我知道这不是我想的结果,属巧合。铃响后,麻雀先一后二飞起,转了一圈又落在殿瓦上。铃铛不报时不报警,只报告风来过,听着如法音。它在自言自语,说一件事,却没人听懂它说的是什么事,就像不知麻雀在等谁或等什么、不知鱼在等啥。什么是"事"? 人做的一切都叫作事,而鸟飞虫爬、雨落云停都不是事,"事"的框架不包括自然的东西。一些人在做好事,一些人在做坏事,这是拦也拦不住的。一些人做有用的事,一些人在做无用的事;有用之事对另一些人无用,无用之事对其他人有用。人各自心头有一把尺,衡量较量各种"事"。因此,有人坐屋里,想起一件事,突然冲出去,去"办事",这也是拦不住的。

　　殿里传出诵经声,和尚们做早课了。梵唱伴着木鱼敲击,从镂莲花的门窗传出。红鱼、黑鱼掉头游到池边,头向大殿,像教徒们低头对着耶路撒冷的哭墙。群鱼尾巴散开,水底暗开一朵莲花。

　　鱼在听闻经文吗?这像是很奇怪的事了。可能在听,也可能没听,鱼知道但不告诉你。仔细看,鱼首上方的水面微微颤动,也可以说鱼在诵经。

　　从殿上往外看,一级级台阶下降着通向葱茏草木,殿顶有两朵白云驾到。白云不飘不散,体积渐大。它们可能在下降,降到一定高度不动了。

"嗖——"一个蚂蚱蹦到功德箱上,看里面装多少钱。箱边的松树垂下一只蜘蛛,手忙脚乱地下落。它似无依傍,身上却有一根看不见的丝线。现在流行说"心为民所系",蜘蛛"身为丝所系"。丝者私也。天下的藕都有丝,唯包公老家的藕无丝,藕断了丝也不连。松树翘起的鱼鳞皮里夹着一根羽毛,摘下来瞧,白羽梢上带绿色。就是说,一只小绿鸟冒失低飞,被树皮掠走一根羽毛,我把羽毛放了回去,小绿鸟没准回来找这根羽毛,它没说不要。

从前我从宝云山顶瞭望过慈恩寺,一行白石路到寺院门口消失,寺院被大树包围,只露出大殿屋脊。远望见不到寺,更见不到水池、池鱼和檐上的麻雀。人们认为看得见的才真实存在。其实,看见的也许陌生着,看不见的却在心里熟悉过。

一个和尚出来撞钟,僧人开饭了。麻雀飞走了,池鱼也散了,蜘蛛不知跑到了哪里,白云也在不知不觉中飘走,羽毛还夹在松树的鱼鳞皮里簌簌微动。太阳从东山升起半轮,像被和尚撞钟撞出来的。太阳顶圆,仿佛应该戴一个帽子才好看些。金光在池水上断续连接,殿瓦一抹微红。一颗松塔从树上掉在石板上,骨碌几下站定,像一尊小佛像。和尚们穿青色僧衣持钵默默走过寺院。太阳出来之后,寺里像另外一个地方,刚才见到的景物好像都没存在过,如幻象。